MARCELO NO MUNDO REAL

FRANCISCO X. STORK

MARCELO NO MUNDO REAL

Tradução de
Luciana Villas-Boas

GALERA RECORD
RIO DE JANEIRO • SÃO PAULO
2012

CIP-BRASIL. CATALOGAÇÃO-NA-FONTE
SINDICATO NACIONAL DOS EDITORES DE LIVROS, RJ

Stork, Francisco X., 1953-
S888m Marcelo no mundo real / Francisco X. Stork; tradução Luciana Villas-Boas. - Rio de Janeiro: Galera Record, 2012.

Tradução de: Marcelo in the real world
ISBN 978-85-01-08866-6

1. Ficção juvenil. I. Villas-Boas, Luciana. II. Título.

11-3821 CDD: 028.5
CDU: 087.5

Título original em inglês:
Marcelo in the real world

Editoração eletrônica: Abreu's System

Texto revisado segundo o novo Acordo Ortográfico da Língua Portuguesa.

Direitos exclusivos de publicação em língua portuguesa somente para o Brasil adquiridos pela
EDITORA RECORD LTDA.
Rua Argentina 171 - Rio de Janeiro, RJ - 20921-380 - Tel.: 2585-2000
que se reserva a propriedade literária desta tradução.

Impresso no Brasil

ISBN 978-85-01-08866-6

Seja um leitor preferencial Record.
Cadastre-se e receba informações sobre nossos lançamentos e nossas promoções.

Atendimento e venda direta ao leitor:
mdireto@record.com.br ou (21) 2585-2002.

EDITORA AFILIADA

Para Ruth, minha mãe

CAPÍTULO 1

— Marcelo, você está pronto?

Levantei o polegar. Isso quer dizer que estou pronto.

— Tudo bem. Agora vou empurrar você para dentro.

Então, ele me desliza para dentro do túnel da máquina. Gosto da sensação de ficar trancado. As luzes não são fortes a ponto de machucar meus olhos, mas fecho-os de qualquer maneira.

— Não se esqueça de levantar o dedo assim que você ouvir a música mental.

O túnel tem um alto-falante. A voz do Dr. Malone sai dele.

Espero pela música. Ela sempre vem. A parte difícil é lembrar de levantar o dedo. Tem uma câmera pequenina que permite a Dr. Malone e Toby me verem lá de cima da cabine de controle.

"Marcelo, Marcelo", ouço o Toby a distância. Gosto do Toby. Ele é médico que nem Dr. Malone, mas não me deixa chamá-lo de doutor. Uma vez eu o chamei de doutor e ele me corrigiu e disse "Toby, por favor". Seu rosto é coberto de sardas.

— Pronto para o que se entende como cair na real? — me pergunta ele ao me puxar para fora.

— Sim — digo a ele.

"Cair na real" é como ele se refere à música que o alto-falante toca dentro da máquina. A música que toca na minha cabeça não é considerada real.

Toby está segurando um pedaço de papel que lista diferentes tipos de música real.

— Dessa vez, que tal escolher uma deste lado?

— Tudo bem.

A música da página de trás tem opções de rock. É o tipo de música preferido do Toby. Não reconheço as músicas nem os compositores. Finalmente, pego uma de um compositor chamado Santana porque o nome dele parece com Sandoval, que é o meu nome. Gosto também do título da música, "The Calling", "o chamado".

— Maneiro — diz Toby, e o sorriso em seu rosto quer dizer que fiz uma boa escolha. — Santana e Clapton juntos. Maneiro.

Maneiro, digo para mim mesmo. Faço uma anotação mental para usar a palavra da próxima vez que gostar de algo.

Alguns minutos se passam e Toby volta com a lista. Está franzindo o cenho.

— Você tem que pegar do outro lado. O velho acha que rock superestimula sua massa cinzenta.

Toby rola os olhos para cima enquanto mira na direção do Dr. Malone, que está lá em cima na cabine mexendo com alguns controles. Não entendo o significado preciso da expressão facial de Toby.

Rapidamente, escolho o "Largo" do Concerto para Piano Nº 3, de Beethoven. Gosto da melodia simples da música. Além disso, sei que dura somente uns dez minutos.

Toby me empurra para dentro do túnel novamente.

— Como é a música mental? — Dr. Malone me pergunta quando me tiram do túnel.

Paro de amarrar meu tênis para pensar na pergunta dele. Mas é impossível pôr em palavras como é a música interna da minha cabeça. (Prefiro a palavra "interna" à palavra "mental" quando se trata da música. O fato de que MI, para abreviar o conceito, exista na minha cabeça não quer dizer que ela seja *produzida* pela minha cabeça.) Como é MI? Quantas vezes Dr. Malone me fez essa pergunta e quantas vezes não fui capaz de responder?

— Maneira — digo. — Ela é maneira.

Procuro Toby, mas ele está lá em cima na sala de controle.

— Você quer dizer que ela é agradável? Os sons são agradáveis ao ouvido?

— A música não é ouvida com os ouvidos.

E aí percebo que "maneira" não é a palavra certa. A música é agradável, claro, mas é muito mais que isso.

— Se não é ouvida, o que é então?

Como posso descrever? É como ouvir música muito alta com fones de ouvido. Só que a música parece que vem de dentro do cérebro. Na verdade, é uma sensação muito legal.

— Ela simplesmente está lá — digo ao Dr. Malone.

Então uma imagem vem a minha cabeça:

— É como uma grande melancia.

— Como?

Uma das razões para eu gostar de trabalhar com o Dr. Malone é que suas expressões faciais são muito claras e fáceis de entender. Essa que ele acabou de fazer é um exemplo de livro didático para "perplexo".

Desenvolvo sobre a imagem que me veio à mente. É a primeira vez que faço essa conexão, então não sei bem onde vou parar.

— Quando a música interior toca, Marcelo é como um de seus *caroços*. A música é o resto da melancia.

Dr. Malone franze a testa. Na verdade, ele meio que franze, meio que ri, como se estivesse se esforçando para ficar sério.

— Você sabe que acabou de pôr a ênfase certa na palavra certa? Isso é bom. Um ano atrás você não conseguia fazer isso. Paterson tem lhe feito bem.

Paterson. Olho meu relógio. Aurora vai me levar em seu carro até Paterson depois da sessão com Dr. Malone para ver o potrinho que nasceu ontem à noite. Harry (é assim que a gente chama o Sr. Killhearn, chefe dos cavalariços em Paterson) telefonou esta manhã e disse a Aurora que o potro nasceu às 2h35 da madrugada. Implorei a ela que me levasse hoje, embora Aurora trabalhe o dia inteiro no hospital. Eu poderia esperar dois dias, até segunda-feira, quando começo meu trabalho de férias tomando conta dos cavalos, mas é muito difícil esperar. Eu tinha esperança de estar lá quando ele nascesse, e as horas de hoje pareceram compridas como as de uma semana.

Ainda tenho meia hora com Dr. Malone. Trato de me lembrar. Desta vez, vou me assegurar de que a sessão não se estenda além da hora marcada, como às vezes acontece.

Dr. Malone está falando de novo.

— Mas vamos voltar à música. Qual é o *conteúdo* da música mental? Ela soa como uma música normal? Tem uma melodia?

— Sim e não.

Detesto soar impreciso. Nesse caso, imprecisão é o máximo (e o mínimo) que consigo em termos de exatidão.

— Está beeeem — ri Dr. Malone. — Qual é a parte que soa como música normal?

Fecho os olhos e imagino um violoncelo grande como a Terra e um arco longo como a Via Láctea, e o arco se movendo às vezes devagar às vezes rapidamente por entre as cordas do instrumento.

Ouço Dr. Malone a distância.

— Música tem melodia, ritmo, compasso. A música mental tem algum desses elementos?

Agora já estou pensando no meu trabalho de férias e como vou fazer para passar o dia todo com os cavalos. Volto ao Dr. Malone e suas perguntas. Estou sendo pago por isso, digo a mim mesmo. Tenho que dar o máximo possível a esse negócio. Além disso, gosto do Dr. Malone e gosto do Toby.

— Não é bem assim.

— Você consegue cantarolá-la?

— Não.

— Então não é música.

— É o sentimento de música sem o som.

Pronto. Isso é o máximo de precisão que eu consigo nesse tipo de linguagem que o Dr. Malone está querendo.

— Que tipo de sentimento?

Não tenho a menor ideia de como definir esse sentimento. Às vezes a música é animada e rápida e eu a chamo de "alegre". Às vezes é mais devagar, em um tom mais baixo, e eu a chamo de "triste". Em geral a música é apenas incrivelmente calma. Maneira. Gosto dessa palavra.

— Marcelo! Volte aqui. Estamos quase acabando. Sempre tem isso, o sentimento de música sem o som?

— Tem. Quando eu procuro por ele. Quando Marcelo procura, sempre tem.

— Quando Marcelo procura onde?

— Aqui — toco a parte de trás de minha cabeça, logo acima da nuca.

— Pode acontecer de esses sons virem quando você não está querendo que venham ou fiquem quando você não está querendo que fiquem?

Penso sobre isso. A verdade é que o puxão da música está sempre presente. Como um minutinho atrás, quando eu estava tentando descrevê-la para Dr. Malone, minha vontade era deslizar de volta para a música. E também é difícil sair quando estou lá. Mas não é isso que digo para ele. Não sei se conseguiria encontrar as palavras certas para descrever esses pensamentos. Em vez disso, pergunto:

— Se isso acontecesse, então Marcelo estaria louco, não é?

Dr. Malone ri e meneia a cabeça ao mesmo tempo. Ele está sempre testando, fazendo sua pesquisa, mas de olho na minha saúde mental também. Apesar de suas perguntas irrespondíveis e seu senso de humor boboca, não me incomodo de vir conversar com Dr. Malone. Faço isso a cada seis meses desde meus cinco anos, o que quer dizer, se estou com dezessete, que já vim ver o Dr. Malone 25 vezes. As visitas duram duas horas e têm três funções: primeiro, ele se assegura de que meu cérebro esteja fisicamente legal. Segundo, os dados que ele pega ajudam outras pessoas que precisam de ajuda de verdade. Terceiro, desde o ano passado, sou pago 300 dólares por visita de acordo com regulamentos de um patrocínio que Dr. Malone recebeu.

Ele começa a andar em direção à sala de controle e eu o sigo.

— Isso é incrível — diz ele depois de estudar duas telas de computador. — Venha aqui. Quero lhe mostrar uma coisa.

Ando até onde estão Dr. Malone e Toby. Dr. Malone diz:

— Essa é uma imagem de seu cérebro quando você ouviu a música real, e essa aqui mostra você ouvindo, ou lembrando, como você diz, a música mental. Está vendo?

Vejo duas fotografias do meu cérebro. Cada imagem tem manchas vermelhas e azuis em lugares diferentes.

— Quando você ouviu a música real, os dois lados do lobo temporal estavam ativados — mostra Dr. Malone, apontando para uma marca vermelha brilhante na parte frontal do meu cérebro em uma das fotografias. — Mas aqui, quando você ouve a música mental, tem alguma coisa acontecendo no hipotálamo, a parte mais antiga do cérebro humano. Você sabe, a parte que fazia nossos ancestrais das cavernas lutarem ou fugirem.

— Todo o sistema límbico se acendeu como fogos de artifício nessa região — diz Toby, apontando para a imagem do meu cérebro ouvindo a MI.

Dr. Malone olha para mim.

— Definitivamente, você está absorvido com algo, mas não está pensando — então se volta para Toby e diz:

— Toby, vá ver aqueles testes dos gatos, sabe, quando escanearam os bichos enquanto alguém balançava uma corda na frente deles. Acho que o hipotálamo estava afetado ali também.

Não consigo deixar de rir por dentro. Gosto de saber que meu cérebro é como o de um gato. Lembra uma coisa que meu tio Hector me disse uma vez enquanto me ensinava a levantar peso. Ele me disse para me concentrar nos músculos que eu estava usando como um leão vendo um intruso se aproximar de sua toca.

Aurora está me esperando na recepção. Passo por ela com esperança de que ela não vá perder tempo perguntando ao Dr.

Malone como foi a sessão, como faz normalmente. Quero chegar a Paterson o mais cedo possível. Harry não é uma pessoa paciente. Ele me prometeu o trabalho de férias como cavalariço depois que viu como eu me relacionava com os pôneis, trabalhando com eles depois da escola. Mas tem outros garotos em Paterson que queriam o trabalho porque é um trabalho de férias muito, muito legal, e estou nervoso com a possibilidade de chegar atrasado.

Mas passar por ela não funciona. Aurora espera pelo Dr. Malone, que vem logo atrás de mim.

— Bem — diz ela, olhando para Dr. Malone —, descobriu alguma coisa?

— Vazio, totalmente vazio.

Dr. Malone estende o braço para tocar no topo da minha cabeça, mas se afasta, como se descobrisse de repente que estou mais alto do que ele.

— O pai dele quer mandá-lo para uma escola normal no próximo ano — diz Aurora.

Volto para onde Dr. Malone e Aurora estão conversando.

— Não — digo imediatamente.

— Sei o que você acha, mocinho — Aurora me diz. — Gostaria de ter a opinião do médico.

Vejo a hesitação do Dr. Malone. Ele sabe como me sinto em relação a deixar Paterson e ir para uma escola normal.

— É claro que ele está pronto. Ele poderia ter ido para uma escola normal desde o jardim de infância. Claro que pode — então Dr. Malone me olha e diz:

— Sinto muito, meu chapa.

Fixo meus olhos em um ponto no chão enquanto luto para encontrar palavras que expliquem por que ir para uma escola normal não será bom para mim. Então ouço Aurora dizer, tentando me consolar:

— Isso não significa que você necessariamente tenha que ir. Só porque pode, não quer dizer que vá. Vamos conversar sobre isso.

— Estou com dezessete anos — desabafo.

— E daí? — indaga Aurora.

— Deveria ser uma decisão do Marcelo — reúno todas as minhas forças e levanto os olhos para encarar, primeiro, Aurora e depois Dr. Malone. — Deveria ter o direito de terminar o último ano do colegial em Paterson, onde sempre estudei.

— Ah, acho que vou ficar fora dessa — diz Dr. Malone.

— A idade mental de Marcelo é igual à de outros garotos de dezessete anos? — estou olhando para Dr. Malone.

Dr. Malone balança a cabeça. Isso quer dizer que ele compreende a natureza da minha pergunta.

— Idade mental? O que quer dizer isso? Cada um é diferente. Em alguns aspectos, você está cinquenta anos à frente de outros rapazes da sua idade.

Dr. Malone nunca dá respostas fáceis para perguntas complicadas somente para fazer as pessoas se sentirem melhor. O que quero que ele diga é que, dada a pessoa que sou, estarei melhor em um lugar como Paterson.

— Talvez seja positivo ele ter uma experiência diferente — diz Aurora.

— Você sabe o que penso com relação a isso — diz Dr. Malone para Aurora. — Sou contra o sofrimento. Se o garoto está feliz, é compreendido e apreciado, a seu tempo ele vai dar certo. Paterson tem sido positiva para Marcelo. Veja os resultados.

— *Sim! Obrigado, Dr. Malone* — digo a mim mesmo.

— Hum — o som está vindo de Aurora.

— O que "hum" quer dizer? — pergunto primeiro a Aurora e depois ao Dr. Malone.

Dr. Malone decide responder à pergunta.

— Definitivamente, você perguntou à pessoa certa. Nós na profissão médica sabemos muito a respeito de "hums". Acho que, neste caso, o "hum" de sua mãe quer dizer que ela sabe que ainda tem muita coisa para você aprender e que talvez, se ficasse a seu critério, você escolheria não aprender essas coisas. Faz sentido?

— Faz — responde Aurora.

— Hum — agora o som parte de mim.

Não tenho a menor intenção de ser engraçado.

CAPÍTULO 2

No caminho para Paterson, penso nos nove pôneis Haflinger que estarão sob minha responsabilidade durante o verão. Sei o nome de cada um, suas idades, e as datas de nascimento de alguns deles. Sei qual é a intensidade do treinamento, quanta comida devo dar, quando devo dar água. Sei especialmente onde gostam de ser escovados. Como cavalariço, tenho que tratar deles, o que inclui manter limpo o estábulo, do jeito que Harry gosta, o que quer dizer impecável. Pais e alunos interessados em entrar para Paterson vão sempre ver os pôneis, e Harry quer ter certeza de que estábulos e animais estejam perfeitos. Sou assim naturalmente, então sou perfeito para o trabalho.

Mas meu trabalho não será somente o trato físico dos animais. Como cavalariço, serei responsável pelo bem-estar dos pôneis. Vou determinar quando um pônei deve ser alimentado, quando devem lhe dar água, quando ele deve descansar. Serei consultado por instrutores e terapeutas sobre qual pônei será melhor para qual criança com sua deficiência particular. A verdade é que todos os pôneis são treinados para ficar à vontade entre crianças com todo tipo de deficiência. Deficientes visuais ou auditivos, crianças com autismo, crianças com paralisia cerebral, esclerose múltipla, espinha bífida, síndrome de Down, síndrome de déficit de atenção — não importa, os pôneis são sempre calmos e bem-humorados. O truque, como me indicou Harry, não está em escolher o pônei que vai se sentir mais à vontade com a criança, mas escolher o pônei do qual *a criança* vai gostar mais. Harry acha que eu tenho jeito para isso.

— Você está realmente ansioso por seu trabalho de cavalariço, não é? — ouço Aurora me perguntar.

Não é muito o jeito de Aurora me fazer perguntas desnecessárias. É claro que estou ansioso por esse trabalho de férias da mesma maneira como estou ansioso pelo meu último ano em Paterson. O trabalho de cavalariço vai continuar pelo ano adentro, só que no ano que vem vou me envolver não apenas com o trato dos pôneis, mas até com o treinamento deles. Fritzy estará pronto para treinar no próximo outono. É um processo incrível pegar esses pôneis e acostumá-los a tudo e qualquer coisa que uma criança deficiente possa fazer. Não tem barulho nem desconforto nem mesmo dor que os levem a machucar uma criança se eles forem bem treinados.

Por isso a possibilidade de ser transferido para Oak Ridge High é tão problemática. A gente não pode deixar isso acontecer. Precisam convencer Arturo de que a melhor maneira de eu me tornar como todo mundo é continuar em Paterson, onde posso aprender no meu próprio ritmo, onde estou aprendendo a tomar decisões e me tornar responsável e independente, tudo que ele quer que eu seja.

— Aurora sabe a resposta para essa pergunta. Então por que pergunta? — é possível que minhas palavras soem grosseiras, mas fico à vontade com Aurora e posso falar naturalmente.

— É apenas que... — ela dá uma pausa.

Uma pausa no meio de uma frase pode significar, aprendi na minha aula de Interação Social em Paterson, que a pessoa falando esteja prestes a dizer algo que vai ferir os sentimentos de quem ouve. No meu peito, sinto um zunido — uma nota discordante, como quando a corda do violão quebra no meio de uma música.

— Arturo — minha vontade é fazer uma pergunta, mas não consigo.

Aurora não responde. Não insisto. Estamos entrando no terreno de Paterson e sempre faço questão de não falar quando entro em Paterson. Venho aqui desde a primeira série e ainda sinto que aqui é um lugar onde finalmente não preciso ter pressa.

À esquerda, quando você entra pelo longo asfalto, tem um conjunto de prédios de tijolos, de um andar, que encostam uns nos outros como uma palavra cruzada feita pela metade. As construções são ligadas por calçadas e mesmo de longe dá para ver que é fácil para alguém de cadeira de rodas ou que não possa enxergar cruzar de um prédio a outro.

À medida que a gente continua, à direita há campos de esporte de vários tamanhos e formatos. Carvalhos e olmos se alinham nas beiras desses campos de maneira que no verão andamos nas suas margens e nunca saímos da sombra. Atrás dos campos de esporte ficam os estábulos e as pistas de equitação.

Aurora para o carro no estacionamento mais perto dos estábulos e saltamos. Jane, uma terapeuta, está puxando Gambolino e uma garotinha que não reconheço no picadeiro oval.

O grande picadeiro redondo está vazio. Quando a sessão de verão começar dentro de poucos dias, as pistas vão ficar cheias de instrutores, terapeutas, crianças e voluntários. O dia começará às oito e continuará até as seis da tarde. Vejo Harry em frente à cocheira acenando para a gente.

— Venha aqui, quero mostrar uma coisa para você — grita.

Começo a correr. Aurora se apressa. Já sei o que ele quer me mostrar, então corro passando por ele até a cocheira. Dentro de uma das baias tem um pônei recém-nascido mamando na teta de sua mãe, Frieda.

— Nasceu ontem no meio da noite. Nem tivemos que chamar o veterinário. Saiu fácil como o sol da manhã.

— Ele é tãããão lindo — diz Aurora.

Fico estupefato. Já tinha visto antes outros pôneis Haflinger recém-nascidos, mas esse é... maneiro. Mais maneiro que maneiro.

— Queria chamá-lo ontem à noite para você estar aqui, mas ele chegou tão de repente. Quando chequei às onze estava tudo bem. Frieda estava respirando um pouco pesadamente, mas achei com certeza que o pônei ainda esperaria uma semana, como tinha dito o veterinário. Aí à meia-noite ouço uns latidos e é Romulus me avisando que alguma coisa aconteceu, e dou com esse rapazinho metade para fora, a cabeça na frente, tudo certo.

Romulus é um grande pastor-alemão que meu tio Hector deu a Paterson. Ele está sentado perto da baia de Frieda guardando o rapazinho. Romulus e eu nos olhamos até ele piscar para mim com os dois olhos.

— Ele já tem nome? — pergunta Aurora.

— Ah, diacho. As crianças o batizaram desde que casamos Fred e Frieda. Dando continuidade ao tema prussiano, será Fritzy. Seria Fredericka no caso de nascer uma fêmea.

— Fritzy — falo alto.

— Eu preferiria algo como Shanny, diminutivo de Shannon.

— Um bom nome irlandês — disse Aurora.

— Mas os Haflingers são originalmente da Prússia. Os amish os usam na América — indiquei.

— Ótimos cavalos de trabalho, melhores que a maioria. São capazes de arar um campo um dia inteiro e noite adentro. Perfeitos para essas crianças, com seus troncos largos que facilitam o equilíbrio e suas barrigas quase arrastando no chão.

— Posso sentar junto de Frieda um pouquinho? — pergunto.

— Pode — responde Harry rapidamente. — Ela ainda está se sentindo mal. Vai lhe fazer bem ficar junto de você.

Abro a porta da baia e entro de mansinho e me sento onde Frieda está deitada, suas patas dobradas para dentro. Fritzy está procurando outra teta para sugar. Sento bem perto da cabeça dela para poder tocar, mas não a toco. Não há necessidade de tocar os animais a menos que eles peçam que você o faça pelas várias maneiras como eles se comunicam conosco: vindo até a gente, levantando a cabeça em nossa direção, ou pela maneira como nos olham. Fecho meus olhos e cruzo meus braços e respiro o cheiro de feno e de Fritzy. A distância ouço Aurora perguntar a Harry se ela pode conversar com ele por alguns minutos.

No caminho de volta para casa, sinto que algo triste está para acontecer e minha mente fica tentando encontrar a fonte desse pressentimento. Aurora pergunta se está tudo bem e ela está esperando por uma resposta, mas ignoro sua pergunta e permaneço em silêncio. Aurora não pergunta de novo. Ela sabe que, se eu quiser, falarei no momento em que achar que devo.

Estamos a meio caminho de casa e agora identifiquei o que esse estranho sentimento me faz sentir. É como descer uma escada no escuro e não saber onde está o último degrau. Também consegui perceber a origem desse sentimento. Lembro de Aurora dizendo ao Dr. Malone que Arturo quer que eu termine o último ano na Oak Ridge High. Lembro de sua pausa no meio de uma frase quando estávamos conversando sobre o trabalho nos estábulos. Lembro de Aurora perguntando a Harry se podia conversar com ele por alguns minutos. Observo tantos detalhes do que está acontecendo e me lembro de quase tudo que observo, embora algumas vezes pareça que não estou prestando atenção. O que é difícil é interpretar todos os detalhes que chegam ao meu cérebro de uma única vez. Mas às vezes consigo. Como agora. O que concluo de tudo que observei é que meus planos para o próximo ano estão para mudar.

Quando estamos quase chegando, Aurora diz:

— Você está lembrando?

"Lembrar" é a palavra que Aurora e eu usamos para nos referir àqueles momentos quando estou ouvindo a MI ou recitando em minha mente uma passagem de algum dos muitos livros sagrados que gosto de ler. Quando eu era pequeno e dado a acessos de raiva, Aurora me pedia para ir para algum lugar sossegado e me lembrar. Ouvir a MI ou recitar as Escrituras ajudavam a me acalmar. Agora sou eu que decido a hora de "lembrar", esteja ou não aborrecido. O fato de Aurora ter me perguntado se eu estava lembrando deve querer dizer que ela sabe que alguma coisa está me incomodando.

Depois de um tempinho, digo a Aurora:

— O Pai está errado.

— Não o ouço se referir a seu pai como "Pai" há um bocado de tempo. Seu pai está errado a respeito do quê?

— A respeito de ir para Oak Ridge High no ano que vem. Eu sei que é isso que você está relutante para me dizer. Paterson é o lugar de Marcelo. Lá aprenderei a ser independente como Arturo quer que eu seja. Lá é onde estou aprendendo a funcionar como ele quer que Marcelo funcione.

— Ele quer conversar com você quando a gente chegar em casa. Abra-se para o que ele tem a dizer. Talvez ele esteja certo.

— Estou aberto. Já pensei nisso mais do que você imagina. Mas ele não está certo em tirar Marcelo de Paterson.

— Ele nunca foi a favor de você ir para Paterson, mas você está lá desde o primeiro ano. Ele sempre foi contra suas visitas à Rabina Heschel, mas você a vê a cada duas semanas já faz cinco anos. Ele não aprovou as sessões com Dr. Malone. Também não queria você morando na casa da árvore. E, no entanto, permitiu que você fizesse tudo isso, com todas as desconfianças dele.

— Ele estava errado quanto aos benefícios de todas essas coisas para Marcelo.

— O que estou sugerindo é que talvez seja sua vez de acreditar na opinião dele. Pelo menos estar aberto a ela. Apenas escute-o com confiança. Você confia no seu pai? Acredita que ele quer o melhor para você?

"Confiança" é uma daquelas palavras abstratas difíceis de entender. Aqui, se eu trocar "confiar" por "acreditar", parece que dá certo. Eu acredito que meu pai queira o que é melhor para mim?

— Acredito — respondo. — Mas ainda assim ele está errado.

CAPÍTULO 3

Saio do carro e me dirijo para a porta de trás. Vejo Arturo assando uma carne no quintal. Eu tinha esperança de entrar em casa sem que ele me visse. Não estou preparado para a discussão que sei que vai acontecer e preciso de mais tempo para prever suas perguntas e decorar minhas respostas. Mas da porta de trás Aurora grita para ele.

— Desculpe nosso atraso. Ficamos presos no trânsito.

Ele responde sem se virar.

— Não vi nenhum jantar pronto, então achei que deveria colocar algo para grelhar.

— Vou preparar a salada — diz Aurora e entra em casa.

Estou para entrar também quando Arturo fala:

— Marcelo, posso conversar com você?

Ando o mais devagar possível. Arturo está furando a carne vermelha com um garfo gigante.

— Ainda não está no ponto — diz ele e fecha a tampa preta da grelha e se senta numa das cadeiras de ferro branco. — Sente um pouquinho. — Ele puxa uma cadeira. — Como foi com Dr. Malone?

— Foi bem.

Ainda estou de pé. Estou olhando a agulha vermelha do termômetro colado à grelha. Está passando de trezentos graus.

— Marcelo — ouço-o chamar.

Ele está segurando uma taça meio cheia de vinho cor de rubi. Eu sei que Arturo não é fã de minhas visitas ao consultório do Dr. Malone. Ele acredita que os testes pressupõem que há algo de errado comigo, o que não acha ser o caso.

— Então, o que fez o bom doutor com você dessa vez?

— O cérebro foi escaneado enquanto Marcelo ouvia música.

— Tente dizer isso de novo.

— *Meu* cérebro foi escaneado enquanto eu ouvia música.

Lembrei de não me referir a mim mesmo na terceira pessoa. Além disso, devo me lembrar de não chamá-lo de Arturo.

— Obrigado. Foi isso mesmo? Música de verdade ou do tipo que só você pode ouvir?

Falar sobre MI, eu aprendi, deixa Arturo nervoso. Tento mudar de assunto.

— Depois do Dr. Malone, fomos ver o pônei recém-nascido em Paterson.

— Isso é bom. Mas você não respondeu a minha pergunta.

Não há jamais a possibilidade de mudar de assunto com Arturo.

— Música real — respondo.

Não é uma mentira. MI é tão real quanto qualquer outro tipo de música.

— Quanto tempo essas visitas vão durar?

— Elas duram em torno de uma hora.

— Não, não foi isso que perguntei. Por quanto tempo mais essas experiências ou observações vão continuar?

Antes que eu responda, ele diz:

— Tenho uma proposta que quero discutir com você.

Sinto um aperto no coração:

— Eu não vou para a Oak Ridge High — e ouço minha própria voz tremer ao dizer isso.

O rosto de Arturo fica sério. Cruzo os braços, como se abraçasse a mim mesmo. Sei como Arturo faz para passar de pai a advogado em um segundo. O rosto de Arturo pai não me aparece com tanta frequência quanto para minha irmã, Yolanda. Eu vejo mais o Arturo advogado: seus olhos fixos e sem piscar sobre mim, o volume de sua voz modulado sob completo controle. Ele se torna uma pessoa que perderá a compostura somente se quiser.

— Aqui está o que eu gostaria de propor.

Espero que dê uma pausa porque ele está falando mais rapidamente do que o normal. Mas ele continua falando tão rapidamente quanto fala com Yolanda.

— Quero que você trabalhe no escritório de advocacia neste verão.

Isso é uma total surpresa para mim. Demora um pouco para que eu encontre palavras, quaisquer palavras. Quando encontro, eu digo:

— Tenho um emprego de verão em Paterson.

— Você vai ajudar com a correspondência — ele não ouve ou decide não ouvir o que digo.

— Eu já tenho um emprego — repito.

— Sente aqui, por favor — e aponta uma cadeira. Eu sento.

Ele vem para frente em sua cadeira de modo que nossos joelhos estão quase se tocando. Ele baixa a voz. Ele é pai agora.

— Filho, eu quero que você tenha um trabalho em que venha a interagir com pessoas, em que tenha que descobrir as coisas por si mesmo. O que você faz em Paterson que lhe ensine algo que você ainda não saiba?

— Eu vou aprender a treinar os pôneis.

— Mas essa é uma fase de sua vida em que você precisa trabalhar com gente.

— Por quê?

— Na verdade, é uma experiência que você nunca teve. Em Paterson, você está em um ambiente protegido. As crianças que vão para lá não são... normais. A maioria deles será como é a vida toda. Mas você tem capacidade de crescer e se adaptar. Até o Dr. Malone acha isso. Ele disse isso desde a primeira vez que o viu. Nesses anos todos, nunca foi realmente necessário que você frequentasse Paterson. Você não faz parte daquilo. Eu sei que você sabe disso. Não tem nada de errado com você. Você simplesmente se move numa velocidade diferente da dos outros meninos da sua idade. Mas, para você crescer e não ficar para trás, é preciso que viva em um ambiente normal. A hora é essa. Veja minha proposta: se você trabalhar no escritório este verão, ao final da temporada *você* decidirá se quer fazer o último ano em Paterson ou na Oak Ridge High.

Agora ele dá uma pausa. Ele sabe que vou precisar de tempo para destrinchar essa história. Um verão no escritório de advocacia contra um ano inteiro em Paterson. Vou perder os primeiros meses de Fritzy, mas poderei treiná-lo no ano que vem. Arturo interrompe meus pensamentos:

— Só tem uma coisa.

Vejo-o pegar a taça de vinho e levá-la aos lábios. Dessa vez, suas palavras saem bem devagar.

— Você pode fazer o que quiser no outono... — ele espera que meus olhos encontrem os seus e continua:

— Mas este verão você tem que seguir as regras do... mundo real.

— O mundo real — digo alto.

É uma das expressões favoritas de Arturo.

— Isso mesmo. O mundo real.

Apesar do termo tão vago e amplo, tenho a sensação de que sei o que significa e as dificuldades que isso envolve. Seguir as regras do mundo real significa, por exemplo, ficar de conversinha com outras pessoas. Significa não falar sobre meus interesses. Significa olhar as pessoas nos olhos e apertar a mão. Significa fazer as coisas "nos cascos", como dizemos em Paterson, o que significa fazer coisas que não foram programadas com antecedência. Pode significar andar ou ir a lugares com os quais não tenho qualquer familiaridade, ruas de cidades cheias de barulho e confusão. Embora eu tente aparentar calma, uma onda de terror me assola quando me imagino andando sozinho pelas ruas de Boston.

Arturo sorri como se soubesse o que passa pela minha cabeça.

— Não se preocupe — diz apaziguadoramente —, vamos devagar, no início. O mundo real não vai machucá-lo.

Há uma pergunta pairando sobre mim, mas não consigo encontrar as palavras para ela ainda. Abro e fecho meu punho enquanto espero que a pergunta se formule por ela mesma. Finalmente, ela chega. Digo a Arturo:

— Ao final do verão, Marcelo vai, eu vou poder decidir onde cursar meu último ano... de qualquer maneira?

— De qualquer maneira? Não estou entendendo.

— Você disse que, se eu obedecer às regras do mundo real este verão, poderei decidir para onde vou no ano que vem. Quem vai decidir se eu obedeci às regras? Não estou a par de todas as regras do mundo real. Elas são inúmeras, pelo que pude determinar até o momento.

— Ahh — é o Arturo pai falando agora. — Bem, veja. O mundo corporativo tem suas regras. A firma de advocacia tem suas regras. A sala da correspondência tem suas regras. O sistema legal tem suas regras. O mundo real em geral tem suas regras. As regras têm a ver com comportamentos e com a maneira de fazer as coisas para a gente ter sucesso. Ter sucesso é realizar a tarefa que nos foi atribuída ou que atribuímos a nós mesmos. Você vai precisar se adaptar ao ambiente governado por essas regras da melhor maneira possível. Em Paterson, o ambiente se adapta a você. Se você precisa de mais tempo para terminar um teste, eles lhe dão. Na sala da correspondência, um pacote precisará ser expedido até uma certa hora, ou algo do gênero. No que diz respeito a quem determinará o quê, acho que para que esse exercício faça algum sentido, deve haver um preço a pagar. Se você passa pelos procedimentos e apenas comparece todos os dias e não se esforça, então não, você não terá capacidade para decidir onde vai cursar o próximo ano porque não terá seguido as regras do mundo real. Parece-me que até o fim do verão nós dois teremos certeza absoluta se você conseguiu seguir as regras ou não. Mas, se por alguma razão nós discordarmos, acho que a decisão em última instância deve ser minha. Eu sou o pai e você é o filho. Eu serei seu chefe, e você, o empregado. Isso faz sentido?

Faço que sim com a cabeça. Nunca minto. Mas agora sim. Tem alguma coisa no que Arturo disse que não faz sentido.

Arturo está esperando para ver se há outras perguntas. Ele sabe que leva um tempo para eu processar informação. Eu tenho sim uma última pergunta.

— Como Marcelo terá sucesso na sala da correspondência? — eu gostaria de ter um diagrama ou uma fotografia do sucesso de maneira que eu possa me preparar.

— Cada tarefa atribuída a você terá dentro dela uma definição de sucesso. Você tem o direito de pedir instruções a qualquer pessoa no escritório que lhe dê uma tarefa. O sucesso será medido pela sua capacidade de seguir essas instruções. Sei que isso é muito vago e você gostaria de mais clareza. Você tem que confiar em mim. Não vão pedir que você desempenhe tarefas além de sua capacidade. Você confia em mim? Sempre fui justo, não fui?

Dessa vez não entendo como a palavra "confiar" está sendo usada. Mas "justo", eu entendo.

— Foi — digo. É verdade. Arturo sempre foi justo.

— Bom — diz ele. — Serei honesto com você. Tenho esperança de que ao fim do verão você escolha ir para a Oak Ridge High. Tem uma vida lá fora que é saudável e normal e da qual você precisa fazer parte. Então, negócio fechado?

— Há algumas coisas que não consigo fazer mesmo que eu queira.

— Como o quê?

— Ainda tem muitas coisas difíceis para mim. Não sei andar sozinho em um lugar estranho sem um mapa. Fico nervoso quando me pedem para fazer mais de uma coisa ao mesmo tempo. As pessoas dizem coisas que não entendo, ou suas expressões faciais são incompreensíveis. Esperam respostas de mim que eu não posso dar.

— Talvez a razão pela qual você não consegue fazer essas coisas não esteja numa incapacidade sua, mas porque não foi exposto a um ambiente que o desafie a fazê-las. Jasmine, a menina que administra a sala da correspondência, vai lhe mostrar tudo. Eu conversei com ela sobre você. Ela irá devagar no início. Mas ir devagar não quer dizer que você não terá que se expandir para além de sua zona de conforto.

Estou pensando que no próximo outono poderei trabalhar tempo integral em Paterson treinando Fritzy e os outros pôneis. Posso visitar os pôneis no fim de semana este verão. Basicamente, Arturo está me pedindo que finja que sou normal, segundo sua definição, por três meses. Isso é uma missão impossível, pelo que sei, especialmente porque para mim é muito difícil achar que *não* sou normal. Por que os outros não podem pensar e ver o mundo como eu vejo? Mas, depois de três meses, isso acaba e poderei ser quem sou.

— Pense sobre isso. Dê uma resposta amanhã cedo.

— Tudo bem — respondo. — Vou pensar sobre isso.

Começo a andar em direção à casa da árvore. Namu, que ficou a meus pés o tempo todo, anda a meu lado.

— Você está ficando muito velho para morar na casa da árvore — ouço Arturo atrás de mim.

Finjo que suas palavras não me alcançaram.

CAPÍTULO 4

A casa da árvore foi uma ideia de Yolanda. Quando eu tinha dez anos, estávamos no porão assistindo a um filme chamado *A cidadela dos Robinson*, quando deu na cabeça dela que eu deveria ter uma casa na árvore. Ela achou que para mim seria bom ter um lugar só meu onde eu pudesse enfrentar meu medo de dormir fora do meu quarto. Uma casa na árvore permitiria que eu fosse mais autossuficiente, de acordo com Yolanda.

Yolanda pôs imediatamente mãos à obra. Encontrou um site na web dedicado a casas em árvores e fez o download de uma porção de plantas para uma do gênero. Na manhã seguinte, levou as plantas para a escola e convenceu seu professor de oficina que a construção de uma casa na árvore deveria ser um projeto de classe.

A construção foi fácil. A turma de Yolanda construiu até uma casa de cachorro para Namu ao pé da árvore. A parte difícil foi convencer Arturo a nos deixar construí-la. Ele achava que uma casa na árvore faria com que eu ficasse ainda mais isolado. Foi preciso muita conversa de Aurora e Yolanda para que ele por fim concordasse. Ainda não sei como. A única condição de Arturo foi que os cabos elétricos e telefônicos fossem instalados por eletricistas profissionais.

A entrada para a casa da árvore é um alçapão. Para entrar, você precisa subir uma escada de corda de mais de três metros, levantar a porta e se jogar para dentro com a força dos braços. Subo agora e deito na cama. Meus punhos abrem e fecham como se eu estivesse zangado. Não sei o que fazer. Estou muito inquieto para ficar deitado. Levanto e sento na cadeira da escrivaninha. Na escrivaninha tenho um CD-player, fones e meu laptop. Levanto de novo e abro as duas janelas. Mais uma vez me sento e estou para pegar os fones, quando ouço a voz de Aurora.

— Abre. Estou caindo.

Abro a porta e vejo-a mal se segurando. Uma de suas mãos tem uma sacola plástica com um sanduíche e a outra está agarrando a corda. Pego a sacola plástica e a ajudo.

— Ufa — suspira ela ao entrar. — Você não facilita para que as pessoas o visitem, não é?

Lembro que ela só esteve na casa da árvore numa outra vez. Na tarde em que Abba morreu, ela veio me dar a notícia.

— Tudo bem com você? — pergunta.

— Não.

— Seu pai me contou que conversou com você sobre o trabalho no escritório este verão.

— Você já sabia que ele iria falar comigo sobre isso. Esse foi o motivo de você perguntar a Harry se poderia conversar com ele por uns minutos. Você queria contar que Marcelo não vai trabalhar lá este verão.

Ela baixa os olhos e os levanta de novo.

— Era importante que seu pai fosse o primeiro a lhe falar. Ele vinha aguardando esse momento já faz um bocado de tempo. Disse a Harry que telefonaria amanhã para dar notícias. Seu pai disse que lhe deu uma opção.

— O que eu quero é trabalhar em Paterson.

— Mas você entende o ponto de vista dele?

— Entendo o ponto de vista dele. Mas ele está errado.

— Diga-me por que você acha que ele o quer trabalhando na firma.

— É o mundo real.

Ela ri.

—Você está ficando muito bom nesse negócio de fazer caras engraçadas.

— Não era minha intenção ser engraçado.

— Seu pai quer que você experimente esse tipo de trabalho.

— Envelopar cartas na sala da correspondência.

— Mas não é só isso. Ele quer que você experimente ir ao trabalho e andar sozinho da estação até a firma e interagir com pessoas que são... pessoais normais. Conheci Jasmine, a menina com quem você vai trabalhar na sala da correspondência. Ela é mais velha do que você uns dois anos apenas. Você vai gostar dela.

— As pessoas que montam os pôneis em Paterson são pessoas normais. Harry é uma pessoa extremamente normal.

Ela se levanta do chão onde está sentada e anda até a cadeira. Quando se senta de novo, ela diz:

— Lembra-se quando eu o levei ao hospital comigo pela primeira vez? Quantos anos você tinha, nove, dez?

— Marcelo tinha oito anos na primeira vez.

— Tão pequeno assim? Fui ver Carmen. Lembra-se de Carmen? Fui num domingo, embora eu estivesse de folga, porque sabia que ela estava mal. Levei-o comigo e deixei-o na sala de brinquedos. Quando saí, você estava lá construindo um castelo de Lego com dois outros meninos. Você não estava conversando com eles, sequer brincando, para dizer a verdade. Cada um estava quietinho construindo o castelo, lado a lado. Sabe? Depois disso você passou a fazer de tudo para ir comigo ao trabalho. Você se sentia à vontade com aquelas criancinhas.

— Carmen, Joseph, morreram todos.

— É. Eu achava que era bom para você estar com crianças. E era bom para elas. Gostavam de você embora você quase não falasse com elas. Você as acalmava só por estar lá.

— Marcelo as ouvia — por alguma razão, eu passava para a terceira pessoa com Aurora.

— Mas aí você estava sempre me pedindo para levá-lo. Eu achava isso o máximo para você e para as crianças. Mas agora tenho dúvidas.

— Dúvidas.

— Se era certo eu deixá-lo com tantas crianças sofridas, tanta morte.

— Sofrimento e morte não me afetam como parecem afetar outras pessoas.

— Não?

— Sofrimento e morte são parte da ordem divina universal.

— Só que meninos da sua idade em geral não pensam assim. Estão interessados em outras coisas, em estar com os amigos, em se divertir. Seu pai gostaria que você experimentasse um pouquinho do mundo em que vive a maioria das pessoas.

— Qual é o mundo em que vive a maioria das pessoas?

— Paterson e até o Santa Elizabeth, apesar de todo o sofrimento que a gente vê, são ambientes protegidos. O que você faz em Paterson com os pôneis e as crianças não o leva além da sua "zona de conforto", como diz seu pai. Não o desafia ou o ajuda a crescer nas áreas em que você precisa se desenvolver para ser autossuficiente. Você está entendendo?

Demora alguns minutos para que eu absorva o que ela está dizendo. Então falo:

— Você acha que um menino de dezessete anos deveria ser mais autossuficiente do que eu sou.

— Em Paterson você contribui apenas sendo você mesmo. Para você, é fácil ficar às voltas com os pôneis e as crianças que vão lá e interagir com elas. O emprego na firma exigirá novas habilidades, e você estará às voltas com gente que nem sempre é legal.

— Você acha que interajo bem com os pôneis e as crianças porque ainda sou uma criança.

— Você é um pouco criança. E isso o faz quem você é.

— Mas?

— Você precisa aprender a sobreviver — ela parece triste quando diz isso.

— Marcelo tem medo.

— Eu sei. Essa é a questão. Você não tem medo em Paterson, tem?

— Não.

— Então vai ser bom enfrentar esse desafio e superá-lo, como já superou tantos outros desafios.

Abro e fecho minhas mãos rapidamente.

— Não quero trabalhar lá.

Aurora se cala. Fecha os olhos e eu acho que talvez seu esforço para me convencer a tenha cansado. Quando abre os olhos, ela pergunta:

— Já contei a você sobre o Sr. Quintana?

— Não.

— Quando eu tinha sua idade, arrumei um emprego de férias como ajudante de enfermagem no Hospital Thomas Jefferson, em El Paso. O Sr. Quintana era um velho que tinha um câncer no pâncreas. Ele estava se recuperando de uma série de quimioterapia e esperando para ver se o tratamento tivera algum efeito. Ninguém acreditava nisso porque o câncer de pâncreas é muito mortal. Mas ele sabia que haveria umas tantas semanas depois do tratamento em que se sentiria mais ou menos bem. Depois disso, provavelmente viria o declínio final. De todo modo, um dia enquanto eu estava limpando o quarto, ele me perguntou se eu tinha carteira de motorista, e eu disse que tinha. Aí ele me perguntou se haveria alguma maneira de eu o levar numa viagem até o parque de diversões que diziam ter a mais assustadora montanha-russa no país inteiro. Disse que em toda sua vida nunca tinha andado de montanha-russa. Morria de medo. Mas não queria morrer sem ter andado pelo menos uma vez. Enquanto estava no hospital ele havia conhecido duas crianças que também tinham câncer e queria levá-las na viagem. Tudo de que ele precisava era alguém que pudesse dirigir.

Aurora interrompe para ver se estou ouvindo. Mas ela sabe que estou e sabe o que vou perguntar em seguida.

— O que aconteceu?

— Um pequeno milagre, suponho. Eu disse que iria com ele se minha mãe concordasse, sabendo muito bem que Abba nunca concordaria. Mas, quando mencionei isso para Abba, ela não disse imediatamente não, como eu esperava, mas em vez disso falou que gostaria primeiro de conhecer o Sr. Quintana. Nunca, nem em meus sonhos mais delirantes, eu achava que ela consideraria essa hipótese.

— E aí? — parte de mim queria descobrir por que Aurora estava me contando essa história, mas outra parte queria simplesmente saber o que aconteceu.

— Ela o conheceu e depois disse que tudo bem. Uma reação incrível da parte de Abba. Mas entendi o fato de que ela concordara com tanta facilidade como um sinal de que o passeio tinha que acontecer. Lá fomos nós nessa aventura louca, assustadora, excitante, dolorosa e feliz. Um homem moribundo, dois garotos em remissão temporária do câncer, apenas dois anos mais jovens do que eu, e uma menina de dezessete anos que nunca tinha saído do Texas. Os quatro em busca da volta definitiva de montanha-russa.

— E todo mundo andou de montanha-russa.

— A mais assustadora de todas. Uma montanha-russa grande, barulhenta, com uma estrutura de madeira, no Tennessee, chamada "O Madeirão". Tinha uma queda de cinco segundos com a força de seis Gs. Mas, antes disso, tive de convencer o Sr. Quintana a tentar duas das menores. Eu estava com medo de que ele tivesse um ataque cardíaco se antes não acostumasse com as montanhas-russas menores. Ele ainda estava aterrorizado quando deu a volta no Madeirão, mas deu. Quando ele saltou, perguntei se estava se sentindo bem. Sabe o que ele disse?

— Não.

— "Vou lhe dizer quando minhas *bolas* voltarem para o saco." Aí ele deu um grande sorriso e disse: "Agora posso morrer feliz."

Aurora ri para si mesma. Eu também. Gosto quando Aurora às vezes diz palavrão. *Bolas*, eu sei, é uma gíria em espanhol para testículos. (Eles também ensinam essas coisas em Paterson.) Mas assim que termino de rir, tento descobrir por que Aurora decidiu me contar essas lembranças dela exatamente neste momento. Tenho certeza de que ela espera que eu chegue à moral da história por minha própria conta. Mas a história tem muitas mensagens e eu não sei qual pegar. Será que Aurora está tentando me dizer que a firma é como uma volta de montanha-russa assustadora em que meus testículos vão pular até minha garganta, metaforicamente falando? Não tenho a menor ideia de como seja isso, mas sinceramente espero que não seja o caso.

Quando vê que estou com problemas para responder, ela diz:

— É só durante o verão. Seu pai está falando sério quando diz que ao fim do verão você decidirá onde vai cursar o último ano.

— Aurora?

— O quê?

— Os outros me veem como uma criança?

— Você parece um jovem como qualquer outro. Melhor. Mais bem-aparentado do que a maioria. Mais alto, mais bonito, mais forte.

— Como Arturo.

— É.

— Mas às vezes eu penso como uma criança.

— Você é quem você é.

— Se eu sou quem eu sou, por que a mim não é permitido trabalhar no lugar onde posso ser quem eu sou?

Ela ri e balança a cabeça.

— Você na firma vai aprender novas habilidades e maneiras de negociar e lidar com a vida.

— Diferentes do que eu posso aprender em Paterson.

— É.

— O quê?

Ela faz uma pausa. Respira fundo antes de falar.

— Uns dois meses depois da viagem, o Sr. Queen — era assim que a gente chamava o Sr. Quintana — morreu. Foi então que decidi que eu queria trabalhar com crianças doentes de câncer. Sempre quis ser enfermeira, mas foi depois dessa viagem, durante o funeral dele, que decidi o tipo de enfermeira que eu queria ser. De todos os tipos de enfermagem, esse era o que mais me dava medo, mas também o que provavelmente iria permitir que eu dissesse ao fim dos meus dias: "Agora posso morrer feliz."

"Mas percebi que para trabalhar com crianças eu precisava ser delicada *e* forte. Delicada e carinhosa com as crianças, mas forte e dura com todas as ameaças de aumento do sofrimento ou diminuição das possibilidades de cura. No Santa Elizabeth, às vezes eu tenho que proteger as crianças de médicos negligentes ou arrogantes. Às vezes, tenho que protegê-las das pessoas ditas saudáveis. Protejo-as dos burocratas do hospital, das companhias de seguro. Às vezes tenho que protegê-las até dos pais. Protejo-as até de seus próprios pensamentos negativos, às vezes. Eu não seria capaz de fazer isso, de protegê-las, se eu não fosse uma adulta, se não fosse forte, se não estivesse disposta a lutar por elas. Percebe?"

— Percebo.

É verdade. Eu vejo como Aurora é delicada e forte. E aí acrescento:

— Não quero ir para Oak Ridge no ano que vem. Uma escola comum não é boa para Marcelo. Não me adapto. Aurora acabou de dizer que Marcelo não pensa as mesmas coisas que a maioria dos jovens pensa. Em Paterson, o que me interessa ou o que eu penso não têm importância. Lá eu posso aprender melhor porque ninguém está preocupado se Marcelo é diferente. Aurora pôde escolher sozinha aquilo que tinha vontade de fazer. Abba não lhe disse que não podia ser enfermeira. Ninguém a impediu de trabalhar com crianças. Depois de Paterson, quero ser enfermeiro como Aurora e trabalhar com pôneis Haflinger e crianças deficientes. Não vejo qual é a diferença.

— Agora você falou muito como seu pai, o advogado — e aí parou de rir e fez com a cabeça como se entendesse. — Você não terá que ir para uma escola de ensino médio normal no outono, se for essa a sua decisão. E depois disso, bem, ninguém o vai impedir de seguir seu próprio caminho. Se você quiser ser o que sua mãe é, Deus lhe proteja, ninguém vai detê-lo.

— Arturo disse que eu só vou decidir se conseguir obedecer às regras do mundo real por três meses.

— Trabalhar na firma e se esforçar o máximo para colaborar. É só o que precisa fazer. Você vai decidir — ela se levanta, põe a mão em minha cabeça e arruma meu cabelo. — Agora me ajude a descer.

Quando ela chega ao chão, enfio minha cabeça pela fresta da porta e chamo:

— Aurora.

— Sim? — ela levanta os olhos para mim.

— Marcelo vai trabalhar na firma.

— Ótimo — diz ela. — Ótimo. Seu pai quer que você comece na segunda-feira.

— Faltam só dois dias para segunda-feira.

— É melhor mergulhar de cara e não pensar muito. Vou ligar para Harry e dizer a ele. A não ser que você prefira contar.

— Telefone para ele hoje à noite. Ele vai precisar de tempo para encontrar um novo cavalariço para o verão.

— Ou cavalariça — diz Aurora.

— Seja quem for, é preciso que saiba que é apenas um emprego de férias.

— Você decidirá — diz ela dando *ciao*. — Ah, eu ainda tenho que matriculá-lo em Oak Ridge na semana que vem. Mas isso não quer dizer que você vai para lá. Prometi a seu pai. Quero que você saiba.

— Você pode matricular Marcelo, mas é um ato vão. Ele não estará lá em setembro.

CAPÍTULO 5

Desligo o despertador depois do primeiro alarme. Poucas vezes em minha vida deixei de dormir a noite toda, mas a noite que apenas terminou é uma delas. Passei o tempo acordado, imóvel em meu saco de dormir, ouvindo os sons estranhos da minha cabeça. MI estava diferente. Desarticulada, recortada, com súbitos clarões como raios que iluminassem a noite durante uma tempestade elétrica.

Não consegui completar a programação do dia na minha cabeça, como normalmente faço, porque não tinha certeza de quando Arturo e eu voltaríamos do escritório para casa. Esta noite, quando eu souber a rotina por inteiro, vou conseguir. Sem uma programação para me guiar ao longo do dia, fico desorientado. Aqui está a rotina desta manhã que preparei na noite passada:

5H: ACORDAR
5H05: LEMBRAR
5H35: DAR COMIDA A NAMU
5H40: HALTERES

6H: CONTINUAR COM LEITURA DE SALMOS

6H30: CAFÉ DA MANHÃ (VITAMINA DE TRIGO, AÇÚCAR MASCAVO, BANANA, SUCO DE LARANJA)

6H45: TOMAR BANHO E ME VESTIR

7H: ESPERAR ARTURO PARA IR PARA A ESTAÇÃO

Arturo me informou que pegaríamos o trem das sete e quarenta e cinco que sai de West Orchard, cerca de 20 minutos de carro na velocidade máxima. Arturo diz que pode fazer em dez minutos, sem problemas.

Realizo cada tarefa da programação como planejado, e às sete estou sentado na cadeira de balanço da varanda, a mochila com as coisas que vou levar para a firma a meus pés.

Ouço os passos de Aurora na escada.

— Bom-dia — diz ela quando me vê. — Você está muito elegante hoje.

Aurora diz isso todo santo dia, apesar de eu sempre estar vestindo a mesma coisa: camisa de botão branca (mangas curtas no verão, mangas compridas no inverno), calça azul de algodão (verão) ou calça azul de veludo (inverno), meias pretas e tênis pretos.

— Aurora está muito elegante — digo eu.

Aurora veste calça branca de enfermeira, uma blusa verde-menta com *smiles* amarelos, meias brancas e sapatos brancos com solas grossas de borracha.

— Preparei um almoço para você. — Ela tira um saco de papel da geladeira e traz para mim. Abro a minha mochila vermelha e ponho dentro o saco de papel.

— Obrigado, Mãe, por fazer meu almoço — diz ela, para me lembrar.

— Obrigado, Mãe, por fazer meu almoço — digo, imitando-a.

Ela se senta no sofá e me encara.

— Está nervoso?

— Estou — respondo sem qualquer hesitação.

— É normal ficar nervoso.Você não sabe o que esperar. Mas amanhã você estará menos nervoso e logo ir para a firma será uma rotina.

Rotina. Sempre que ouço essa palavra, penso numa rota, mas não uma rota completa, uma rota pequenininha. Pergunto-me se é a alteração de todas as minhas rotas pequeninas que está me deixando nervoso, ou se simplesmente ainda estou ressentido por me ver forçado a fazer algo de que não gosto.

— Diga-me o que está pensando — Aurora me instiga. — Não tem problema dizer o que a gente está sentindo.

Viro minha cabeça. Estou pensando que não são somente Arturo e Aurora que conspiram contra minha paz de espírito. Depois da noite que passei e dos barulhos que ribombaram em minha cabeça, parece que até Deus está contra mim.

— Não — digo a Aurora.

Em geral digo não quando as pessoas me pedem para lhes dizer o que estou pensando.

— Tudo bem. Então por alguns segundos vou dar uma de mãe e dizer a você coisas que as mães dizem aos filhos. Preste atenção quando andar pela cidade. Atravesse a rua somente quando o sinal estiver aberto para você, como já exercitamos. — ela tira um celular do bolso. — Quero que você carregue este telefone o tempo todo. Programei discagem rápida para o meu celular e o do seu pai, para o da rabina Heschel e o de Yolanda. Na parte de trás do telefone colei todos os números de discagem rápida. Fique com este telefone o tempo todo. Vamos experimentar para ver se está funcionando — ela aperta um número e põe o telefone no ouvido.

— Alô. Yoli? Sou eu. Marcelo está pronto para ir trabalhar com Papai. Você quer dizer oi? — e me entrega o telefone. — É Yolanda.

— Alô! — grito.

— Oi, Mars. Pronto para o trabalho? — ouço a voz de Yolanda.

— Não — respondo.

— Escute, Mars. Não deixe os babacas da firma encarnarem em você. Você é mil vezes mais esperto do que eles. Ponha o telefone perto do seu ouvido porque não quero que Mamãe ouça — aperto bem o telefone contra meu ouvido direito. — Mars, preste atenção no que estou dizendo. Teve um verão em que Papai também me fez trabalhar na firma. Não tem nada de anormal você ficar apreensivo. Aquele lugar enche o saco. Os advogados lá são uns bundões. Você sabe, já conheceu a maioria deles nos churrascos de verão que todo ano Papai faz. Lembra de Stephen Holmes e o filho, como é que se chama, Wendell? Lembra uma vez em que jogamos tênis com eles? Uns bundões, os dois, pai e filho. Mars, você está me ouvindo?

— Estou.

— Mamãe está me ouvindo?

— Não.

— Bom. Então, ouça, Mars. Você vai passar por essa. Eu passei. Faça como aqueles monges, você está sempre lendo sobre eles, quando entram no monastério: perca logo qualquer esperança de gostar daquilo. É um verão e pronto. Vai acabar antes de você se dar conta. Só não deixe que o aporrinhem. Entendeu?

— Entendi.

— O que eu acabei de dizer?

— Para não deixar que os babacas me encham o saco.

— O quê? Passe isso aqui! — grita Aurora e pega o telefone de minha mão. — O que você está dizendo a seu irmão? Grande ajuda, a sua. Não, não é verdade. Não, não são. Não todos eles, pelo menos. Tudo bem, eu vou desligar, agora. Até.

Aurora está rindo quando Arturo entra na sala.

— Vamos, meu chapa — diz ele para mim.

— Vocês vão perder o trem — diz Aurora.

— Bobagem — Arturo está pondo café na xícara.

— São sete e vinte e cinco — observo, olhando meu relógio.

— Não se esqueça de seu almoço — diz Aurora.

— *Ciao*, Aurora — digo eu.

Assim que saímos, Arturo para e vira-se para mim. Desabotoa o último botão da minha camisa.

— Assim — diz ele. — Você não precisa abotoar o último botão a não ser que esteja vestindo uma gravata.

Namu começa a andar a meu lado.

— Não, Namu. Namu tem que ficar em casa — digo a ele.

Queria que Namu viesse comigo. Eu não teria nenhum problema para atravessar as ruas. Ainda me lembro da resposta que Arturo me deu uma vez em que perguntei se poderia levar Namu ao shopping.

— Você não é aleijado.

Afundo na poltrona da frente do carro esporte de Arturo. A primeira explosão do motor me faz pular. Arturo olha rapidamente para o relógio de pulso e embica o carro na estrada.

Mal acabamos de estacionar quando o trem para. Somos os últimos a entrar, e isso porque o condutor nos viu correndo e decidiu esperar. Minha camisa branca está pendurada para fora da calça e tento enfiá-la para dentro e andar corredor abaixo ao mesmo tempo, mas o trem balança, e agarro o ombro de uma mulher para não cair.

— Perdão — Arturo pede desculpas por mim.

Ela olha para cima e seu olhar é de aborrecimento.

Bem no fim do trem, encontramos um lugar vazio.

— Eu disse que a gente conseguiria — Arturo está sem respiração.

— É mais tranquilo chegar antes — digo.

— Isso é trabalho, meu chapa. Acabou a sua tranquilidade.

Depois que o condutor recebe nosso dinheiro, Arturo tira um jornal da pasta e o desdobra no colo. Faço uma anotação mental para trazer um livro amanhã. Talvez eu consiga ler sem ficar enjoado como fico quando leio no carro. Passa pela minha cabeça que é uma boa oportunidade para rezar o rosário. Pego o rosário de contas multicoloridas que Abba me deu antes de morrer e começo a balbuciar baixinho as palavras da Ave-maria apenas movendo os lábios. Sempre rezo o rosário em espanhol. Abba e eu nos acostumamos a rezar dessa maneira e foi assim que ficou para mim.

Arturo dobra o jornal cuidadosamente.

— É preciso que a gente repasse alguns pontos.

Termino a Ave-maria e paro.

— Como posso lhe dizer? Você vai fazer parte do mundo dos negócios. Você sabe que eu não tenho nada contra seu interesse na religião. Quero que você seja religioso. Vamos à missa todo domingo desde sua Primeira Comunhão — antes até. Deixo-o ver a rabina Heschel embora você não seja judeu, e sim católico. Sou 100% a favor de seus interesses religiosos, seus livros religiosos, suas orações ou lembranças, como você diz, você rezar o rosário em espanhol. Então não quero que você compreenda mal o que vou lhe dizer. Quero que você seja religioso, mas, ao mesmo tempo, quero que participe do dia a dia do mundo do trabalho, meu mundo e, agora, seu mundo também. E para fazer isso, você tem que acatar alguns costumes preestabelecidos. As pessoas no mundo do trabalho são discretas no que diz respeito à religião. Oram em privado. Não citam a Bíblia a não ser como uma figura de linguagem, tipo "olho por olho, dente por dente", "um cego guiando outro cego". Coisas assim. Frases de uso popular.

— Pode um cego guiar um cego? — pergunto.

— Como?

— As palavras exatas de Jesus foram "pode um cego guiar outro cego? Não cairão ambos no abismo?" Lucas, capítulo seis, versículo 39.

— É isso que estou dizendo. Não é normal citar as Escrituras para uma pessoa, muito menos com capítulo e versículo. Acho que se você quer lucrar com essa experiência, é importante que tente agir como é normal.

Pego meu caderninho amarelo que sempre carrego no bolso da camisa. Escrevo: *Não reze de maneira que outros vejam M. rezar. Não cite as Escrituras. Observação: atente para frases religiosas que se tenham tornado figuras de linguagem. Elas são aceitáveis ainda que incorretas. Não dê a versão correta ou cite como aparecem na Bíblia.*

Arturo espera que eu pare de escrever e então fala.

— Há uma capela perto da estação de trem. Vou mostrar a você onde fica. Se quiser, você pode dar uma passada lá antes de ir para o trabalho e rezar o rosário.

Ficamos calados pelos cinco minutos seguintes. Arturo não abre o jornal, então fico achando que ele quer me abastecer de outros costumes do trabalho. Se pelo menos os costumes fossem lógicos. Se pelo menos as regras fossem simples como "não faça nada que possa ferir os outros". Se essa fosse a única regra, eu teria pelo menos 50% de chance de acertar. Por exemplo, eu poderia me perguntar se rezar o rosário silenciosamente no trem machucaria alguém. A resposta seria não, e então eu rezaria. Desse jeito, as razões para uma coisa ser certa ou errada parecem arbitrárias.

— Já que estamos aqui, talvez seja um bom momento para repassarmos algumas coisas da firma.

Eu estava certo. Arturo quer me indicar mais algumas regras.

— Uma firma de advocacia não é como Paterson. Numa firma de advocacia, o ambiente é competitivo. Eu estou em competição com Stephen Holmes, por exemplo. Eu tento atrair mais negócios do que ele, e ele tenta atrair mais negócios do que eu. Os sócios competem uns contra os outros tentando trabalhar mais e melhor. Isso não quer dizer que as pessoas não sejam camaradas umas com as outras. Você pode ser amigo das pessoas e ainda assim competir com elas. A competição é positiva para todos os envolvidos. Quanto mais Stephen trabalha, mais e melhor eu trabalho também. Quanto mais os sócios trabalham, melhor para a firma como um todo. Quando Yolanda se candidatou para Yale, ela teve de competir contra centenas de outros jovens que queriam ir para lá. Ela deu duro e conseguiu entrar enquanto outros fracassaram. Vai valer a mesma coisa para você quando você se candidatar à universidade. Você terá que competir. Mas você precisa estar *disposto* a competir. Não pode temer a competição. Essa é uma das coisas que eu espero que você aprenda este verão.

Pego meu caderninho amarelo e já vou tomar nota, quando me lembro de perguntar:

— Contra quem Mar... com quem eu vou competir na firma de advocacia?

— Com todo mundo. As pessoas vão testá-lo. Vão querer ver se você é capaz de fazer o trabalho ou se você está lá só porque é meu filho e eu sou o chefe.

Começo a ficar zonzo. Devo trabalhar mais duro do que quem? De quem devo ser mais esperto?

Arturo continua:

— A competição é uma atitude. É uma maneira de compreender que o motivo por trás de uma ação pode ser o interesse próprio e de reagir de acordo.

— É impossível saber com certeza as motivações de uma pessoa.

— Precisamente. Por isso é bom assumir que a maioria das pessoas está procurando o primeiro lugar.

Nesse momento, imagino um monte de pessoas de pé numa esquina esperando o primeiro lugar aparecer. Arturo deve ter visto o vazio nos meus olhos, porque ele diz:

— Isso é uma figura de linguagem: procurar ser o primeiro. Significa considerar o próprio interesse primeiro.

— Os primeiros serão os últimos — digo, esquecendo que não devo citar a Bíblia.

— No mundo do trabalho, os primeiros são os primeiros e serão os primeiros, e os últimos são os últimos e serão os últimos.

— Não estou acompanhando. Você pode dar um exemplo?

— Vou dar um exemplo atual, da vida real. Faz umas duas semanas, mencionei a Stephen Holmes que você iria trabalhar na firma durante o verão. Então na sexta-feira passada, ele me diz: "Ah, por falar nisso, Wendell vai nos ajudar com as pesquisas legais nesse verão." Lembra do Wendell?

— Lembro. Yolanda diz que ele é um babaca.

Imediatamente, me arrependo de dizer isso. Espero não pôr Yolanda numa encrenca.

Arturo ri.

— Talvez ela tenha razão. Mas o que estou querendo dizer é que, depois que Stephen me falou que Wendell viria trabalhar no escritório, fiquei me perguntando qual teria sido sua motivação. Por que ele estaria obrigando o filho dele a passar o verão fazendo trabalho legal? Wendell forma-se em Harvard no próximo ano. Pode arrumar qualquer emprego que ele queira. E por que Holmes fez questão de me dizer isso da maneira que disse? "Talvez ele possa levar seu filho para almoçar qualquer dia desses." E a resposta é que ele queria que eu e todo mundo soubéssemos que meu filho é...

Espero que ele termine a frase. Sei que, quando as pessoas param no meio do que estão dizendo, é porque elas de repente perceberam que não deveriam dizer o que estavam planejando dizer. O que acontece é que a pessoa começa a falar sem se dar conta do impacto que suas palavras terão no ouvinte. É por isso que penso muito mais do que expresso e às vezes dou a impressão de ser devagar. Penso demais no que estou ouvindo e no que vou dizer, e isso é um problema quando a gente está conversando. É claro, alguma coisa sempre escapa. Como um minuto atrás, quando disse a Arturo o que Yolanda tinha dito sobre Wendell. *Ele queria que eu e todo mundo soubéssemos que meu filho é* — faço uma anotação mental para tentar completar a frase de Arturo mais tarde, quando tiver mais tempo para refletir.

O trem reduz a velocidade e ouço o som guinchado de metal contra metal. Instintivamente, ponho minhas mãos nos ouvidos. Ruídos duros são dolorosos para mim.

— Chegamos — diz Arturo ao mesmo tempo que tira minhas mãos dos meus ouvidos. — O que estou tentando dizer é que você precisa desenvolver o que chamo de "malandragem". Uma das razões por que eu quero que você trabalhe na firma é para ganhar uma compreensão melhor das motivações das pessoas. É assim que as coisas são, filho. Todo dia de trabalho, digo a mim mesmo que sou um guerreiro e isso é uma batalha, ponho minha máscara de guerra. Isso é outra figura de linguagem. É uma maneira de dizer que eu compreendo que preciso observar as motivações das outras pessoas e ser competitivo — como numa guerra onde alguns vencerão e outros perderão. É importante que você veja esse lado da vida.

O mundo real. Isso é o que digo a mim mesmo.

CAPÍTULO 6

Na firma, sigo Arturo até a sala da correspondência. Uma mulher está de pé em frente a uma imensa fotocopiadora. Sei que é uma fotocopiadora porque vejo uma linha de luz se mover para frente e para trás exatamente como a máquina que tem em Paterson. Arturo diz "bom-dia" três vezes antes que ela se vire.

Sinto seu olhar me examinando da cabeça aos pés e dos pés à cabeça precisamente como a luz da fotocopiadora. Quando me forço a olhar em seus olhos, sou golpeado pelo azul profundo dos seus olhos. "Azure" é palavra que vem à mente. Uma mecha macia de cabelo negro cai sobre seu rosto. Estou pronto para apertar sua mão, mas ela não vem até onde estamos.

— Este é Marcelo — diz Arturo. Aí ele bate nas minhas costas e me diz:

— Essa é Jasmine. Jasmine vai chefiá-lo este verão. Faça o que ela disser. Mas cuidado. Ela come menininhos no café da manhã.

Isso deve ser outra figura de linguagem, penso comigo mesmo. Mas não sei o que significa.

Assim que Arturo sai, Jasmine se vira e continua a olhar para a fotocopiadora. *Talvez ela esteja hipnotizada pela luz*, eu penso. Fico lá olhando o lugar que Arturo chama de sala da correspondência. É uma sala grande separada do resto da firma por uma parede com uma bancada como se vê nas agências do correio. A fotocopiadora que Jasmine fica olhando localiza-se na parede oposta à porta por onde entramos. Há duas mesas, cada uma de frente para uma parede de modo que, quando as pessoas se sentam, elas ficam de costas umas para as outras. Decido que gosto desse arranjo, assumindo que vou sentar de frente para essas mesas. Seria muito desconfortável ter uma pessoa sentada diante de mim.

A mesa perto da fotocopiadora é feita de metal cinza e é muito menor do que a mesa de madeira adjacente à porta. A mesa maior tem um CD-player com fones de ouvido conectados, e na parede em frente há um quadro de um pico de montanha nevado. O resto da sala da correspondência está coberto de estantes de metal que vão do chão ao teto. Essas estantes de metal estão cheias de grandes envelopes marrons. Observo que essas estantes têm rodas de aço e embaixo delas há trilhos que permitem que sejam movidas de lado para se ter acesso às prateleiras por trás.

— Você pode pôr sua mochila aí — diz Jasmine, virando a cabeça em minha direção. Com sua mão esquerda, ela aponta para a mesa de metal menor, perto da fotocopiadora.

Tiro a mochila dos ombros e coloco-a em cima da mesa. Aí fico lá hipnotizado pelas folhas de papel que se cospem da fotocopiadora para uma série de encaixes. Jasmine não está fazendo coisa alguma além de olhar a luz para frente e para trás, para frente e para trás. Acho que tirar cópias será algo que eu provavelmente gostarei de fazer.

Quando a máquina para, Jasmine pega os maços de papel que se acumularam nos encaixes.

— Você pode se sentar se quiser. Essa é a sua mesa.

— Obrigado.

Puxo a cadeira preta que está enfiada sob a mesa. Como as estantes, a cadeira também tem rodas de aço. Sento-me e imediatamente a cadeira escorrega para trás comigo em cima.

— Vamos pôr um tapete de borracha de modo que a cadeira não escorregue — diz Jasmine.

— Obrigado.

Imagino o tapete de borracha que temos em casa na banheira e me pergunto como isso vai funcionar. Então observo que há pedaços de fita adesiva grudados na parede a minha frente. Talvez a última pessoa que tenha trabalhado aqui tenha colado algumas fotografias. Penso que talvez eu possa trazer uma foto de Namu e colá-la também. Nos entalhes que separam os blocos de cimento da parede alguém escreveu algo em letras pequenininhas. Chego mais perto e leio as seguintes palavras: "Fodam-se este lugar e todas as pessoas que aqui existem." Aprendi em Paterson que "foda" é uma palavra inadequada que quer dizer relação sexual, mas é usada mais frequentemente para comunicar raiva e até ódio.

Viro-me rapidamente. Jasmine terminou de coletar os maços de papel e está guardando-os dentro de fichários plásticos. Está fazendo isso na grande mesa de madeira atrás de mim. Essa deve ser sua mesa. Viro de novo. Há mais coisas escritas na parede, mas decido não ler. Pergunto-me se a última pessoa que usou esta mesa também foi forçada a trabalhar na firma.

— Seu pai disse que você tinha seu próprio laptop.

É Jasmine falando atrás de mim. Tento girar a cadeira, mas, quando faço isso, deslizo para o meio da sala.

— Oh — digo eu.

Jasmine sai da sala da correspondência sem dizer uma palavra. Fico sentado sem saber o que fazer. Em poucos minutos ela volta com um gigantesco quadrado de plástico que ela joga em frente à minha mesa. Então esse é o tapete de borracha que ela havia mencionado.

— Sim — digo.

— Sim, o quê? — pergunta ela.

— Sim. Meu pai informou-a corretamente. Tenho meu próprio laptop. Você gostaria de vê-lo?

— Não necessariamente. Tem uma tomada embaixo de sua mesa pela qual você pode se conectar. Eu o ligarei ao servidor do escritório quando voltarmos da rodada do correio.

— Obrigado.

Sou tomado por uma sensação de alívio. Com meu laptop, vou me sentir menos perdido. Se não entender algo que alguém diga, poderei pesquisar. Curvo-me para pegar meu laptop na mochila, coloco-o em cima da mesa e o abro. Penso que talvez agora seja um bom momento para mostrar a Jasmine todo o software especial de que disponho.

— Não estou feliz com sua presença aqui.

Demoro alguns segundos para captar que Jasmine está falando comigo. Viro-me em sua direção.

— Entendo.

Fico pensando onde devo pôr as mãos. Sempre que digo algo que não estou sentindo, fico consciente de minhas mãos.

— Você entende?

Quero explicar que entendi *o quê* ela disse, não *por que* ela disse, mas demoro demais para formular a frase.

— Vamos fazer a rodada do correio — sigo-a até um canto da sala. — Esse é o carrinho do correio. Você sabe ler, não?

Fico pensando por que ela me pergunta isso. Talvez seja algum tipo de piada que eu não compreenda.

— Sei.

— Quando a correspondência chega, você a coloca na pasta com o nome da pessoa. As pastas estão organizadas em ordem geográfica. Elas seguem a ordenação dos escritórios, de maneira que, quando se dá a volta na firma, você passa naturalmente de uma pasta para outra.

Penso comigo mesmo que a ideia é excelente. Ela continua.

— Vai haver alguma correspondência não endereçada a alguém específico, e você terá de descobrir para onde ela vai. Muita coisa é lixo. Se você não descobrir para quem a correspondência deve ir, ponha-a nesta caixa. Eu olharei mais tarde. Nada é jogado fora sem que eu dê uma olhada antes, entende?

Dessa vez estou entendendo mesmo:

— Sim — digo com firmeza.

— Hoje eu já destrinchei a correspondência. Nós damos quatro rodadas: a primeira de manhã cedinho, que é a que vamos fazer agora, depois às onze e meia, à uma e meia e às três. É claro que se chega alguma coisa trazida por serviço de entrega especial ou carta registrada, entregamos imediatamente. Você também vai entregar os jornais. A que horas você está planejando chegar aqui de manhã?

Faço um cálculo rápido na minha cabeça. Arturo e eu levamos vinte minutos para andar da Estação Sul até a firma, mas desviamos três quarteirões do caminho para que Arturo me mostrasse onde fica a capela. O trem chegou às oito e vinte, e se eu for à capela...

— Deixe para lá — diz Jasmine. — Você entregará quando der. Eles podem esperar pelos jornais. Você *vem* trabalhar todo dia, certo?

— Todos os dias.

Pergunto-me se isso inclui sábados e domingos. Frequentemente, Arturo trabalha nos fins de semana. Talvez ele espere que eu faça o mesmo.

— Vamos então.

Ela empurra o carrinho cheio de pastas verdes. Quando saímos da sala da correspondência, ela me dá um pedaço de papel.

— Aqui você tem uma planta do escritório com os nomes de todos os advogados e secretárias e onde eles ficam. Você precisa decorar isso para não perder tempo procurando as pessoas. Como eu disse antes, além das rodadas do correio, você deverá entregar encomendas especiais e correspondência extra assim que chegarem. Toda carta, encomenda, pacote etc. vem primeiro para a sala da correspondência. Nós as identificamos e entregamos — ela espera que eu a acompanhe e olha para mim. — Estou contando que você consiga identificar o material quando eu não estiver por perto. Tudo que essas pessoas necessitam é urgente e para ontem.

— Ontem já aconteceu.

— Diga isso aos advogados que trabalham aqui.

Paramos no primeiro escritório. Uma mulher está sentada à mesa na frente da sala.

— Oi, Marcelo — diz a mulher. — Se lembra de mim? Do churrasco em sua casa no verão passado?

Lembro do seu rosto, mas não me lembro do seu nome. Isso quer dizer que eu devo responder sim ou não à pergunta dela? Decido responder que sim, já que é pelo menos parcialmente correto. Estendo minha mão.

— Prazer em conhecê-la — assim que falo isso, me dou conta de que não disse a coisa certa para uma pessoa a quem acabei de afirmar que já conhecia.

— Prazer em conhecê-lo... outra vez — diz a mulher. — Uau, você está ainda mais bonito do que seu pai — ela me olha de alto a baixo como fez Jasmine, mas, diferentemente de Jasmine, sua inspeção é mais lenta e se demora pelo meio do meu corpo. — Meu bom Deus! Primeiro Dr. Holmes traz o Wendell e agora isso. Como podem querer que uma jovem se concentre com todos esses rapazes andando em volta?

— Fique longe dele — diz Jasmine.

— Não vamos ser egoístas — responde a mulher.

Jasmine começa a empurrar o carrinho se afastando da mulher.

— Você está com ciúme porque é baixinha — diz a mulher.

Jasmine para o carrinho e olha para ela.

— Para seu governo, não estou com ciúme, e sim com inveja. Estou com inveja porque, se estivermos as duas em um avião sobre o oceano e o avião cair, não terei os mesmos instrumentos naturais de flutuação que você tem.

— Bruxa! — a mulher ri fingindo jogar algo sobre Jasmine.

Vamos em frente. Instrumentos naturais de flutuação. Conheço o significado dessas palavras, mas o contexto em que elas estão sendo usadas me deixa perplexo. Tiro meu caderninho do bolso enquanto andamos e escrevo: *qual é a diferença entre ciumenta e invejosa?* A distinção entre esses dois sentimentos interiores é algo que sempre me confundiu.

Quando termino de escrever, Jasmine diz:

— Eu ficaria longe das secretárias se fosse você.

— Como posso entregar a correspondência para elas se devo ficar longe delas?

— Quer dizer: não as deixaria ficar muito amiguinhas, especialmente as solteiras e desesperadas, como a Martha aqui atrás.

— Por quê?

— Martha é uma que não hesitaria em pular em cima de você.

Penso na passagem da Bíblia em que o profeta Ezequiel pula em cima de uma pilha de crânios e ossos. A rapidez com a qual estou encontrando novos conceitos está me deixando zonzo.

— Qual é o seu problema, afinal?

— Você precisa falar claramente. Não sei o que você quer dizer com "pular em cima" de mim. Ajudaria se você fosse mais literal.

— Literal?

— Se usasse as palavras de acordo com seus significados primários literais, não com um sentido metafórico.

— Eu *fui* literal. Martha gostaria de pular e se pendurar em seus ossos se pudesse.

— Oh.

— Eu quero saber qual é o seu problema, qual o problema na sua maneira de ver as coisas. Seu pai disse que você tinha um tipo de desordem cognitiva.

— Ele disse isso?

Fico surpreso de saber que Arturo se referiu a mim dessa maneira. Ele sempre insistiu que não havia nada de errado comigo. O termo "desordem cognitiva" implica que há algo de errado com a maneira como penso ou com a maneira como percebo a realidade. Eu percebo bem a realidade. Às vezes percebo mais a realidade do que os outros.

— Tenho certeza de que foram essas palavras que ele usou.

— "Desordem cognitiva" não é uma descrição acurada do que se dá na cabeça de Marcelo. "Excesso de esforço para chegar a uma ordem cognitiva" seria uma definição mais perto do que realmente acontece.

— É? Eu mesma gosto de excesso de ordem. Isso é uma doença?

— Se isso dificulta seu funcionamento numa sociedade em que se acha que uma pessoa normal deve pensar de outra maneira, então a sociedade chama isso de doença.

— Bem, mas a sociedade não acerta sempre, não é mesmo?

Não a respondo, porque ainda estou pensando na descrição que meu pai fez da minha condição. Ele me ensinou a sempre questionar os rótulos que os outros põem em mim. Hesito por alguns segundos, então falo.

— De uma perspectiva médica, a descrição mais próxima da minha condição é a Síndrome de Asperger. Mas não tenho muitas das características das outras pessoas que têm a síndrome, então o termo não é exatamente acurado.

— Como o quê? Quais características?

Esse é um assunto sobre o qual sei muito, mas não gosto de falar. Explicações sobre a minha condição baseiam-se na pressuposição de que há algo de errado comigo, e em Paterson aprendi ao longo dos anos que não é bom eu me ver e aos outros meninos de lá dessa maneira. Vejo-me como diferente na maneira de pensar, falar e agir, mas não como alguém anormal ou doente. Mas como explicar as diferenças para as pessoas? É mais fácil dizer que SA é o que melhor descreve minhas diferenças. As pessoas ficam mais à vontade com um termo científico. Na verdade, acho que estou sendo desonesto quando digo que tenho SA porque os efeitos negativos das minhas diferenças sobre minha vida são pequenos se comparados com os de outras crianças que têm a síndrome ou outras formas de autismo e que sofrem de verdade. Sempre que uso o termo médico, acho que estou fazendo um desserviço às pessoas que sofrem da síndrome, porque todo mundo diz: "Não parece tão sério. Por que tanta confusão em torno disso?"

Tento relutantemente responder à pergunta de Jasmine.

— As características primárias da SA, que é a abreviação de Síndrome de Asperger, ocorrem nas áreas da comunicação e da interação social, e em geral a pessoa tem um tipo de interesse especial. A pessoa SA é diferente da maioria nessas áreas.

— É mesmo?

Tiro minhas mãos do bolso e abotoo a camisa até em cima de novo. Estamos de pé no meio do hall e as pessoas passam por nós à medida que chegam ao escritório. Umas tantas dizem bom-dia a Jasmine, mas Jasmine está absorta demais no que estou dizendo para responder a elas.

— É, em geral — confirmo.

— Essa descrição cabe para a maioria dos caras com quem já saí.

— É — entendo isso como uma tentativa de Jasmine de fazer graça e tento rir, mas o riso soa mais como uma tossida.

— E qual é seu interesse especial?

Ponho minhas mãos de volta nos bolsos e fecho os punhos. Essa parte é sempre delicada. Já vi descer uma espécie de parede de vidro entre mim e as pessoas quando falo disso. Por isso, hesito e peso quanto posso me abrir com Jasmine. Depois de um tempinho, digo:

— Algumas pessoas usam a palavra "obsessivo" em vez de "especial". Mas interesse obsessivo não é um termo correto. Implica algum tipo de compulsão ou incapacidade de impedir que os mesmos pensamentos ou comportamentos continuem ocorrendo. Em Paterson — é o nome da escola que frequento —, preferimos usar o termo "interesse especial ou difuso". É um interesse que faz a pessoa escolher pensar em coisas que lhe dão prazer ou até alegria. Absorve a atenção da pessoa SA a ponto de excluir outros interesses, porque esse é mais importante ou divertido do que os outros. As pessoas SA com interesses especiais se tornam especialistas nesses campos.

— Como memorizar horários de trens ou fazer operações numéricas de cabeça muito rapidamente.

— Esses exemplos específicos vêm à cabeça de muita gente. Mas memorizar o horário dos trens ou a facilidade com números são um pouco uma caricatura. Uma porção de pessoas SA tem interesses especiais que exigem raciocínio complexo e alta compreensão.

— E qual é o seu?

Gostaria de beber um copo d'água. Não tenho mais saliva em minha boca. Tusso de novo.

— Meu interesse especial é Deus.

— Como?

— Religião. O que a espécie humana vivenciou e disse e pensou sobre Deus. Gosto de ler e pensar sobre isso.

— Verdade verdadeira?

— Não sei se é verdadeira. É verdade.

Ela começa a empurrar o carrinho de novo, mas dessa vez bem devagar. Fico pensando: *Ela agora acha que sou esquisito. Não quero estar aqui mesmo. Em Paterson ninguém me olha com desconfiança ou me evita porque tenho interesse pela religião. Tenho que me lembrar de nunca falar sobre assuntos religiosos enquanto estiver aqui. Assusta as pessoas.* Então me ocorre acrescentar:

— Esse é meu interesse especial. Mas também gosto de ouvir música. Tenho centenas de CDs em casa.

Por alguma razão, isso nunca foi considerado anormal.

Ela para o carrinho e pergunta:

— Que tipo de música?

— A chamada música clássica. Bach é meu favorito. Meu instrumento favorito é o piano. O violino vem em segundo lugar. Do que mais gosto são solos de piano ou violino. A razão para isso é que nos solos posso ouvir cada nota e as diferentes combinações de notas separadamente. Gosto muito disso.

— É mesmo?

Seus lábios estão parcialmente abertos, como se ela nunca tivesse ouvido nada parecido. Acho que talvez tenha exagerado na descrição do meu segundo interesse.

— É.

Fico feliz porque finalmente vejo-a sorrir.

— Também gosto de cavalos, especialmente pôneis Haflinger.

— É mesmo? — ela arregala os olhos, o que significa que está surpresa.

— É mesmo. Meu trabalho em Paterson este verão seria cuidar dos quinze pôneis que pertencem à escola.

Percebo que ao falar a Jasmine sobre os pôneis, logo em seguida à menção à religião e à música clássica, estou dizendo que os cavalos também são um interesse especial, embora eu mesmo nunca os tenha posto nessa categoria. Um interesse especial é algo que absorve o seu cérebro com a curiosidade de saber tudo o que há para saber. Nunca senti isso em relação à MI ou aos pôneis. A MI é a MI e os pôneis são os pôneis. Eles simplesmente existem. Gosto de passar o maior tempo possível com eles, mas não quero saber tudo o que há para saber sobre o assunto.

Começamos a andar de novo. Depois de entregarmos o pacote de cartas seguinte, ela diz:

— Quer saber por que não estou contente com o fato de você estar aqui?

— Quero.

— Até três meses atrás eu tinha um assistente. O nome dele era Ron. Para encurtar a história, tive que demitir o Ron. Apesar de preguiçoso, ele dava uma mão, e, quando o demitimos, seu pai me prometeu que eu poderia substituí-lo. Encontrei essa menina Belinda que trabalhou aqui um verão quando ainda estava no ensino médio, e fiquei encantada porque ela era ótima. Estou indo depressa demais para você?

— Não tem importância — respondo.

Na verdade, ela está falando mais depressa do que eu gostaria. Há palavras e frases que me escapam. Mas uma das coisas que aprendi em Paterson foi a deixar as pessoas falarem mesmo que eu não entenda cada palavra que ouço. À medida que elas continuam, o significado vai ficando mais claro. Levei anos para treinar meu cérebro a não questionar o significado de cada palavra que aparece.

Ela continua:

— Então quando estou pronta para contratar Belinda, seu pai vem e me diz para segurar porque ele quer que você trabalhe aqui este verão.

— Entendo.

— Agora você sabe.

— Sou muito bom em prestar atenção. Se Jasmine me mostrar como algo tem que ser feito, vou aprender.

Chegamos ao fim do hall. Atrás de uma parede de vidro, vemos uma mulher sentada a uma mesa maior e de certa maneira mais elegante do que a das outras secretárias. A mulher olha um espelhinho enquanto aplica o batom, de uma cor que nunca vi antes. Penso que talvez essa cor se refira à palavra "carmim".

— Essa é Juliet — diz Jasmine para mim. — A secretária do Dr. Holmesy.

— Dr. Holmes — corrige a mulher.

— Seja o que for — responde Jasmine.

— Então — diz Juliet, apertando os lábios — você é o novo *boy*. Dr. Holmes me disse que você vinha hoje. Ele quer vê-lo, vou chamá-lo assim que houver um minuto livre.

— Por quê? — Jasmine pergunta. — O que Holmesy quer com ele?

— Não acho que seja da sua conta — responde Juliet.

— Ele trabalha para mim.

— E você trabalha para o Dr. Holmes.

— A senhora está redondamente enganada, Dona Juliet. Eu me reporto diretamente ao chefe, o pai dele.

— Com certeza — os cantos dos lábios de Juliet se contorcem quando ela diz isso. Então, olhando em minha direção, ela completa: — Vou chamá-lo quando o Dr. Holmes puder vê-lo. Imagino que ele terá o mesmo ramal do bandidinho que costumava trabalhar para você.

Jasmine se debruça sobre a mesa de Juliet e aponta o indicador para ela:

— Você preste muita atenção. Vou lhe dizer diretamente o que direi a Holmesy quando me encontrar com ele. Marcelo não vai fazer nenhum trabalho que a secretária dele ou a Dona Boa executiva, ou seja qual for o nome do seu cargo, tenha obrigação de fazer. Ele não vai arquivar, fotocopiar ou fazer qualquer coisa que *você* possa fazer. Também não vai ser menino de recados do Wendell. Toda solicitação de trabalho feita por você, ou Holmesy ou Wendell vai passar por mim. Se Holmesy precisar de algum trabalho que esteja acima das suas capacidades intelectuais, ele pode pedir a Wendell — e Jasmine aponta para o escritório em frente a Juliet.

Na fração de segundo que olho para Juliet, vejo suas narinas se abrindo e fechando. E aí ela diz a Jasmine:

— Oliver Wendell está aqui para ajudar o pai no caso Vidromek. Não está aqui para fazer trabalho de retardado — e olha para mim quando diz essas últimas palavras.

Jasmine se vira para mim e diz:

— Vamos, antes que eu perca o controle e faça algo que me ponha na cadeia.

— Encantada em conhecê-lo — diz Juliet. Mas quando olho para ela, não há nada que pareça encantamento em seu rosto.

Ao nos afastarmos ao longo do hall, Jasmine desabafa alto:

— Aquela mulher é uma filha da puta das boas. E estou sendo extremamente literal. Você preste atenção: se ela ou Holmes ou o garotinho Wendell lhe pedirem para fazer alguma coisa, absolutamente qualquer coisa, você vai me dizer na hora. Está entendido?

— Está. Conheço Wendell. Ele não é um garotinho. É uns três anos mais velho do que eu.

— Tudo bem. Ele tem a maturidade emocional de um menino de oito anos.

— Joguei tênis com ele uma vez. Não era exatamente tênis. Ele jogava a bola contra mim e eu devolvia para ele — estou quase contando a ela o que Yolanda me disse de manhã, mas paro a tempo. Em vez disso, acrescento: — Ele está em Harvard.

— Grande coisa. Ele pensa que é uma dádiva de Deus para o mulherio. A única coisa boa de tê-lo no escritório este verão é vê-lo infeliz. Ele odeia ter que passar o verão aqui quando poderia estar participando de uma regata de barco, ou algo do gênero, mas o pai obrigou-o a isso. Sabe Deus por quê.

— Deus sabe por quê — digo a ela.

Fico me perguntando se mencionar Deus no local de trabalho também é inconveniente, assim como rezar ou citar a Bíblia. De todo modo, Jasmine não parece ligar.

— Seja como for — diz Jasmine —, foi por isso que lhe disse que não estava feliz com você aqui.

Demoro um pouco para me lembrar da conversa que estávamos tendo antes do encontro com Juliet.

— Concordei que você trabalhasse aqui, é bom que saiba, somente porque seu pai está me dando dois mil extras por mês, e eu preciso do dinheiro. Ainda assim, preferiria ter Belinda, com ou sem dois mil. Só para você saber.

— Entendo — digo de novo.

— A primeira rodada do correio é fácil porque ainda não tem muitos advogados no escritório. Eles chegam por volta das nove e trabalham até altas horas da noite. Essa é a cultura corporativa daqui.

— Também não fico feliz por estar aqui — ouço essas palavras saírem de mim e não tenho certeza de que sou eu a pronunciá-las. — Preferiria trabalhar em Paterson tomando conta dos pôneis.

Jasmine olha para mim com firmeza por um período mais longo do que das outras vezes e balança a cabeça como se concordasse. Abre a porta da sala da correspondência e empurra o carrinho para dentro.

— Essa porta precisa ficar trancada toda vez que você sair da sala e eu não estiver aqui. Vou lhe dar a chave. Ninguém entra, além de mim e de você. Se alguém precisar de um arquivo, tem que ficar do outro lado do balcão enquanto o pegamos. Vou lhe mostrar como funciona o arquivo. As pessoas costumavam entrar e sair para pegar os arquivos e aí um se perdeu, e a firma foi processada por negligência. Desde então, ninguém mais tem autorização para entrar, nem o pessoal da faxina. No fim do dia, pomos as latas de lixo do lado de fora da porta. Certo?

— Certo.

— Então agora vamos conectar seu laptop.

CAPÍTULO 7

Jasmine conecta o laptop ao provedor da firma para que eu possa receber e-mails de todos os advogados e funcionários. Assim que ela sai da sala, decido verificar o termo "desordem cognitiva" na internet. O termo é diferente de qualquer coisa que eu tenha ouvido Arturo usar e estou curioso para descobrir o que ele quis dizer com isso. Não é possível que Arturo ache que eu tenho uma desordem cognitiva. São tantas as graves doenças mentais referidas como desordens cognitivas: demência, esquizofrenia, paranoia, alucinações (auditivas e visuais). Decido que Arturo usou um atalho para descrever uma realidade difícil de explicar. É a única explicação que faz sentido. Arturo iria querer que eu trabalhasse no escritório de advocacia ou frequentasse uma escola comum ou fosse para a universidade se ele achasse que eu não estava sintonizado com a realidade? Toda minha vida ele lutou contra tudo que me separasse da vida normal.

Ouço o telefone na minha mesa tocar. O som é alto, mais alto do que de qualquer outro telefone que eu já tenha ouvido, e por alguma razão o barulho soa como se estivesse comunicando raiva.

— Alô.

Ouço uma voz de mulher:

— O Dr. Holmes quer vê-lo agora.

— Agora — repito.

— É, agora, como em imediatamente. Ele tem apenas alguns minutos antes das onze. Se você pudesse vir aqui já, seria maravilhoso.

— Tudo bem.

Levanto-me. Não sei bem como encontrar sozinho o escritório de Stephen Holmes. Então ouço a voz de Jasmine. Ela estava sentada a sua mesa o tempo todo e não reparei que estava ali.

— Deixe que vou adivinhar. Holmes está convocando-o.

— Agora. Ele quer me ver agora.

— É sempre agora com Holmesy.

Fico ali por alguns minutos, constrangido.

— O quê? — pergunta ela.

— Esqueci como chegar ao escritório.

Ela se levanta e indica que eu a siga.

— Vou decorar onde fica cada pessoa assim que voltar. Ia fazer isso logo que chegasse da rodada do correio, mas me envolvi fazendo uma pesquisa.

Jasmine não parece aborrecida com o fato de ter de me conduzir ao escritório de Stephen Holmes. Parece preocupada com as ideias dela.

— Seria bom se você tentasse ganhar a simpatia de Holmesy. Ele gosta quando se dizem muitos "ohs" e "ahs" a respeito do escritório e quando a gente parece ficar extasiado com cada palavra que sai de sua boca. Enfim, é isso aí. Quando você acabar, ou melhor, quando Holmesy tiver acabado com você, simplesmente saia do escritório, vire à esquerda e, depois, outra vez à esquerda, e você estará na sala da correspondência. Esquerda e esquerda, certo?

— Esquerda e esquerda — repito.

Então ela se vira e vai embora. Estou de pé em frente a Juliet, que balança rapidamente seu chaveiro.

— Entre — diz, sem levantar os olhos.

Entro e vejo Stephen Holmes atrás de uma grande mesa de vidro. Tudo no escritório parece feito de vidro e extremamente quebrável. Stephen Holmes cobre o bocal do telefone com a mão e diz:

— Sente-se, Gump, estarei com você em um minuto.

Primeiro, acho que alguém chamado Gump entrou na sala, mas depois me lembro que Stephen Holmes me chama assim desde que bati bola com Wendell no churrasco do verão. "Seu filho é um perfeito Forrest Gump", Stephen Holmes disse a Arturo depois que Wendell e eu paramos de jogar.

— O que você quer dizer exatamente com isso? — Arturo respondeu. Lembro como todas as pessoas sentadas no pátio de repente pararam de falar.

— Sabe — disse Stephen Holmes —, exatamente como o Forrest Gump naquele filme, com o pingue-pongue.

Lembro como Aurora puxou Arturo de volta à cadeira. Lembro também de Stephen Holmes e Arturo mais tarde, naquela mesma noite, de pé, embaixo da casa da árvore, e eles não sabiam que eu estava lá em cima. Arturo explicava como a casa da árvore era equipada de eletricidade e como os colegas de Yolanda haviam feito o projeto e a construção. Então ele disse: "Por falar nisso, nunca mais insulte meu filho." Eu nunca tinha ouvido aquele tom de voz em Arturo. Escutei a risadinha de Stephen e ele dizendo: "Não seja tão sensível, Art."

No dia seguinte, perguntei a Yolanda por que Stephen Holmes tinha me chamado de Gump, e alugamos o filme *Forrest Gump*. Ao ver a parte do filme em que ele se torna campeão de pingue-pongue, entendi por que Stephen Holmes me chamou de Gump. O que não entendi e ainda não entendo foi a reação de Arturo. O personagem principal do filme é um ser humano muito bom.

Stephen Holmes desliga o telefone e imediatamente põe os pés em cima do tampo de vidro da mesa. Não há nada na mesa, além do telefone e uma caneta de prata.

— Sente-se, Gump, sente-se.

— Meu nome não é Gump — digo. — Meu nome é Marcelo Sandoval.

— É claro. Sente-se, Sr. Marcelo Sandoval.

Stephen Holmes pronuncia meu nome Mar*tch*elo em vez de Mar*ss*elo, como ele deve ser pronunciado.

— Como vai o tênis?

— Na verdade, eu não jogo tênis — digo, sentando-me na beirada de uma cadeira preta.

— Bobagem. Você é um verdadeiro Pancho Gonzalez. Sabe, Wendell está trabalhando aqui este verão, me ajudando em alguns casos. Vocês dois deveriam ir ao clube jogar squash.

— Yolanda me ensinou a bater a bola de volta para que ela pudesse praticar. Eu consigo bater a bola se ela estiver perto de mim. Se a bola não for jogada diretamente contra mim, em geral não a pego.

— Você vai ser bom no squash. A gente não precisa sair caçando a bola como no tênis.

— Não sou bom em esportes competitivos. É difícil para Marcelo mover-se com rapidez. Minha tendência é mais de pensar muito.

— Isso me faz lembrar por que eu queria vê-lo. Gostaria que você ajudasse Wendell na questão judicial em que ele está trabalhando. Ele é um rapaz brilhante, mas não acompanha bem os detalhes. Você sabe, organizar, arquivar. E há toneladas de xerox para fazer.

— Jasmine disse para conferir antes de eu fazer qualquer trabalho para o senhor ou Wendell.

— Jasmine, Jasmine. O que seu pai vê nela está além da minha compreensão.

De repente, minha cabeça fica quente. Embora eu não compreenda tudo o que está envolvido, sinto que Stephen Holmes está atacando Arturo, algo que sempre me enraivece. Sem pensar, eu digo:

— Jasmine deve ser uma boa funcionária se Arturo gosta dela.

Não ligo se o que eu digo — e como eu digo — soa desrespeitoso.

Stephen Holmes dá um riso forçado. Na verdade, o que Stephen Holmes faz com os lábios é mais um esgar.

— Ela deve ser muito boa em alguma coisa, se seu pai gosta dela — e mais um esgar. — Veja se descobre por que seu pai mantém Jasmine aqui. Um bom projeto para você este verão. De qualquer maneira, não se preocupe com Jasmine. Eu cuido dela.

— Marcelo não se preocupa — ainda estou aborrecido, mas a raiva começa a arrefecer. Respiro profundamente, como me ensinaram em Paterson.

— Eu sei que Marcelo não se preocupa — Holmes ri. — Gostaria de não me preocupar com as coisas. Deve ser bom ter um cérebro simples, descomplicado.

— Você pode, se quiser.

— Ah, é?

— Não é difícil simplificar os processos de pensamento do cérebro. Tudo o que você tem que fazer é impedir que pensamentos indesejáveis venham à tona.

— É mesmo?

— Descobri que a melhor maneira de fazer isso é decorar uma passagem da Bíblia e lembrar essa passagem sempre que você quiser interromper pensamentos indesejáveis.

Será que isso é algo que eu não deveria dizer? Lembro-me da regra de Arturo de não falar sobre assuntos religiosos no local de trabalho.

Stephen Holmes remove os pés da mesa e coloca-os ambos sobre o tapete vermelho embaixo da mesa. Posso senti-lo me estudando. Sempre sinto certo desconforto quando estou com Stephen Holmes.

— Talvez possamos sair para almoçar um dia desses e você me dirá exatamente como fazer isso. Acho que agora já estou atrasado dez minutos para uma conferência telefônica. Vou dizer a Wendell para levá-lo para almoçar em algum momento. Ele poderá ensiná-lo a se dissipar, e você poderá ensiná-lo a se concentrar. Aliás, essa é boa.

Permaneço sentado procurando em meus arquivos mentais o significado da palavra "dissipar".

— Tudo bem, Gump. Pode voltar para a sala da correspondência e os auspícios da protegida do papai. Aliás, como vai Yolanda? Gostando de Yale?

Yolanda reclama constantemente da dureza dos estudos, então não sei como responder à pergunta. Finalmente, decido dizer que sim, embora isso não seja totalmente preciso.

— O que ela está estudando? Ela quer ser enfermeira como sua mãe?

— Yolanda quer estudar o cérebro humano. Ela tem um emprego de assistente de pesquisa em um hospital em Nova York.

— Ora, ora, ora. É mesmo? Interessante. Bem, pode ir. Vou dizer a Wendell para levá-lo ao clube para jogar squash.

Assim que saio do escritório de Stephen Holmes, escrevo a palavra "squash" no meu caderno amarelo. Deduzo que a palavra se refere a algum tipo de esporte semelhante ao tênis, mas não sei por que deram ao jogo o nome de um legume*.

— Martchelo! Ei, Martchelo! — primeiro, acho que Stephen Holmes está me chamando de seu escritório, mas logo percebo que a voz vem da sala exatamente oposta. Ando até a porta e vejo Wendell sentado atrás de uma pilha de caixas de papelão. Parece uma versão mais jovem, mais desarrumada, de Stephen Holmes.

— Meu nome se pronuncia Mars-se-lo — digo e me lembro do palavrão que Yolanda usou para se referir a Stephen Holmes e seu filho, Wendell.

— É claro que sim. Sente-se, Marcelo, sente aí um segundo.

— Preciso ajudar Jasmine. Ela vai me mostrar como operar a fotocopiadora — digo, ainda em pé.

— Só um minutinho — Wendell sai de trás das caixas de papelão e tira um saco de papel da cadeira onde quer que eu me sente. — Preciso descansar minha cabeça dessa porcaria toda.

---

* Em inglês, a palavra *squash* é usada para designar vários tipos de abóbora. (*N. do E.*)

Sento e ponho as mãos sobre minhas pernas. Quero dizer algo a Wendell, que parece esperar que eu comece a conversa, mas nada me ocorre. Apesar das muitas horas de prática em Paterson, iniciar uma "conversinha" ainda é para mim um desafio formidável.

— Você joga squash — digo, finalmente, logo me dando conta de que não enunciei a frase como uma pergunta.

— Vejo que você andou conversando com o Velho.

— Seu pai não é velho.

— Vou contar para ele que você disse isso. Vai fazê-lo feliz.

— É bom ser feliz.

Lembro-me de Jasmine. Jasmine não está feliz com minha presença na firma. Eu também não estou feliz. O esforço necessário para conversar educadamente está drenando de mim cada gota de minha felicidade.

— Falando de felicidade, eu ficaria muito feliz se pudesse passar meus dias na mesma sala que Jasmine. Ela é gostosa, você não acha?

— Gostosa.

Por que, sempre que eu não compreendo o uso de uma palavra, tendo a ecoá-la?

— Você percebe essas coisas, Marcelo? Sabe, quando uma mulher é gostosa de olhar, agradável aos olhos, atraente. Você tem aquele anseio que todo mundo tem quando a gente vê um corpo bonito de mulher?

— Não.

Acho que a resposta para essa pergunta é não. Entendo que Wendell está falando de atração sexual.

— Você está brincando, não está?

— Não.

— Não é possível. Então você sente atração por homens?

— Não.

— Talvez sua testosterona ainda não tenha deslanchado. Se não deslanchou, logo vai deslanchar. A necessidade do macho de depositar sua semente em qualquer lugar, a qualquer hora, o mais frequentemente possível... talvez ainda não tenha tomado você. Quantos anos você tem, 18?

— Fiz 17 no dia 26 de março.

— Então os hormônios da adolescência já começaram a fluir há muito tempo. Basta olhar que a gente vê. Olhe seu corpo. Você é quase tão alto quanto eu, e eu tenho 1,82m. Sua voz é grossa. Você se barbeia, não?

— Barbeio.

— Você tem uma constituição sólida. Olhe só esses bíceps.

Wendell pega meu braço e o aperta. Tento tirá-lo. Não gosto que toquem em mim sem me avisar primeiro. Espero não ter ofendido Wendell.

— Levanto peso todos os dias.

Wendell ignora o que eu digo e volta ao tópico original da conversa.

— Quer dizer que olhar para Jasmine ou olhar para mim dá no mesmo para você?

— Você e Jasmine são pessoas.

— Mas temos corpos diferentes.

— Ambos são pessoas. Vocês são essencialmente o mesmo.

— Isso é profundo, Marcelo. Realmente. Se você sente mesmo isso e não está gozando com minha cara, ou algo do gênero, tiro meu chapéu, creio eu. Mas não tenho tanta certeza. Acho que você não está sendo inteiramente sincero comigo.

—Você não está usando um chapéu — é minha tentativa de fazer graça e mudar de assunto, mas não funciona nem de um jeito nem de outro.

—Você está me dizendo que nunca —Wendell baixa a voz — nunca está a fim, sabe, daquilo.

Wendell fez um círculo com o indicador e o polegar e o está repetidamente atravessando com o dedo médio da outra mão, que entra e sai do círculo.

— Aquilo.

— Aquilo.

Agora Wendell está lentamente levantando seu braço no ar como um elefante levantando a tromba.

Sei que o dedo de Wendell enfiado no círculo é um gesto que significa intercurso sexual e que o braço levantado quer dizer uma ereção. As regras referentes à sexualidade e às conversas sobre sexualidade são nebulosas, confusas. Não sei se Wendell está brincando ou se quer discutir o assunto seriamente. Decido que mais provavelmente Wendell está brincando e que não preciso responder. Levanto-me e digo:

— Preciso ir para ajudar Jasmine.

— Espere aí, espere aí —Wendell me puxa de volta para a cadeira. — Não quis ofendê-lo. Estava só curioso, de um ponto de vista antropológico.

— Não estou ofendido — digo e me levanto de novo.

— Espere um segundo — me diz ele, levantando-se também. — Deixe que eu arrume seu colarinho — antes que eu entenda o que ele está fazendo, Wendell desabotoa o último botão da minha camisa. —Já que você vai ficar junto de Jasmine o tempo todo, é bom que não pareça um mongol.

Quando volto para a sala da correspondência, Jasmine me entrega um pedaço de papel e me diz:

— Fiz uma lista de tarefas que você precisa aprender. Vamos começar depois do almoço. Passaremos a tarde treinando, e amanhã você faz tudo sozinho.

Ando até minha mesa e leio o papel que Jasmine me deu.

12H30: COPIAR, COTEJAR, ARQUIVAR
13H30: IR ATÉ O FÓRUM PARA REGISTRAR DOCUMENTOS
14H30: ESCANEAR
15H: SEPARAR A CORRESPONDÊNCIA
15H30: SISTEMA DE ARQUIVAMENTO E BUSCA
16H30: ÚLTIMA RODADA DO CORREIO (FIQUE LONGE DE MARTHA. ELA PIORA À MEDIDA QUE A NOITE SE APROXIMA.)
17H: HORA DE IR PARA CASA (VOCÊ COMPLETOU SEU PRIMEIRO DIA DE TREINAMENTO NO CAMPO O PEQUENO INFERNO. CONSIDERE SERIAMENTE NÃO MAIS SE SUBMETER A ISSO E FICAR EM CASA AMANHÃ.)

Aurora me contou uma vez que ela soube que eu era diferente logo nos primeiros meses depois que nasci porque, quando eu era bebê, nunca chorava. Ela não tinha maneira de saber se eu estava com fome, ou dor de barriga, até eu ficar grandinho para apontar e falar. Até quando eu caía e obviamente tinha me machucado, nunca chorei. Quando não conseguia que as coisas fossem do meu jeito, eu me afastava amuado ou tinha um ataque de cólera. Mas nunca chorei. Mais tarde, quando eu tinha onze anos e Abba morreu, não chorei. Quando morreu Joseph, meu melhor amigo no Santa Elizabeth, não chorei.

Talvez eu não sinta o que os outros sentem. Não tenho como saber. Mas eu sinto. Só que o que eu sinto não provoca lágrimas. O que sinto quando outros choram é mais como uma solidão seca e vazia, como se eu fosse a única pessoa que restasse no mundo.

Então é muito estranho sentir meus olhos se encherem de lágrimas quando eu leio a lista de Jasmine.

CAPÍTULO 8

Todas as manhãs esta semana, depois da primeira rodada do correio, minha tarefa foi abastecer de papel todas as impressoras e máquinas de xerox do escritório, deixando ao lado novos pacotes. Andar pelo escritório com um carrinho cheio de correspondência ou de papel para as máquinas de xerox e impressoras é a minha tarefa menos favorita. Inevitavelmente, alguém me diz alguma coisa e tenho que responder.

Conversinha. Sei tudo sobre conversinha. Estudei conversinha em Paterson e tenho uma quantidade de respostas prontas para conversinhas iniciadas por outros, além de uma quantidade de perguntinhas para aquelas situações em que, por uma razão ou por outra, sinto-me obrigado a começar a conversinha. Na aula de Interação Social, aprendemos a formular quatro ou cinco perguntas relacionadas aos acontecimentos do dia. Lendo os jornais ou pesquisando no computador, decoramos perguntas sobre o clima, esportes, sobre os últimos acontecimentos. Todas as manhãs esta semana fui à página da Web que noticia acontecimentos locais e anotei algumas perguntas só para me garantir. "O que você achou da derrota do Boston Red Sox para o New York Yankees?" Coisas desse tipo.

Felizmente, não precisei usar qualquer pergunta pronta. Quando chego de manhã, Jasmine já está aqui. Ela me passa a lista do dia, e cada um vai por sua conta em silêncio. Gosto dessa maneira. Acho que Jasmine gosta também, porque ela usa fones de ouvido todo o tempo em que trabalha em sua mesa. Mas algumas vezes me pergunto como seria Belinda e se Jasmine usaria os fones de ouvido no caso de Belinda estar aqui em meu lugar.

Abrir caixas e retirar pacotes de papel são tarefas que posso fazer sem ter de me concentrar muito. Muitas das tarefas aqui no escritório são assim, o que é bom para mim, porque aí posso pensar em outras coisas como estou fazendo agora. O que estou pensando agora é sobre a possibilidade de em algum momento acontecer alguma "conversa séria" no escritório. Às vezes escuto os advogados falando sobre seus trabalhos. Falam sobre o conteúdo de cartas que receberam ou algo que tenha sido dito para eles por telefone, ou sobre o que aconteceu durante uma reunião. Ouço um bocado de "então ele disse" ou "então ela disse", e esse relato do que outras pessoas disseram é recontado com um bocado de emoção. Isso, imagino, é o equivalente a conversa séria no escritório de advocacia, pois emoção não vem junto com conversinha.

Pergunto-me como eu definiria conversa séria. A maioria das minhas conversas com a rabina Heschel é conversa séria, pois envolvem questões acerca de Deus. O diálogo entre Aurora e mim depois que Arturo me informou sobre o trabalho de verão na firma foi conversa séria. Toda a velha conversação com meu amigo Joseph no hospital foi conversa séria, mesmo quando tratava de pequenas coisas. O motivo disso é que nós dois sabíamos que cada palavra contava. Uma coisa que não compreendo é por que nunca fiz uma distinção entre conversinha e conversa séria em Paterson. Sei que isso não faz sentido, mas por alguma razão toda conversa que tive ou ouvi em Paterson pareceu-me conversa séria.

— Desculpe.

Alguém está falando comigo. Viro-me e à minha frente está a secretária que trabalha no espaço dezoito. Procuro seu nome. Espaço dezoito. Beth. O advogado para quem ela trabalha se chama Harvey Marcus. Fico ali sem saber exatamente o que dizer a ela.

— Onde está Jasmine?

Gosto dessas perguntas.

— Ela foi ao correio.

— Merda!

Essa foi uma resposta inesperada. Então vejo uma pilha de documentos no balcão e entendo que é preciso que Jasmine faça algo para ela. Vejo-a olhando para o grande relógio branco sobre a minha mesa.

— Eu disse a ela que traria alguns documentos para serem encadernados até as onze.

Sei algo sobre encadernação de documentos porque Jasmine me mostrou a máquina usada para essa tarefa, que fica na parte de trás da sala, mas ela ainda não me ensinou a manuseá-la.

— Ela estará de volta até as dez — e me viro para olhar o relógio. São nove e meia.

— Harvey precisa disso para a reunião do Conselho de Diretores, que vamos ter às onze.

Olho para os documentos que ela colocou sobre o balcão.

— Há apenas seis documentos ali — digo.

— Preciso de dez cópias de cada, e cada uma tem que estar encadernada e adesivada.

Ela não está olhando para mim. Está escrevendo no bloquinho de solicitações sobre o balcão. Está pressionando o bloco com tanta força que ele rasga.

— Merda! Você vai me dizer que isso está acontecendo comigo?

Não concluo que ela esteja me pedindo para lhe dizer isso. Não sei o que "adesivada" significa e não sei como encadernar, mas sei xerocar, então digo:

— Posso fazer as cópias. Posso começar.

Ela me olha.

— Supostamente, você não seria re... Quer dizer, devagar, meio lento?

Como posso responder? Nesse caso, sei qual palavra viria quando ela interrompeu o que ia dizer: "retardado". Isso significa que Beth de alguma maneira esperava que eu fosse retardado, ou devagar, ou meio lento, e falei algo ou me ofereci para fazer algo que mudou essa expectativa. Mas por que teria Beth a expectativa de que eu fosse retardado? Quem pôs isso na cabeça dela?

— Alô, cadê você? — ela está estalando os dedos diante do meu rosto. — Imagino que, se você trabalha aqui, isso quer dizer que pode fazer o trabalho, certo?

Não respondo. Mas não acho que a conclusão dela esteja necessariamente correta.

— Você está vendo aqueles papeizinhos amarelos? Ali devem ir os adesivos. Você tem que tirar os papeizinhos dos documentos para fazer as cópias, mas deve colocá-los de volta, de maneira que possa depois adesivar.

— O que é adesivar?

Ela olha o relógio na parede. Ela tem um esgar no rosto. Vi crianças em Paterson com esse esgar segundos antes de caírem em prantos por raiva ou frustração.

— Realmente, não tenho tempo. Aqui está a solicitação. Deixei isso aqui a tempo para a feitura da tarefa. Se a firma não consegue contratar pessoal de apoio competente... Harvey terá que lidar com isso. Fiz a minha parte.

Enquanto ela fala, suas mãos se movem no ar. Fico me perguntando como é possível sentir o que ela parece estar sentindo por causa de uma simples tarefa de fotocopiar e encadernar.

Às dez, Jasmine chega. Está carregando uma sacola plástica, que põe sobre a mesa. Aproxima-se e olha as seis pilhas de documentos que eu fiz: dez cópias de cada documento que Beth deixou comigo. Visivelmente, ela se pergunta o que estou fazendo.

— Beth — digo. Entrego a solicitação. — Eles precisam ser adesivados e encadernados. Tem uma reunião às onze. Ela estava muito aborrecida porque não encontrou você aqui.

Jasmine faz que sim com a cabeça. Diferente de outras pessoas da firma, Jasmine está sempre calma. Até quando está com raiva, como aconteceu com Juliet, por exemplo, a gente vê que a raiva não a afeta. Sei disso porque sua respiração não se altera. Uma pessoa que está com raiva de verdade tem reações físicas que duram algum tempo, até depois de a razão da raiva já ter passado.

— Você começou fotocopiando — diz ela e pega a cópia de cima do primeiro conjunto. — Não veio uma lista de conteúdos. Como vamos saber onde pôr os adesivos?

Vou até minha mesa e mostro a ela os seis documentos que Beth trouxe com os papeizinhos amarelos. Jasmine pega um.

— Foi assim que ela os trouxe?

— Foi. Assim, com os papeizinhos para marcar onde ela queria os adesivos.

— Então você tirou os papeizinhos para fazer as cópias e colocou-os de volta nos originais da Beth. Você os colou na mesma página em que estavam antes, certo?

Pego um pedaço de papel na minha mesa e mostro a ela minha lista de números das páginas onde encontrei os papeizinhos. Não preciso lhe dizer o que eles são. Forço-me a olhar cuidadosamente o rosto de Jasmine e vejo um remoto sorriso começando a se formar.

— Tudo bem, vamos terminar essa obra antes que Beth tenha um chilique — ela diz isso como se Beth já tivesse dado muitos chiliques antes.

Trabalhamos em silêncio a não ser quando leio alto um número de página. Jasmine põe os adesivos em todas as cópias e as traz para a encadernadora. Mostra como enfiar o documento entre duas folhas plásticas antes de ele ser colocado numa impressora elétrica que faz os furos e a encadernação. Depois que ela faz alguns exemplares, vai para o lado e sinaliza para que eu assuma a tarefa.

Olho para o relógio. São dez e meia e Beth precisa deles às onze. Sei o que fazer, mas não acho que consigo ser rápido bastante para terminar cinquenta e seis exemplares em meia hora.

— Não sei...

— O que você não sabe?

— Marcelo não é rápido como Jasmine.

— Marcelo está perdendo tempo falando sobre isso quando poderia estar trabalhando.

Ela vai para sua mesa e põe os fones de ouvido.

O primeiro documento que eu tento fazer sai errado. Não alinho as coberturas plásticas corretamente. Decido deixá-lo de lado e continuar em vez de perguntar a Jasmine como consertá-lo. O segundo sai direito, mas levo três minutos para encaderná-lo. São necessários apenas alguns movimentos manuais, mas de alguma maneira a ideia de que o tempo está passando me torna mais lento. Então penso que talvez essa seja a tarefa que vai me mandar para Oak Ridge. Não era esse o acordo? "Cada tarefa terá dentro dela uma definição de sucesso", disse Arturo. "Seu sucesso dependerá da capacidade de seguir as regras."

Paro. Respiro fundo. Fecho os olhos. Com tanta coisa para pensar, penso em retirar esterco com a pá no estábulo de Paterson. Penso no lento movimento da pá, no carrinho de mão cheio de esterco, penso na força empurrando o carrinho até o lado de fora, no caminhão que apanha e leva o esterco para longe. Harry dizia que eu retirava o esterco como se cada pazada cavasse ouro, tal o meu cuidado. É desse jeito que preciso trabalhar agora, com vagar e firmeza, mas continuamente. O que mais posso fazer? Marcelo pode ser outra pessoa que não Marcelo? Quando abro os olhos, vejo que Jasmine virou-se e me fita. Procuro em seus olhos sinais de preocupação ou raiva por eu não estar trabalhando suficientemente rápido, mas ao contrário vejo-a me olhar em silêncio sem qualquer reprovação.

Às dez e cinquenta e cinco vejo Beth no balcão. Primeiro, ela olha para os documentos que encadernei, depois para mim, depois para Jasmine.

— Não acredito no que vejo — ouço-a dizer.

Jasmine remove os fones de ouvido, mas não se levanta.

— Você disse alguma coisa? — pergunta a Beth.

— Eu não pus na solicitação que Harvey tinha uma reunião às onze e que precisaríamos dos documentos até essa hora? Ele ainda está no meio do serviço e as pessoas já estão aqui. Harvey precisa disso distribuído antes de a reunião começar.

— Harvey tinha que nos ter passado os documentos com mais antecipação.

— Eu trouxe o material às nove e meia. Uma hora e meia atrás. Não estou nem aí, eu tenho uma cópia do formulário como prova.

— Você vai ter um ataque cardíaco. Veja seu estado.

Jasmine está vendo o que estou vendo. O rosto de Beth está tão vermelho que quase fica roxo. Suas mãos seguram o balcão com tanta força que as falanges ficam brancas. Ela está começando a tremer.

— Por que você não lhe dá uma mão? Se você o tivesse ajudado, o trabalho já estaria pronto.

Agora Beth está gritando com Jasmine. Volto para a encadernação.

— Qual o seu problema? Você quer que ele fracasse para poder chamar a Belinda de volta?

Paro para olhar Jasmine. Pergunto-me se é esse o motivo de ela não me ajudar. Jasmine levanta-se lentamente da cadeira e encara Beth.

— Todo mundo na firma está ouvindo seus gritos. Será que vale a pena? Harvey vai ter os documentos dele em meia hora. Na mesma hora em que ele os teria se fosse eu fazendo a tarefa. E isso é tarefa de uma pessoa só. Não posso ajudá-lo.

Jasmine anda até a mesa onde estou trabalhando e pega um dos documentos que acabei de encadernar.

— Veja. A encadernação está perfeita. Elas não sairiam tão boas se fosse eu trabalhando no lugar dele. Eu teria corrido com o serviço e haveria erros.

Há um momento em que Beth parece descobrir de repente que há uma plateia de gente testemunhando sua explosão.

— Você vai ter que se ver com Harry — diz ela. — Fiz a minha parte. Eu trouxe o material a tempo. Tenho uma cópia da solicitação — e vai embora.

Agora Jasmine olha para mim e balança a cabeça. Não sei o que esse gesto significa. Talvez signifique que não devo acreditar em nada do que Beth diz.

— Obrigado — digo a ela.

— Pelo quê?

— Você não contou a verdade a Beth. Os documentos estariam prontos se Jasmine tivesse feito o serviço. Jasmine levou trinta segundos para encadernar um documento. O mais rápido que Marcelo conseguiu fazer sem erros foi dois minutos e vinte e cinco segundos.

— Você cronometrou?

— Tive que fazer isso, para determinar minha velocidade ótima.

— Sua velocidade ótima.

— Em Paterson, dizemos velocidade ótima. Significa descobrir qual é nossa melhor velocidade para realizar uma tarefa dada. Todo mundo tem uma.

— Incrível — diz ela. — É bom que você sintonize logo sua velocidade ótima antes que Harvey chegue aqui soprando e bufando. Se você acha que Beth é dramática, espere para ver a performance de Harvey.

— Os documentos não estarão prontos para a reunião.

— Mas você já sabia disso. Bastava multiplicar sua velocidade ótima pelo número de documentos que você tinha para encadernar.

— Sim.

— Mas você não acelerou.

— Não.

— Por que não?

— Não era possível cumprir o *deadline* sem cometer erros.

Ela se aproxima de mim.

— Todo mundo aqui acha que seu *deadline* é importantíssimo. Alguns são, outros não são. Não vai acontecer nada, o mundo não vai acabar, não ocorrerão perdas de vidas, nem, Deus nos livre, perdas financeiras, se os documentos não estiverem lá às onze. O pior que pode acontecer é Harvey ter que dizer que os documentos chegarão em alguns minutos. Mas ele não vai dizer isso porque os documentos não serão discutidos, não serão nem abertos, durante a reunião. Harvey quer que os participantes da reunião levem os documentos quando forem embora. Então o *deadline* das onze horas tem a ver somente com o jogo de cena de Harvey. Ele quer os relatórios sobre a mesa quando as pessoas chegarem porque acha que isso vai impressionar.

— Não é importante impressionar as pessoas.

— É extremamente importante! — ela treme as mãos como se estivesse com medo, mas eu sei que a tremedeira não é verdadeira. — A reunião faz um intervalo para almoço ao meio-dia. Podemos levar os documentos nessa hora, e Harvey ainda fará um jogo de cena legal. Vou ver se posso evitar que ele dê uma bronca.

— É tudo culpa de Marcelo.

Ela olha para baixo. Eu pensava ser a única pessoa com medo de olhar as outras no olho, mas ela parece amedrontada também.

— Escute, existem alguns *deadlines* de verdade em que as pessoas vão, não digo perder suas vidas, mas um bocado de dinheiro, se eles não forem cumpridos. É preciso experiência para identificá-los.

— Mesmo que eu venha a identificar os *deadlines*, Marcelo consegue ser rápido somente até certo ponto.

— O que teremos de fazer é dividir o trabalho. Você fará as tarefas de menos pressão em termos de tempo, e eu cuidarei das outras.

— Eu sou muito bom de concentração quando posso trabalhar em minha velocidade ótima — tento dizer isso de uma maneira gozada, mas Jasmine não sorri. Então me ocorre dizer: — Belinda teria cumprido o *deadline* das onze — tento formular a frase como uma pergunta, mas ela sai como uma declaração.

— Teria.

Então a vejo sair da sala da correspondência. Ela está indo impedir que Harvey dê uma bronca.

CAPÍTULO 9

Faço novos progressos a cada dia de trabalho no escritório de advocacia — progresso tal como Arturo definiu, ser capaz de completar com sucesso as tarefas atribuídas a mim. Consigo andar na rua se me fixo numa rota memorizada e sigo um mapa de computador, que imprimi, e se não presto atenção nas palavras e sons da cidade. Palavras estão por toda parte. Palavras, parece, cobrem tudo. Há palavras nos prédios e nas janelas, nos carros e nas roupas das pessoas. Há gente sentada nas calçadas com cartazes do tipo "sem-teto, mas não bebo". Se eu parasse para apreender cada palavra que vejo, nunca chegaria ao tribunal aonde vou quase todo dia para registrar documentos.

A mesma coisa com os sons. Parece que a maior parte do meu cérebro precisa ser desligada para funcionar direito. Milhões de pessoas não têm qualquer problema para assimilar sons diferentes. Andam e falam no celular ao mesmo tempo. Driblam carros no asfalto enquanto conversam. Primeiro, fiquei surpreso com o número de pessoas que andavam pelas ruas falando sozinhas. Foi preciso que Jasmine me apontasse os pequenos microfones pendurados diante de seus rostos.

Todo dia na minha hora de almoço, ando até um parquinho em frente ao prédio da firma. Fico ali sentado comendo meu sanduíche de atum, uma barra de granola e uma maçã. Observo. Ultimamente, tenho olhado para as mulheres, tentando não encará-las, vendo se consigo determinar se são atraentes. Imagino que isso seja consequência das conversas que venho tendo com Wendell. Na verdade, não são conversas. Wendell pontifica, e eu escuto. Quase todo dia, Wendell partilha comigo sua vasta erudição sobre os modos e as maneiras do gênero feminino.

Estou andando para a sala da correspondência depois do almoço quando Wendell me pega.

— Só um minutinho, Marcelo, por favor. Vou ficar maluco aqui lendo essa porcaria.

— Jasmine está me esperando para irmos à Seção de Ações no Fórum.

— Pense que você estará fazendo sua boa ação do dia — implora ele.

Então me sento.

— Você sabe como passo meu tempo aqui?

— Lendo porcaria.

— Exatamente. Tenho que enfrentar trinta e cinco caixas de porcaria verificando memorandos e cartas e relatórios, alguns em espanhol.

— Você fala espanhol?

— Mais ou menos. Estudei três anos na escola.

— Eu costumava rezar em espanhol com minha avó quando ela morava conosco.

— Não brinque, é mesmo? Falando em rezar, estou rezando para que Jasmine aceite sair comigo. Não entendo por que ela recusa. Ela já falou de mim para você?

Penso na pergunta dele, mas decido não responder. Faço então uma pergunta. Isso foi uma coisa que aprendi com a rabina Heschel. Quando você não quiser ou não souber responder a uma pergunta, faça outra. Pergunto:

— Em sua opinião, Jasmine é bonita?

O rosto de Wendell se ilumina.

— Você tem que ir a outro homem para fazer essa pergunta, meu amigo.

Fico pensando se alguém considerado normal alguma vez já me chamou de "amigo". Nem mesmo Joseph me chamava de "amigo", embora fôssemos. Gosto de ser chamado de "amigo" por Wendell.

— Sim, você pode afirmar com toda certeza que Jasmine é bonita.

— Portanto — digo eu —, se uma mulher se parece com Jasmine, ela também é bonita.

— Nem sempre esse raciocínio funciona, Mr. Spock — Wendell deu para me chamar assim toda vez que desenvolvo uma ideia lógica em sua natureza. — Jasmine tem exuberantes cabelos negros, mas uma loura, ou uma ruiva, ou até uma mulher totalmente careca, pode ser tão bonita quanto. Às vezes a magreza é legal, mas às vezes um homem precisa de mais substância. Mas, sim, como um ponto de partida inicial, se uma mulher se parecer com Jasmine, você pode assumir com segurança que ela é bonita. Mas não se restrinja. Seja liberal, de certa maneira, na sua apreciação da beleza — Wendell ri consigo mesmo.

— Quem mais é bonita? — pergunto.

— Aqui no escritório de advocacia quase todas as secretárias são gostosas de um jeito ou de outro. É a única qualidade redentora deste lugar. Exceção talvez para a velha Margie. Mas até nesse caso dá para a gente dizer que ela foi bonita uns oitenta anos atrás.

As mulheres são o interesse especial de Wendell — digo a mim mesmo.

— Existem três tipos de beleza feminina — diz ele.

Wendell me faz lembrar o Sr. Rafferty, o professor de estudos sociais em Paterson.

— Telúrica, Elegante e Elemental.

— Você pode dar exemplos, por favor? — imediatamente me arrependo da pergunta. Já estou dez minutos atrasado, e Jasmine está esperando por mim para irmos ao cartório.

— Certamente. Vamos pegar três mulheres bonitas aqui da firma. Cada uma representa uma das três categorias de beleza que acabei de mencionar. Primeiro, você tem Martha Telúrica. Mulheres telúricas são bem-dotadas de uma maneira maternal, mamária. Elas são sexy com um jeito natural, fácil, abundante, e se entregam com liberalidade. O sexo faz parte de sua natureza protetora. A atração do homem pela Mulher Telúrica tem origem no desejo infantil de ser possuído, assim trazendo à tona na mulher o desejo de proteger.

"Quanto à outra categoria, Juliet do outro lado do corredor é uma representante da Mulher Elegante. Elegantes em geral são mais para magras. Têm um porte frio e inabordável. São extremamente conscientes do efeito que exercem sobre a espécie masculina e manejam esse conhecimento em seu próprio proveito. Elas provocam a tendência competitiva do homem. A atração aqui se baseia na necessidade do homem de conquistar e domar, mas também de acumular e privar os outros de qualquer prêmio. Elegantes são troféus, bens a serem ostentados. Só de ser visto com elas causa inveja nos outros. Por isso, meu pai contratou Juliet."

Wendell de repente se cala.

— Jasmine deve ser um exemplo da beleza Elemental — digo.

Wendell acorda de seu sonho e dá um tapa em meu joelho.

— Entendeu tudo. Você aprende rapidamente, garoto.

Wendell encosta-se na cadeira. Seu tom é diferente de quando descrevia as categorias de beleza anteriores. Ele soa sério e solene.

— A beleza Elemental depende menos de atributos físicos do que outros tipos de beleza. Imagino que em teoria possa haver uma Mulher Elemental que não seja fisicamente atraente. Você já ouviu falar em Tabela Periódica dos Elementos?

— Já.

— O que é a Tabela Periódica?

— É um quadro de todos os elementos da matéria arrumados de acordo com o número de átomos de cada um deles.

— Isso aí. Por que eu sabia que você saberia a resposta a essa pergunta?

— Aprendi em Paterson.

— Boa escola, essa Paterson. Mas deixe-me continuar porque agora entrei numa batida legal. Tudo que existe no universo é feito a partir de uma combinação dos elementos da Tabela Periódica.

Discordo de Wendell. Os elementos da Tabela Periódica dizem respeito às partes mais óbvias da realidade, aquelas que a gente vê e toca. Mas há forças de energia dentro do átomo que também compõem o real, e além delas há forças das quais ainda não damos conta. Decido não interromper porque se Wendell pedisse para eu explicar, talvez acabássemos falando de temas religiosos.

— O que tudo isso tem a ver com a beleza, você deve estar se perguntando.

Na verdade, o que estou me perguntando é se conversas entre amigos são sempre assim — duas mentes unidas pelo foco em um mesmo objeto.

Wendell continua:

— A força atrativa por trás da beleza Elemental é a promessa de totalidade, a promessa de uma satisfação plena, completa e sem fim. A mulher que tem esse tipo de beleza é como a Tabela Periódica — ela tem todos os elementos que compõem o ser mulher, mas de uma maneira invisível, como a própria matéria.

— Jasmine é assim? — desta vez, consigo entoar a frase como pergunta.

— Ela é sólida. Não somente seu corpo é sólido, no sentido de ser firme, porque ela levanta peso todos os dias, ela é também inabalável, destemida, permanente, básica, orgânica. Se você se perder no deserto com Jasmine, ela encontrará a água.

— Jasmine levanta peso — digo mais para mim mesmo. A ideia me faz feliz.

— Mas o que é tão especial nesse raro tipo de mulher é o fato de, apesar de sua força, ela permanecer eminentemente voluptuosa. Ah, Deus meu. É uma ereção que vem das profundezas da alma. Por isso, Jasmine é Elemental.

— Entendo.

Talvez seja a maneira estranha com que Wendell se refere a Deus, mas de repente me sinto desconfortável. Levanto-me. Wendell se levanta também, mas continua a falar. A aula não acabou.

— O único problema das mulheres Elementais é que elas podem ou não se deixarem amar. Não que sejam frias e calculistas, como as Elegantes. Simplesmente, elas têm o seu caminho para trilhar. É possível subir no barco e navegar com elas, mas a rota será a mesma com ou sem você. Falando no diabo...

Jasmine aparece na porta. Olha para mim.

— Se eu não conseguir chegar ao Fórum antes que eles fechem, Riese dará uma bronca estrondosa.

— Minha culpa — diz Wendell. — Estávamos discutindo o sentido e o fim de tudo na vida.

— Ele não vai trabalhar para você — responde Jasmine.

— Calma, tigresa. Ele é todo seu.

— Até mais, meu amigo — digo a Wendell.

Mas Wendell não me ouve.

— Você pensou na minha proposta? — ele está falando com Jasmine.

— Quais aspectos do "não" você não consegue entender? — Jasmine já está saindo quando diz essas palavras.

No caminho para o Fórum, ela me diz:

— Cuidado com Wendell. Ele não é uma pessoa em quem você possa confiar.

— O que você quer dizer com isso? O que ele fez contra você que a leva a falar assim?

— É uma intuição. Ele é só aparência, igual ao pai, e por dentro tão mesquinho quanto. Não confio nele.

Penso na conversa de duas semanas atrás, quando Arturo me perguntou se eu confiava nele e respondi que sim. É fato. Confio em Arturo. Confio que ele manterá sua promessa e me permitirá decidir onde eu cursarei o último ano da escola. Mas minha confiança nele é mais conhecimento do que intuição. Está baseada na experiência de ver que ele sempre fez o que disse que iria fazer. Nunca pensei em confiança como intuição, mas agora Jasmine usa a palavra com esse sentido.

— Como você sente a falta de confiança? — pergunto.

— É um sentimento horripilante por dentro.

— Horripilante.

— É, horripilante. Wendell me dá calafrios.

— Calafrios. Dá para ser mais específica?

— Você já cobiçou muito alguma coisa?

— Já.

— O quê?

— CDs. Nunca acho que tenho CDs em número suficiente. Se eu vejo um CD, quero comprá-lo ainda que não precise dele, ainda que tenha outro em casa com a mesma música.

— Certo. Então, quando estou perto de Wendell, me sinto como o CD sentiria se pudesse sentir.

CAPÍTULO 10

Esta manhã, quando eu estava esperando por Aurora para que ela me levasse à estação, Arturo me disse para pegar meus tênis, uma camiseta e um short. Agora sei por quê. Estamos a caminho de uma academia de ginástica. Não tinha ideia de que Arturo "malhasse", como diz ele, quase todos os dias. Sua preferência é malhar de manhã quando chega ao trabalho. Arturo gosta de ir de carro sozinho para o escritório, embora eu já esteja acordado quando ele sai de casa e Aurora tenha de me dar uma carona até a estação de trem. Arturo acha que aprendo mais sobre o mundo real pegando o trem todos os dias. Mas em geral eu faço a viagem em silêncio, tentando me lembrar da MI, que está ficando cada vez mais difícil de acessar.

— Como vai você no trabalho? — Arturo me pergunta.

— Está tranquilo — respondo. Tento me expressar como Jasmine, mas nem sempre consigo a entonação correta.

— Tranquilo?

Não sei por que ficou mais difícil alcançar o lugarzinho da MI. É impossível ouvir a MI no trabalho mesmo nas raras ocasiões em que sento à minha mesa sem algo para fazer. É como se MI não quisesse ser ouvida por medo do ridículo.

— Nunca o ouvi falar assim — continua Arturo.

— É o jeito de Jasmine.

— Entendi.

Agora Arturo caminha em silêncio. Prefiro assim. Em torno dessa hora em geral vou para o parquinho em frente ao prédio onde gosto de almoçar. Essa ida à academia está interferindo na única hora que tenho durante o dia para guiar meus pensamentos da maneira que eu quiser sem interrupções. Fiquei aborrecido quando ele me disse o que faríamos na hora do almoço, mas não fiz qualquer comentário. A essa altura, já sei que tenho a tendência de me aborrecer quando me pedem para fazer algo inesperado. Tenho me esforçado muito ao longo dos anos para reduzir o nível e a duração do aborrecimento. Trabalho nesse sentido desde que me entendo por gente.

— Então você e Jasmine devem estar se dando bem.

Isso me soa como uma conclusão e não uma pergunta, então eu não respondo. Estamos na esquina esperando que a pessoa em miniatura no sinal de trânsito fique verde e nos autorize a atravessar. Parte do momentâneo aborrecimento com a ideia de malhar é porque não preciso malhar. Levantei meus halteres de manhã como sempre faço desde que tio Hector me ensinou a levantá-los.

— Eu perguntei se você e Jasmine estão se dando bem.

Então era uma pergunta. Hesito porque Arturo está atravessando embora a pessoa no sinal ainda esteja vermelha. Fico no meio-fio, mas ele acena para que eu o siga. Olho para os lados a fim de verificar se não tem algum carro vindo contra mim. Um carro numa rua lateral vira a esquina e vem em nossa direção, mas Arturo não acelera o passo. Automaticamente, agarro seu braço. Isso é algo que uma criança pequena faria, penso.

— Ela não reclamou de você — diz ele no meio da rua.

Chegamos ao outro lado. Arturo parece estar falando consigo mesmo. Demora alguns segundos para que eu perceba quem é "ela".

— Então está tudo bem com Jasmine?

— Sim, Pai.

Isso soou malcriado? A entonação de minhas palavras é basicamente a mesma não importa o que eu diga, embora nos últimos tempos eu venha conseguindo levantar a voz no final de uma frase quando estou fazendo uma pergunta. A maioria das pessoas não diz que estou nervoso quando converso com elas ou que estou ansioso sobre o que direi a seguir. Sim, é o caso com quase todo mundo, exceção feita para Aurora, Yolanda, a rabina Heschel, as crianças no hospital e as crianças em Paterson. E agora que estou pensando nisso, é verdade com relação a Jasmine também. Muito estranho. Não tinha pensado nisso antes. Fico me perguntando como isso aconteceu sem que eu notasse.

É verdade que Arturo de vez em quando me deixa nervoso. Ele fica o tempo todo me fazendo perguntas, me desafiando a fim de acelerar minha capacidade de responder. Estou nervoso agora, andando com ele para a academia. Nunca estive numa academia. Será como a sala de ginástica de Paterson?

Ele abre a porta da academia e mostra seu cartão a uma jovem atrás do balcão.

— Bom-dia, Sr. Sandoval.

— Oi, Jane.

Todo mundo conhece meu pai e meu pai conhece todo mundo. Ninguém o chama de Arturo, exceção talvez para Holmesy. Holmesy. Acho que isso também eu peguei de Jasmine.

Estamos andando pela área das bicicletas ergométricas e um homem pedalando uma delas acena para Arturo. Ele pega uma toalha e enxuga o suor do rosto.

— Preciso falar com você — diz para Arturo. Ele baixa a voz como se quisesse que ninguém o ouvisse.

— Achei que você queria mesmo — responde Arturo.

O homem ri um tipo de risada abafada.

— Posso ligar para você hoje à tarde? — pergunta Arturo.

— Ninguém pode — diz o homem.

Noto que sua barriga e suas coxas são flácidas, e seus braços estão cheios de pintas castanhas.

— Por que você não pega uma bicicleta perto da minha e a gente conversa por uns minutos?

— Estou com meu filho — diz Arturo. Ele se vira para mim: — Marcelo, este é o Dr. Gustafson.

— Como vai o senhor? — eu digo. As mãos dele permanecem no guidom da bicicleta, então não estendo a minha.

— Como vai o senhor? — diz ele me imitando. Aí ele ri e se dirige a Arturo: — Bonitão, o menino. Tal pai, tal filho. Ainda tenho mais dolorosos vinte minutos nessa joça. Já conversei com Holmes, tudo bem com ele quanto ao processo. Preciso de você nessa parada. Vinte minutos, não mais.

Estou olhando para a fileira de televisões em frente às bicicletas. Deve haver uma dúzia ou mais de aparelhos em diferentes canais. Então ouço Arturo:

— Tudo bem, logo, logo.

O vestiário está cheio de homens sem roupas andando para lá e para cá, e eu mantenho os olhos baixos. Isso não é difícil para mim porque, na verdade, é como os mantenho naturalmente. Não entendo como alguém possa andar sem roupa na frente de outras pessoas sem sentir que esteja violando a privacidade delas. A única vez em que tirei minha roupa na frente de alguém foi no consultório médico. Levanto os olhos o suficiente para procurar os chuveiros. Fico aliviado ao ver que eles têm cortinas de plástico que podem ser fechadas.

Acho um banquinho e começo a me trocar. Arturo já está de short e camiseta quando eu mal tirei os sapatos e estou desabotoando a camisa. Há um alto-falante branco logo em cima da gente esgoelando uma música pop. Quero entender o que a mulher está dizendo, mas é impossível. Pego uma palavra aqui, outra ali. Sua voz é sufocada pela bateria.

— Estou nas bicicletas — me diz Arturo enquanto enfio minha camiseta. — Me encontre lá depois que você se trocar.

— Gosto de levantar peso.

— Eu sei, mas achei que poderíamos passar um tempinho juntos. Assim que eu terminar de conversar com o Dr. Gustafson, malhamos e batemos papo sobre como vão as coisas.

— Batemos papo.

— Sim, papo. Você sabe, pai e filho passam tempo juntos e falam sobre tudo e nada em particular. Espero você, certo?

— Certo.

Quando Arturo sai, tiro minha calça e dobro-a cuidadosamente. Aí visto meu short azul com a insígnia de Yale que Yolanda me deu. Percebo que não trouxe as meias brancas, então fico com as minhas azuis e calço meu tênis. Estou pensando como, para mim, é difícil a comunicação com meu pai. Ele é a pessoa no mundo com quem eu mais gostaria de "bater papo". Poderíamos sentar no quintal para ter conversinhas ou conversas sérias. Qualquer coisa. Mas isso exige um esforço, ou melhor, uma falta de esforço que parece além das minhas forças. Agora, vamos "bater papo", e acho que isso será bom, mas não vai ser fácil. Sei no que ele está realmente interessado quando pergunta "como você vai?". Quer que eu confirme que ele estava certo, que posso funcionar no mundo real. Eu queria que ele não se preocupasse tanto com isso. Queria que ele e eu pudéssemos bater papo sobre algum dos temas que converso com a rabina Heschel. Queria que ele me perguntasse sobre Buda, ou Jesus, ou Jacó, o tipo de assunto que está na minha cabeça.

Saio do vestiário e acho uma bicicleta ao lado do meu pai. Começo a pedalar e uma porção de luzes aparecem no painel de controle da bicicleta. Arturo está conversando com o gordinho que nos cumprimentou quando entramos. Tem uns fones de ouvido pendurados no guidom. Coloco-os pensando que eles podem ter uma música diferente, mas os fones transmitem o som da televisão que está na frente da gente. Removo-os. Quero bloquear a música estridente que sai de cem amplificadores, mas o que acontece é eu ser arrastado pela voz do meu pai. Ele e o outro homem têm que falar alto o suficiente para se ouvirem, mas o volume de suas vozes é tal que eu também ouço.

— Veja — o Dr. Gustafson fala e limpa a testa com uma toalha branca ao mesmo tempo. — É ganhar ou ganhar. Fazemos com que nossos clientes cheguem a um acordo pela soma que estipularmos e nos damos um pequeno bônus. Eles teriam que gastar mais grana com o processo de qualquer jeito, se continuássemos brigando.

Não sei por que acho que Arturo está olhando para mim. Viro e o vejo me questionando com seus olhos. Suspeita. É o sentimento que o rosto do meu pai está transmitindo. Viro para o outro lado e fecho os olhos.

Depois de um tempo, ouço Arturo dizer:

— Vai dar um trabalhão convencer o pessoal da Vidromek a fazer um acordo. Quer dizer, eles odeiam seu escritório. Acham que vocês agruparam cinco pessoas machucadas pelo para-brisa deles e basicamente convenceram-nas de que ficariam ricas se movessem uma ação. A Vidromek quer que eu quebre sua firma, literalmente. Quer que eu os ponha no chão com revelações e ações para retardar o processo até vocês se arrependerem de ter inventado esse caso.

— Não venha para cima de mim tão cheio de razão. Não tivemos que nos esforçar para "agrupar pessoas", como você diz. Meus cinco clientes pularam o muro para o lado do processo com bastante facilidade.

— Vocês não são os únicos nos processando, saibam logo. Tem um bando de advogados de porta de cadeia esperando na fila por um trocado. Dissemos não a todos eles, até para aqueles a quem poderíamos pagar umas mil pratas para se mandarem. A Vidromek não quer fazer acordo seja lá com quem for.

Passa pela minha cabeça que eu nunca tinha ouvido meu pai falar de seu trabalho. Estou trabalhando no escritório de advocacia sem saber o que ele faz.

— Mas essa é a questão. Esses pobres-diabos são representados pela escória da advocacia americana. Nós somos os únicos com quem a Vidromek tem que se preocupar. Você se livra de mim e de meus cinco clientes e volta para casa tranquilo. Pode esmagar os outros.

Arturo baixa a voz:

— Ouça, isso é muito arriscado em vários aspectos, como você sabe. Para isso funcionar, terei que convencer meu cliente de que serão a única exceção e que podemos fazer isso sem que ninguém descubra. Depois, teremos que preparar a papelada para que fique tudo bonito. Os riscos são maiores do que o "pequeno bônus", como você coloca.

— O que você está querendo dizer?

— Não quero falar sobre isso aqui. Converse sobre números com Stephen. O que ele decidir está bom para mim.

— Diabos, Art, não me faça falar com o Holmes. Ele é ganancioso como um porco faminto.

— É por isso que deixo para ele lidar com os pequenos bônus.

— Tudo bem. Estou fora dessa câmara de torturas, e não me refiro somente a essas máquinas.

Ouço-o desmontar da bicicleta e sair andando. Meus olhos ficaram fechados durante toda a conversa. Eu vinha tentando manter um ritmo regular com minhas pernas, mas sem muito sucesso. A conversa entre Arturo e Dr. Gustafson me absorveu. Lembrei de quando aprendia a linguagem dos sinais. As crianças em Paterson moviam as mãos tão rapidamente que eu só pegava uma palavra aqui, outra ali. Mas havia algo mais com relação a essa conversa. Era como ouvir algo que eu não devesse ouvir, ou ver um lado do meu pai que eu não deveria ver.

— Você está acordado ou adormeceu? — me dou conta de que Arturo está falando comigo.

Abro meus olhos:

— Acordado.

— Você ouviu o que Dr. Gustafson e eu conversamos?

Por um segundo fico tentado a dizer que não. Talvez tenha sido a maneira como ele formulou a pergunta, como se esperasse que eu não tivesse ouvido. Mas digo:

— Sim, ouvi.

— E o que você acha disso?

— Disso.

— Sobre a conversa. Qual foi sua impressão? O que você entendeu?

— Não entendi todos os termos. O que significa fazer um acordo?

— Significa que concordamos em pagar as pessoas que estão nos processando sem ir ao juiz. Fazemos um acordo com eles. Pagamos e eles cancelam a ação.

— Ouvi palavras como "odeiam" e "quebrar a firma", mas não havia raiva entre o Dr. Gustafson e você.

— É isso aí. É assim mesmo. Tudo negócio. Nada pessoal.

— A Vidromek quer que você ponha a firma do Dr. Gustafson fora do mercado. A Vidromek odeia o Dr. Gustafson.

— Não necessariamente o Dr. Gustafson.

— "Odiar" é um termo muito forte. É um desejo de machucar alguém física ou emocionalmente por palavra ou ato. Você queria usar exatamente esse termo?

— Acho que sim. Eles não querem machucá-lo fisicamente, mas gostariam de machucá-lo financeiramente e... talvez emocionalmente também.

— Eles querem que Arturo machuque o Dr. Gustafson financeiramente e talvez emocionalmente.

— Sou advogado da Vidromek, então, é isso, é comigo mesmo.

— Arturo pode fazer isso? Você pode fazer isso?

— Posso. Algumas vezes é necessário. Você parou de pedalar. Algum problema?

Não muito longe das bicicletas onde estamos, Arturo e eu, há um bebedouro.

— Desculpe — digo.

Desço da bicicleta, ando até o bebedouro e ponho água em um copo de papel em forma de cone. Sinto meu coração bater no peito e meu rosto está quente, como queimado do sol. Sei que não é da bicicleta. Não sei o que aconteceu comigo. Um sentimento estranho. Como da vez em que toquei no meu peito e descobri que perdera a cruz que Abba me deu pouco antes de morrer.

— Tudo bem com você? — sinto a mão de Arturo em meu ombro e sem nem pensar me mexo para tirá-la de mim.

— Tudo. Gostaria de levantar meus halteres agora.

Sinto Arturo me olhando, se indagando sobre o que estou pensando. Paro e digo:

— Você me fez algumas perguntas que não respondi.

— Quais?

— Perguntou como ia o trabalho. Depois perguntou se eu estava me dando bem com Jasmine.

— É verdade. Boa memória.

— Gostaria de lhe dar minhas respostas agora. Vai tudo bem no escritório. Consigo fazer as tarefas que me são atribuídas, embora algumas delas eu realize mais devagar do que é esperado. Ainda não gosto de trabalhar lá. Com relação a sua segunda pergunta: Jasmine e eu nos damos bem no sentido de que não discordamos um do outro e ela é gentil comigo e não me repreende pelos erros que faço. Tenho bastante certeza de que ela ainda preferiria trabalhar com Belinda. Não foi certo dar a ela Marcelo quando lhe havia sido prometida Belinda.

— Bem, isso é um bom resumo da situação. Não se preocupe com Belinda. E não é preciso que você e Jasmine sejam amigos ou mesmo que conversem sobre qualquer outro tema além da tarefa a ser feita. Você deveria ficar amigo de Wendell.

Ele pode vir a ser útil para você. Vá em frente. Vá levantar seu peso. Vou apanhá-lo lá quando estiver na hora de ir embora.

Sigo para a área onde os pesos livres estão localizados. Não estou seguro de que meu pai e eu tivemos o tipo de papo que ele esperava, tipo pai e filho passando um tempinho juntos para falar de tudo e nada em especial.

CAPÍTULO 11

Provavelmente, a tarefa mais estressante do escritório é o registro de documentos no Fórum. A tarefa é estressante porque, por algum motivo, os advogados não conseguem aprontar os documentos até o último minuto. Jasmine precisa de pelo menos trinta minutos para, a toda velocidade, chegar até o Fórum e conseguir que o escrivão carimbe data e hora. Eu preciso do dobro do tempo. É por isso que Jasmine cuida das corridas de verdade, realmente necessárias, ou então vem comigo, como hoje.

Uma vez no Fórum, é preciso ir até a Seção de Ofícios, onde sempre tem gente na fila. Parece que esperar até o último minuto é uma lei universal dos escritórios de advocacia. Jasmine e eu estamos atrás de três outras pessoas olhando para os ponteiros pretos de um relógio branco marcando quase cinco horas. Viemos juntos hoje porque Juliet não nos entregou os documentos até as 4h35.

— Ela fez de propósito, tenho certeza — diz Jasmine.

Ela está falando sobre Juliet.

— Por que ela faria isso? — pergunto. — Se os documentos não forem registrados a tempo, os prejudicados são Stephen Holmes e o cliente dele.

— Para nos criar problemas. Não duvido de que ela seja capaz disso. "Eu entreguei para vocês com tempo bastante para chegarem até lá" — Jasmine imita a voz estridente de Juliet.

Não estou preocupado com o registro dos documentos. Já estive antes na Seção de Ofícios com Jasmine e vi como o escrivão assistente, cujo nome é Al, fala com ela. Ele é sempre muito simpático. Da última vez que estivemos aqui, ele aceitou os documentos dela às 5h03, mas de algum jeito conseguiu carimbar 4h59. Agora eu o vejo olhando para Jasmine e sorrindo enquanto carimba documentos de outras pessoas.

— Al é seu namorado? — pergunto.

Jasmine olha para mim como se eu de repente tivesse surgido do Além.

— Nãão.

— Ele gosta de você.

— Por que você está dizendo isso?

— Ele está sempre olhando e rindo para você e é legal com você como não é com as outras pessoas. Quando vim sozinho na quarta-feira, tentei de propósito ver se ele seria tão legal comigo como é com você, e ele não foi. Ele não sorriu para mim. Nenhuma vez.

Andamos para frente na fila.

— É mesmo? Hum. Sempre achei que ele era legal com todo mundo.

— Jasmine sabe que é bonita?

— Jasmine sabe que é bonita? Que pergunta é essa? Como alguém deve responder a uma pergunta dessas?

— É só uma pergunta.

Vamos conseguir com tempo de sobra. Al está trabalhando incrivelmente depressa. Ele conseguiu carimbar a hora nos 15 documentos da mulher na frente da gente em cerca de trinta segundos. Agora está acenando e rindo para Jasmine. Ela não parece prestar atenção a ele. Talvez esteja pensando na minha pergunta.

— Como eu devo responder a isso? É o tipo da pergunta estúpida — diz, mas ela não parece zangada.

Nós somos os próximos e eu decido observar Al o mais atentamente possível. Tenho esse jeito de olhar com a cabeça baixa, mas os olhos para cima ou para o lado. As pessoas acham que não estou prestando atenção, mas estou. É algo que preciso trabalhar porque confunde as pessoas, mas às vezes é útil. Permite que eu observe sem ser notado.

Al parece nervoso na frente de Jasmine. Segura um documento com ambas as mãos enquanto pergunta como está sendo o dia para ela, e eu vejo o documento tremer.

— Desculpe chegar aqui na última hora — diz Jasmine para ele. — Você sabe como é.

— Não tem problema, é um prazer. Não tem problema mesmo.

Eu vejo claramente as bochechas de Al mudando de cor, de tons de rosa para vermelho claro. Ele parece incapaz de levantar os olhos e encarar Jasmine diretamente, como se ela fosse o sol. Então viro meus olhos em direção a Jasmine. Ela é com ele exatamente como é com todo mundo com quem fala. Raramente ela sorri. Sua concentração é como um raio laser sobre o que está fazendo. Ela é educada com as pessoas, diz "por favor" e "obrigada" quando a ocasião pede, mas sempre parece estar reagindo e não provocando, e sua reação vai somente até o ponto necessário e não além. Como se o sol não quisesse brilhar demais.

Do lado de fora, depois que descemos as escadas do Fórum, ela diz:

— Se a gente correr, você ainda pega seu trem.

— Hoje vou para casa de carro com Arturo.

Já é tempo de novo da avaliação periódica do progresso de Marcelo.

— Seu pai trabalha até tarde — percebo que Jasmine não está andando no seu passo acelerado de sempre.

— Trouxe um livro para ler.

Jasmine faz que sim com a cabeça. Andamos um do lado do outro sem falar. Penso que neste exato momento Jasmine está pensando. Em que estará ela pensando? Será que ela vê os pensamentos passarem numa tela como eu vejo os meus?

— O que você está lendo?

Sua pergunta me surpreende. Estava esperando que nossa volta para o escritório se desse em silêncio como normalmente. Além disso, não é uma pergunta que eu achasse que um dia Jasmine me fizesse.

— Um livro que a rabina Heschel me emprestou. O título é *Deus em busca do homem*. Escrito por um homem chamado Abraham Joshua Heschel, mas a rabina Heschel não é parenta dele.

— Quem é rabina Heschel? Pensava que você fosse católico. Já o vi rezando o rosário em sua mesa... numa hora em que você achou que ninguém estava olhando.

— Ah.

Sinto uma sensação de calor pelo meu corpo. Como se eu tivesse sido pego fazendo algo errado. Como é estranho eu agora me sentir dessa maneira com relação a algo que sempre vi como bom.

— Não se preocupe, não vou contar para seu pai — diz ela, rindo. Deve ter visto o olhar de preocupação em meu rosto.

Faço que sim com a cabeça. Fico grato por ela ter me visto rezando o rosário e não me ter dito nada na ocasião.

— Minha família vai à igreja católica. Não a família toda, Aurora não vai com a gente. Ela é religiosa à sua maneira. Apenas não vai à igreja. Desde que Marcelo era criança, ele gostava de ler sobre religiões. A rabina Heschel trabalha com Aurora no Santa Elizabeth. Vou vê-la a cada quinze dias. Conversamos sobre os textos religiosos que eu leio. Às vezes nos concentramos em textos específicos, às vezes pulamos de um para outro. Agora estamos lendo os Salmos.

— Minha mãe amava os Salmos. Ela sabia muitos salmos de cor.

— Eu também sei muitos deles de cor — digo.

É muito legal conversar sobre meu interesse especial. Presto atenção para não monopolizar a conversa, como tendo a fazer quando falo sobre o que mais amo, mas fazer perguntas também. Eu me pergunto se Jasmine é religiosa, mas depois me lembro de outra questão que quero colocar para ela.

— Você usou o tempo passado quando falou sobre sua mãe. Você disse que sua mãe *amava* os Salmos.

— Ela morreu quatro anos atrás — Jasmine está olhando o sinal vermelho.

Quando as pessoas contam que um parente delas morreu, espera-se que você diga que sente muito. Eu estava para dizer isso, quando Jasmine afirmou:

— Você está cada vez melhor na sala da correspondência.

Ela está mudando de assunto, mas às vezes as pessoas precisam fazer isso para evitar memórias dolorosas. Vou com ela:

— Marcelo está melhor do que Belinda?

— Não — a resposta de Jasmine é rápida, mais rápida do que eu esperava. Então ela acrescenta: — Mas o trabalho de Marcelo está legal — posso ver um sorriso tentando se formar em seus lábios, mas logo ele desaparece. —Você está gostando um pouquinho mais? Quer dizer, de trabalhar no escritório de advocacia?

— Não — é uma surpresa para mim que meu "não" seja tão rápido quanto o de Jasmine. Então penso em perguntar: — Jasmine gosta de trabalhar no escritório?

— Ééé — de novo sua resposta é imediata.

— O que "ééé" significa? — enrugo meu nariz quando digo isso, exatamente como ela fez.

— Significa tudo bem. Quero dizer: é um emprego. No âmbito geral, não é tão ruim. Há empregos piores. Quando comecei a trabalhar lá dois anos atrás, eu era assistente dessa mulher mais velha, Rose, que fazia o trabalho desde que seu pai fundou a firma. Aí, um ano depois que eu entrei, Rose se aposentou para ficar com o marido. Candidatei-me à vaga dela. Tinha visto Rose fazendo o trabalho e sabia que eu poderia fazê-lo também, mas muita gente na firma discordava que uma moça de 18 anos tivesse responsabilidade para cuidar de pagar as contas nas datas certas, enviar corretamente as faturas de pagamento, tudo isso que a gente faz. Convenci seu pai a me deixar tentar e ele me deu uma chance.

—Você não o desapontou.

— Houve climas. Foi difícil com o Ron. Ele estava lá fazia só seis meses, mas foi difícil. Ele era mais velho do que eu, e foi difícil chefiar e ganhar o respeito de uma pessoa.

— Ron não gostava de trabalhar na firma.

— Não.

Vejo que Jasmine me olha como se estivesse tentando tomar uma decisão. Quando fala, fala de um jeito como eu nunca a vi falar. Meio que experimentando. É nisso que penso quando a ouço dizer:

— Tem um parque aqui perto aonde eu gosto de ir. Você quer ir comigo? Quero lhe mostrar uma coisa. Você estará de volta a tempo de se encontrar com seu pai, mas não terá tempo para ler seu livro. Tudo bem?

— Tudo bem.

Não é nada assustador andar pelas ruas da cidade com Jasmine, e acho que passear com ela, ver as luzes da cidade, sentir seus cheiros, é algo que até Abraham Joshua Heschel faria. Quero pegar no seu braço para andar e falar mais à vontade, mas não sei quais são as regras em relação a tocar alguém como Jasmine. Aliás, quem é Jasmine? É uma amiga ou é minha chefe? Sou para ela o mesmo que o Ron era? Só que não há necessidade de ela ganhar meu respeito.

— O parque que quero lhe mostrar fica a uns poucos quarteirões daqui.

Estamos andando por calçadas que ladeiam ruas atulhadas de carros. Até nas calçadas é difícil de andar por causa do número de pessoas que correm para pegar ônibus ou trens, acho eu, ou apenas para se verem longe do trabalho o mais rapidamente possível. Mas então, à medida que nos afastamos do centro da cidade, há mais espaço e posso andar junto de Jasmine sem ter que me proteger das pessoas que estão correndo. Decido contar a ela a questão que ficou na minha cabeça desde que entramos no Fórum.

— Não era uma pergunta estúpida.

— O quê?

— Marcelo estava realmente interessado em saber se Jasmine sabe que é bonita.

— Isso *é* uma pergunta estúpida. Por que você pergunta isso?

— Os homens acham Jasmine bonita.

— Que homens?

— Wendell.

— Sossega coração! — ela põe a mão sob a blusa e faz como se seu coração palpitasse.

— Isso se chama sarcasmo — digo. Não tem por que eu me sentir orgulhoso de dizer isso, mas me sinto.

— Se você está perguntando isso por causa de Wendell, esqueça. No que diz respeito a mulheres, Wendell carece de muitas graças.

Gosto dessa expressão, embora discorde nesse caso. A mim parece que Wendell tem graças demais no que diz respeito a mulheres. Digo a Jasmine:

— Outros homens olham para Jasmine. Al, todos os advogados na firma. Eles olham para você como à noite olhamos as estrelas.

— Um poeta agora? — Jasmine está rindo.

Sua risada é nova para mim. É a risada de uma menininha. Diminuo o passo. Para mim, é difícil falar e andar ao mesmo tempo. Jasmine diminui também.

— É isso que faz uma mulher bonita? Os homens olharem para ela?

— Não sei — e de repente fico perdido, sem saber o que dizer. Aí algo me ocorre. Supondo que Jasmine seja realmente bonita, deve ser difícil para ela andar por aí sendo sempre notada. Tendo sempre gente olhando para ela.

— Você não sabe?

Pressinto que talvez Jasmine esteja me gozando, mas ela começa a andar mais depressa e não consigo ver a expressão em seu rosto. Acompanho-a e tento ao máximo manter o ritmo. Quero dizer algo em resposta à pergunta dela. Estamos conversando sobre um mistério que talvez ela possa me ajudar a desvendar, pois tudo indica que ela seja bonita. Mas, para articular isso, eu preciso parar. Conversar sobre o que faz uma mulher bonita e andar ao mesmo tempo está acima das minhas forças.

— Aqui está — diz ela.

Quando ela disse que iríamos a um parque, imaginei um amplo campo de grama e árvores e trilhas e bancos. O "parque" dela é um quadrado de cimento cercado por uma corrente, não muito maior do que a quadra de tênis lá de casa. Parece que cada centímetro do espaço está cheio de crianças. Pequenas criaturinhas subindo os trepa-trepas e descendo nos escorregas. O barulho vindo do parque é como o zumbido dentro de uma colmeia amplificado uma centena de vezes. Perto da cerca de correntes há uma fileira de bancos. Jasmine abre a porta e anda até um espaço vazio.

Sento na beira do banco perto dela.

— É aqui que você vem?

— Olhe esses rostos — diz ela, apontando para as crianças.

Olho e vejo dúzias de rostos brilhando e berrando e gritando e rindo.

— São chinesas — digo. Reconheço seus traços faciais da minha aula de Geografia em Paterson.

— A maioria. A escola e as creches ficam ali depois da esquina, e elas são trazidas aqui para brincar. Eu gosto quando elas entram. Ou vêm duas a duas de mãos dadas, ou numa fila única, cada uma segurando numa corda, como pequenos prisioneiros.

Acho que agora que nós estamos sentados, talvez eu possa continuar nossa conversa.

— Não sei o que faz uma mulher bonita — digo a ela.

— Você ainda está nisso?

— Eu preciso saber.

— Por quê?

Engulo seco.

— Quando olho para Jasmine, não sei se ela é bonita ou não. Não sinto que ela seja bonita. Não sinto que ela não seja bonita.

— Hum, isso é mau.

Desta vez, sei que ela está me gozando.

— Nunca pensei que houvesse algo errado na minha maneira de sentir. Mas... Talvez haja algo errado comigo. Talvez eu nunca ache uma mulher bonita.

— Talvez.

Uma menininha de maria-chiquinha se chega a uma mulher sentada junto de Jasmine. A menininha se espreme entre as pernas da mulher e começa a chupar o polegar. A mulher alisa seu cabelo e se curva para lhe dizer algo numa língua que não compreendo.

— É algo que vai pela minha cabeça — digo.

Será que quebrei uma regra ao falar com Jasmine sobre algo que vai dentro de mim? Toda vez que olho para Jasmine, ela está concentrada observando as diferentes atividades das crianças. Justo quando decido não insistir mais no tópico de nossa conversa, ouço Jasmine dizer:

— O que você acha bonito?

— Bonito? Não acho ninguém bonito.

— Não falo só de gente. Existe alguma coisa sobre a qual você diga "isso é bonito"?

— Acho que sim. Posso dizer isso a respeito de música. Existem músicas que eu defino como bonitas.

Ela concorda. Estou esperando-a me pedir para descrever a música, mas ela não pede. É como se ela soubesse exatamente o que eu quero dizer.

— Sabe o que mais é bonito? — ela me pergunta.

— Não.

— Isso.

Ela mostra com a mão o playground barulhento.

CAPÍTULO 12

Depois de terminada minha sessão com a rabina Heschel, andamos para fora e sentamos nos degraus de concreto que levam à porta dos fundos do Templo Emanuel. O estacionamento está vazio a não ser pelo carro da rabina Heschel, um Fusca vermelho, chamado Habbie, por causa do profeta Habakkuk, pois, segundo ela, o carro, como o profeta, vem chorando há anos sem que ninguém preste atenção.

— Gostaria de um cigarro, agora — diz ela, sentando-se nos degraus de trás.

— Fumar é ruim.

— Eu sei. Mas às vezes fico tão nervosa que gostaria de um cigarro.

A lateral do prédio faz sombra nos degraus. Isso é bom porque a tarde está quente. Rabina Heschel está vestindo calça cor de laranja brilhante e uma blusa verde-limão fosforescente. Quando está frio do lado de fora, ela usa um chapéu que me lembra o gato nos livros do Dr. Seuss. Seu cabelo preto, fofo, tem manchas de branco que parecem flocos de neve.

— Você sabe — diz ela sem me olhar — por que Aurora trouxe-o aqui, quanto tempo atrás foi mesmo? Sete anos atrás? Nossa, você tinha apenas dez naquela época.

— Ela não queria que Marcelo lesse os livros sagrados de maneira errada.

Ela suspira.

— Lembra daquele garotinho, Joseph, de quem você gostava tanto? Quando ele morreu, ela disse que o trouxe aqui porque estava preocupada com você. Mas acho que ela estava preocupada *comigo*. A morte dele, por alguma razão, me bateu tão forte, e você parecia tão em paz com aquilo.

— Aurora trouxe Marcelo para a rabina Heschel porque você é um profeta. Um profeta que é uma mulher.

— Essa é boa. Esse profeta que é uma mulher, como você diz, não tem muita certeza de ter algo mais a lhe ensinar.

— Marcelo tem uma pergunta.

— Ah, não. Não sobre budismo. Se você me perguntar o que o Buda quer dizer quando fala do "vazio", vou para o escritório arrancar meus cabelos.

— Supostamente isso é uma piada. Dá para notar. O vazio é fácil de entender. Tenho uma pergunta do Gênesis, o livro sagrado preferido da rabina Heschel.

— Acho que estou pronta. Está bem, vamos a ela.

A rabina respira fundo. Sei que ela gosta das minhas perguntas, especialmente das difíceis. Tiro o caderninho amarelo do bolso da camisa e leio:

— Por que Adão e Eva sentem vergonha de estarem nus depois de comerem o fruto da árvore do saber do bem e do mal?

— Ah, isso. Pensei que fosse uma pergunta difícil.

— A rabina sabe a resposta? — eu pensava que fosse uma pergunta difícil. Pelo menos, eu não seria capaz de respondê-la, mesmo depois de ler e reler a passagem e mesmo depois de pensar no assunto por muitas horas.

— Estou só brincando — diz ela. — Não dá para ser muito mais difícil do que isso. Primeiro, diga-me o que está na Bíblia.

— Adão e Eva estavam nus antes de comerem o fruto da árvore do bem e do mal, mas não sentiam vergonha. Depois que comeram o fruto, eles perceberam que estavam nus. Antes, nem sabiam que estavam nus. Adão ficou com medo de ser visto por Deus. O que implica que ele estava com vergonha. O que há em torno da nudez que a liga ao mal? Por que eles estavam com vergonha?

— Humm. Você acha que nudez é sinônimo de mal? — seu jeito de responder a minhas perguntas com suas próprias perguntas sempre me aborrece.

— Deus não vê a nudez como um mal porque Ele criou o homem, Ele o criou nu e, depois que Ele criou o homem, Ele disse que o que Ele fez era muito bom. A mulher veio da costela do homem, então ela é boa também.

— Excelente — diz ela —, embora eu sempre encrenque um pouco com essa história da costela — e fica em silêncio por alguns minutos antes de continuar: — Antes de mergulharmos na interpretação, posso lhe fazer uma pergunta?

— Pode.

— Por que você está me perguntando isso agora? Aconteceu alguma coisa na firma que o tenha levado a essa pergunta?

— Não. Talvez. Sim. Tenho pensado sobre a natureza da atração e sobre a beleza física. Wendell, uma pessoa com quem Marcelo trabalha, tem falado sobre uma atração que, para ele, é sexual. Mas...

— Diga.

— Há algo na maneira como ele se sente em relação às mulheres que parece errado, mas eu não sei por quê.

— Entendo.

— Para Marcelo, é difícil olhar para as mulheres como Wendell faz. Quando tentei ver uma mulher da mesma maneira que ele, algo me fez pensar em Adão e Eva, quando eles se viram nus e sentiram vergonha. Por quê? Se o sexo é bom, por que há vergonha?

Vejo-a passar os dedos pelos cabelos. Aí ela pega um cacho de cabelos brancos e começa a enrolá-los com os dedos. Finalmente, ela diz:

— Lembra-se de um pouco adiante no Gênesis quando Caim mata Abel?

— Lembro. Mas por que Caim sentiu ciúme? Não consigo imaginar o que sente o ciumento.

— Espere um pouco, espere um pouco. Vamos tentar coçar uma coceira de cada vez, senão acabamos sem pele! Você se lembra da arma que Caim usou para matar Abel?

— Isso não é dito.

— Tudo bem, digamos que ele usou uma pedra.

— Não temos certeza absoluta.

— Não temos certeza absoluta sequer se Caim existiu, então vamos nessa. Ele usou uma pedra.

— Ele usou uma pedra. Talvez.

— Bom. Então, agora, quando Caim olha a pedra no chão, vê não apenas uma pedra, mas ele *imagina* a pedra como uma arma que pode ser usada para matar Abel. Está me seguindo?

— Estou — e tento imaginar a pedra como arma.

— Caim também tinha o conhecimento do bem e do mal, o que quer dizer que ele conseguia pensar como coisas boas podiam ter maus usos. Está vendo aonde quero chegar? Com relação à nudez de Adão e Eva, quero dizer?

— Não. Marcelo não vê de jeito nenhum aonde a rabina está querendo chegar.

— Na verdade, não tenho muita certeza de que *eu* sei aonde quero chegar. Mas vamos tentar. Depois que Adão e Eva comeram do fruto da árvore do bem e do mal, eles ficaram conscientes de que sua nudez, que era boa, também poderia ser usada de uma maneira ruim. Antes, como disse você, tudo que Deus criou era bom, e o homem era mais que bom, era muito bom. Daí o corpo, nu ou não, ser bom também. Mas então o homem e a mulher ficaram conscientes de que seus corpos do bem, seus ou de qualquer pessoa, também poderiam ser usados para o mal, se eles assim estivessem inclinados. Depois do fruto, Adão e Eva reconheceram ter dentro de si uma inclinação para o mal junto com a inclinação para o bem.

Fecho meus olhos. Há uma imagem de Adão e Eva da qual me lembro da Bíblia que Abba tinha em seu quarto. Eles estavam nus a não ser por uma folha de figo e olhavam cada um numa direção.

— Não consigo ver como um corpo nu pode ser usado para um fim mau. O mal é um ato destrutivo, como o assassinato de Abel por Caim. Mas não tenho ideia do que Adão viu quando olhou para o corpo nu de Eva e achou que estava fazendo algo de mal. O que Adão achou que estava fazendo?

A rabina Heschel pergunta bem devagar:

— Em Paterson, eles ensinaram alguma coisa a você sobre sexo?

— A relação sexual é como os humanos procriam. O pênis ereto do homem entra na vagina da mulher. Não sou uma criança.

— Desculpe. Não quis soar condescendente. É claro que você não é uma criança. Você é um jovem.

— É só que parte de mim gostaria de sentir como Wendell sente, e outra parte acha que há algo de errado com isso, mas eu não sei o quê. É frustrante não entender. Como a relação sexual pode ser algo errado?

— As pessoas chamam a relação sexual de "fazer amor". Já ouviu essa expressão?

— Já. Alguns termos para relação sexual são aceitáveis. "Fazer amor" é aceitável. "Foder" não é.

— Excelente. A relação sexual é prazerosa e é boa. Deus nos deu isso para que duas pessoas possam se aproximar e *fazer* amor, isto é, *criar* amor no mundo, por meio dos filhos que vêm desse ato assim como da aproximação que as pessoas sentem no próprio ato.

Fico me perguntando como é essa aproximação. Será algo que algum dia eu vou vivenciar?

Ela continua:

— O que o autor do Gênesis quer nos dizer, acho eu, é que o homem, quando unido a Deus, não está dividido. Nessa unidade, não há bem ou mal. Todas as nossas inclinações, até as sexuais, são boas quando estamos no Éden — isto é, quando caminhamos com Deus e todas as nossas ações, palavras e atos buscam obedecer a Sua vontade. Mas o homem pode escolher se separar de Deus, e nessa separação ele cria o mal imaginando modos de usar o que é bom para ferir os outros ou a si mesmo e atuando sobre o que imagina.

— Marcelo não consegue imaginar como o sexo pode ser usado para o mal.

— Oh, Deus. Isso é porque nós somos especiais. Você caminha com Deus no Éden. Que nosso único Deus, louvado seja, esteja sempre com você.

— Dê a Marcelo um exemplo.

Rabina Heschel cruza as mãos e fecha os olhos como se estivesse rezando.

— Pai, não é a minha vontade, mas a Sua — ela sussurra, olhando para o céu, e então se vira para mim e diz: — As maneiras como usamos o sexo para ferir um ao outro são inumeráveis e indizíveis. Toda hora em que tratamos uma pessoa como uma coisa para nosso próprio prazer. Quando olhamos para outra pessoa como um objeto e não como uma pessoa como nós. Quando o sexo consiste exclusivamente em tirar e não em dar. Quando uma pessoa usa a força física ou psicológica para fazer sexo contra a vontade da outra. Quando uma pessoa engana a outra para fazer sexo com ela. Quando uma pessoa usa o sexo para ferir a outra fisicamente ou emocionalmente. Toda vez que um adulto faz sexo com uma criança. Essas são algumas das maneiras pelas quais o sexo torna-se um mal. Não posso descrever mais que isso. Não me cabe dar a você as imagens do mal. Fico triste em pensar que logo, logo, você vai descobrir as diferentes maneiras que urdimos para ferir um ao outro.

Ela para e esfrega os olhos como uma pessoa com dor de cabeça esfrega os olhos. Quero lhe dizer para não se preocupar comigo, mas fico quieto, incapaz de encontrar palavras para confortá-la.

CAPÍTULO 13

Wendell e eu estamos almoçando no último andar do que ele chama "o clube". O homem alto enrugado que nos recebeu à porta entrou numa sala interna e voltou com um paletó azul e uma gravata de listras azuis e vermelhas. Entregou-me essas peças e eu não sabia por que, até que Wendell me disse que era para eu vesti-las. Wendell me ajudou com a gravata. Wendell já está vestindo paletó e gravata, então o homem não teve que lhe dar nada.

Sentamos perto da janela que dá para o Porto de Boston. Outro garçom ainda mais velho se aproxima e Wendell pede um drinque chamado "Martini". Eu peço uma Coca.

— Eu recomendo o salmão — diz Wendell para mim quando ele vê que estou com dificuldade para decidir o que eu quero.

— Eu quero o salmão — digo para o garçom, que está me esperando.

Assim que o garçom se afasta, Wendell diz:

— Preciso de sua ajuda numa coisa.

— A ajuda de Marcelo? Minha ajuda.

— É. Por que você está tão surpreso?

— Não sabia que eu poderia lhe ajudar em alguma coisa.

— Tem uma coisa em que você pode me ajudar muito.

O garçom vem e serve a Wendell um Martini e a mim uma Coca. O Martini é um drinque extremamente pequeno. Procuro um canudo, mas não tem. Wendell come a azeitona e toma metade do Martini em um gole.

— Preciso que você me ajude a ganhar Jasmine — Wendell tira os óculos e olha para mim com um olhar que não reconheço.

— O que significa "ganhar"?

— O que você acha que "ganhar" pode significar? Adivinhe.

— Não tenho certeza — digo. — Você quer ganhar o amor de Jasmine?

— Hum. Não isso necessariamente — ele termina o drinque.

— Você ama Jasmine?

— "Amor" é uma palavra estranha, não? — Wendell está levantando seu copo na direção do garçom. O garçom meneia a cabeça. — É uma palavra que vale para tantas coisas. Eu amo Martini seco, por exemplo — ele balança o copo vazio. — Eu amo o iate do meu pai. Se "amar" significa querer tanto uma coisa até doer e achar que vai morrer se não conseguir, então, sim, eu amo Jasmine.

— Você quer se casar com Jasmine?

Wendell balança a cabeça. O gesto poderia significar que ele não quer se casar com Jasmine, mas pode querer dizer outra coisa também. De vez em quando as pessoas balançam a cabeça assim quando digo algo que elas não querem acreditar que eu disse.

— Pessoas como eu não se casam com pessoas como Jasmine — ele ri quando diz isso, mas não é um riso bom.

— Ela é uma Mulher Elemental. Você me disse.

— Vou ter que lhe explicar o caminho das pedras, meu amigo.

Wendell espera que o garçom ponha os pratos sobre a mesa. Olho para a carne rosada do salmão.

— Deixe-me fazer uma pergunta — ele põe o garfo com salmão na boca. Depois que engole, diz: — Ela já falou de mim para você?

Essa é uma pergunta que Wendell está sempre fazendo, e é sempre difícil. Jasmine já me falou sobre Wendell. Ela me disse que não confia nele, por exemplo, e que Wendell lhe dá calafrios, seja lá o que for que isso significa. Ela já me comunicou em termos muito claros que não gosta dele. Mas acho que essas coisas me foram ditas em confiança e não sei se deveria repeti-las para Wendell. Por outro lado, quero ser amigo de Wendell. Como ser leal a duas pessoas quando uma não gosta da outra? Não será preciso escolher entre uma ou outra em algum momento? Depois de alguns instantes, digo:

— Ela não confia em você.

— O que ela disse exatamente? — Wendell parece muito interessado na resposta a essa pergunta.

— É um sentimento que ela tem em relação a você — agora já não tenho certeza se Jasmine disse que Wendell parece ter calafrios ou provocar calafrios.

— Está vendo? Chegamos ao ponto. Ela confia em você porque você é inofensivo. O que estou pensando, e é aí que você pode me ajudar, é que um dia depois do trabalho você, Jasmine e eu poderíamos sair no iate do meu pai para um cruzeiro pela Enseada de Boston. Ela não estará sozinha comigo, você entende. Mas se você convidá-la a vir conosco, ela virá.

É bom me sentir tão necessário a Wendell e quero ajudá-lo, como acho que amigos devem fazer. Mas também me sinto desconfortável. Há algo de errado no pedido de Wendell, e gostaria de saber o que esse "calafrio" significa.

— Qual é o problema? O que você está pensando? Podemos fazer dois casais, se você preferir. Eu convido Martha. Ela gosta um bocado de sair de iate. Sei disso com certeza — ele pisca para mim.

Preciso retraçar o que Wendell me disse até agora para encontrar a raiz do meu desconforto. Há palavras na conversa que estamos tendo que não combinam logicamente uma com a outra. Finalmente, lembro o que é que está me perturbando.

— Por que pessoas como você não se casam com pessoas como Jasmine?

— Você ainda não comeu nada do seu salmão. Qual é o problema?

Levanto o garfo, mexo no arroz e ponho o garfo de volta no lugar. Como as pessoas conseguem mastigar e saborear e pensar e falar ao mesmo tempo? Minha cabeça está cheia, como se as palavras de Wendell fossem comida que meu cérebro não conseguisse digerir.

— Sempre achei que as pessoas pudessem se casar com quem amam. E você diz que ama Jasmine, embora eu nunca tenha visto alguém definir o amor como você define.

— Marcelo, Marcelo. Você tem sempre que pensar tanto assim? Terei que ir com você passo a passo. Sim, as pessoas podem se casar com quem quer que seja que elas "amem", como você diz. Mas essa pessoa amada tem que, como vou dizer, valer muito também, para ser parte de sua vida. Você pode imaginar Jasmine em um jantar conversando com meu pai e minha mãe sobre a situação internacional? Para começar, Jasmine mal terminou o ensino médio e, para completar, Jasmine já andou... por aí.

— Por aí.

—Vamos dizer apenas que ela é tão inacreditável e incrivelmente gostosa que, para meus objetivos de verão, não importa o que seja ou tenha feito. Além disso, tem um negócio de alguém me dizer não que me enlouquece. Ninguém me diz não. Especialmente alguém que já... — ele para de repente, reconsiderando o que queria dizer.

O olhar de Wendell nesse momento me dá medo. Já vi isso antes nos olhos de algumas crianças em Paterson quando a frustração vira raiva.

— Em todo caso, quem e o quê ela é não terão a menor importância depois do verão. Agora, o que eu quero saber é se você está disposto a me ajudar. Tudo que você tem que fazer é contar que eu o convidei para passear de barco e perguntar a Jasmine, como um favor pessoal a você, se ela quer vir junto. E depois se divertir um pouco a sós no deque enquanto levo Jasmine lá para baixo.

Isso não faz sentido para mim. Por que Wendell quer ficar sozinho com Jasmine? Jasmine não confia nele. Ela não concordará com nada que ele peça.

— Por quê? — pergunto.

— Por que o quê?

— Por que você precisa levá-la lá para baixo para conversar com ela? Vai fazer alguma diferença na maneira como ela sente em relação a você?

— Uma vez na cabine, a maneira como ela sente em relação a mim não terá a menor importância. Cuidarei dos sentimentos dela. Existem modos de criar sentimentos ou alterá-los ou fazê-los desaparecer por um período.

—Você quer foder com ela.

Odeio usar essa palavra, mas é a palavra que mais acuradamente descreve o que acho que Wendell quer fazer com Jasmine. As alternativas, como "fazer amor" ou "relação sexual", não parecem expressões suficientemente precisas.

Wendell ri com tanto estardalhaço que as pessoas sentadas na mesa próxima se voltam para nos olhar:

— Ora, Seu Mar*ch*elo, você está fazendo grandes progressos na sua percepção do mundo. Não se preocupe, não vou machucá-la. Ela simplesmente não conseguirá dizer não — aí a gargalhada acaba e ele fixa seus olhos em mim. — Então? O que você diz? Posso contar com sua ajuda?

A maneira como Wendell está olhando para mim me faz achar que ele ficará extremamente aborrecido se eu disser não. Se eu quero continuar seu amigo, devo dizer que sim — é isso o que ele está me fazendo sentir. Estou com medo. Não consigo distinguir se meu medo é por Jasmine ou por mim mesmo. Será que é isso o que chamam de falta de confiança, me pergunto — essa sensação da iminência do mal?

— Não — olho no rosto de Wendell quando digo isso e vejo suas pupilas se dilatarem de surpresa.

— Como?

— Não. Não vou pedir que Jasmine vá.

Ainda tenho esperança de que ele não me pergunte por quê. Não me lembro de outra ocasião em minha vida em que tenha dito algo baseado exclusivamente em um sentimento, sem saber por que estou dizendo aquilo.

— Entendo.

O rosto de Wendell está vermelho. Ou é raiva ou é constrangimento. Ele limpa a boca com o guardanapo e então o amassa e o joga no prato. Seu rosto volta-se para cada ponto da sala, menos na minha direção. Quando o garçom chega, ele diz:

— Ponha na conta do meu pai e acrescente 20%.

— Sim, senhor, obrigado.

Ele se levanta e depois se senta novamente. Posso sentir seu olhar sobre mim por um bom tempo. Não sei onde pôr os olhos enquanto ele está olhando para mim. Olho pela janela. Quero dizer que sinto muito por me recusar a fazer o que ele me pediu, mas não estou seguro de que seja algo adequado para dizer. Sinto muito por ele estar desapontado comigo e tenho medo de perdê-lo como amigo. Mas não sinto muito por manter Jasmine longe dele. Naquele momento, ela me parece mais importante do que a amizade de Wendell.

O garçom traz outro Martini para ele. Talvez Wendell o tenha pedido enquanto eu olhava pela janela. Sua cabeça cai levemente para o lado enquanto ele fala.

— Você quer ouvir uma história interessante?

Pela maneira como Wendell faz essa pergunta, penso que talvez ele e eu ainda possamos ser amigos. Ele parece ter voltado a sua antiga persona.

— Tudo bem, aqui vai ela. Vou falar depressa, então tente me seguir. Era uma vez uma dupla de advogados superinteligentes. Ambos foram para Harvard, ambos se formaram entre os melhores da turma, ambos, depois do curso de Direito, acabaram trabalhando no escritório de advocacia mais prestigioso de Boston. Um foi para a advocacia contenciosa, o outro se especializou em patentes. Um vinha de uma tradicional família de Boston. Você poderia traçar a linhagem de sua família até o pessoal que chegou no *Mayflower*. Já ouviu falar do *Mayflower*, espero.

— Já. Aprendi em...

— Já sei, Paterson. Escola maravilhosa, essa Paterson. Ensinam tudo lá. Onde é que eu estava?

— Um era de uma antiga família de Boston — lembrei a ele.

— Certo. O outro era o que, em ambiente de trabalho, muita gente chama de "empregado cotista", ou "mão de obra de minoria". Você sabe o que é isso?

— Não.

— O quê? Há alguma coisa que você não tenha aprendido em Paterson?

Para mim, sarcasmo é muito difícil de detectar, a não ser que se trate de Wendell.

— Muitas coisas — digo.

— Um cotista é alguém cujos pais ou avós vieram de outro continente ou país, cuja pele é mais escura do que a da maioria, alguém que não nasceu branco como a neve. Uma firma contrata essa gente para mostrar como seu pessoal é aberto e generoso.

— Não compreendo.

— Não tem importância. Esse conceito não é realmente relevante para a história. Digamos apenas que por alguma razão esses dois advogados não se gostavam. Há várias explicações possíveis para a origem da animosidade vagando por aí. Uma delas, para a qual eu tendo, é que Cotista, inesperadamente, revelou-se um advogado excelente. Não somente no sentido de ser supercompetente em sua área de atuação, mas também em seu empreendedorismo. Ele ia à rua e trazia clientes para o escritório. Clientes grandes, ricos. O que Cotista fazia era realmente brilhante. Ele viajava para o México e outros países da América Central e do Sul por sua própria conta e descobria cientistas que estivessem trabalhando em universidades ou pequenos laboratórios, cientistas que estivessem inventando novos produtos químicos ou aparelhos. Cotista prometia que, em troca de se tornarem seus clientes, ele conseguiria patentear suas invenções nos Estados Unidos e ainda poderia ajudá-los a encontrar companhias que produzissem essas invenções, e todo mundo faria rios de dinheiro.

Wendell levanta seu copo. O garçom faz que sim com a cabeça.

— Você está me seguindo até agora?

— O advogado que você chama de Cotista é meu pai — digo. Aurora me contou a história de como Arturo chegou ao sucesso, mas ela não me contou a história exatamente como Wendell está me contando.

— Maravilha. Não ligo a mínima para o que os outros dizem, eu acho você brilhante.

— Obrigado — digo, muito embora acredite que se trata novamente de sarcasmo.

— Bem, o outro advogado, vamos chamá-lo de Mayflower, para facilitar a identificação, foi consumido por ciúme do Cotista. Pelo menos, essa é a minha teoria. É apenas especulação, mas tenho motivos para acreditar que é uma especulação bastante certeira porque, como posso dizer, eu tenho acesso a informação privilegiada — o garçom chega com outro Martini. — Alguma pergunta até agora?

— Mayflower é seu pai?

— É.

Espero que Wendell diga algo mais, mas ele não diz. Talvez seja a primeira vez que Wendell respondeu a uma de minhas perguntas com uma única palavra.

— Seu pai e meu pai são sócios — digo. — Eles trabalham juntos e têm o escritório juntos.

— Isso. Meio a meio. Partes iguais. Mas estamos pulando para o fim da história. O que realmente interessa aqui, a charada que precisa ser decifrada, é por que esses dois advogados que se desgostavam tanto, que se odiavam até, pois não acho que "ódio" seja uma palavra forte demais para o contexto, por que esses dois indivíduos que se odiavam tanto ainda assim decidiram ser sócios.

Wendell para. Há uma ruga no meio de sua testa e vejo que ele está concentrado, talvez tentando encontrar a solução para a charada, como ele diz.

— Eles precisam um do outro — digo.

Wendell olha radiante para mim:

— Mar*ch*elo, você não para de me surpreender.

— MAR-CE-LO — falo alto.

— O que seja. Você está absolutamente correto. Mas o que dizer a respeito dessa necessidade capaz de superar até o ódio?

— Ódio é quando a gente quer infligir dor a alguém. Arturo e seu pai não querem se ferir um ao outro — aí me lembro do que Arturo disse naquela primeira viagem de trem para o trabalho. — Você pode ser amigo de alguém e ainda assim competir com ele.

Wendell sorri. Já vi esse sorriso antes, mas não sei onde. Quer dizer que alguém sabe algo que você não sabe e ele não está a fim de lhe dizer o que é.

— Bem, reza a lenda que, depois de um tempo, Cotista não quis dividir todo aquele dinheiro que ele estava faturando graças a seus novos clientes com o grande escritório de advocacia, então ele pegou seus clientes e começou sua própria firma. Mas não é possível ter uma boa prática em patentes sem um departamento de advocacia contenciosa. Quando outros desenvolvem produtos que copiam ideias que você patenteou, é preciso processá-los. Cotista precisava do melhor advogado contencioso da cidade. Ele também precisava de alguém com conexões poderosas e de prestígio, e essa pessoa era Mayflower. Um casamento perfeito. Então ele ofereceu a Mayflower 50% de sociedade em seu escritório. E Mayflower, sabendo que faria muito mais dinheiro em sociedade com Cotista do que com a firma prestigiosa, engoliu o orgulho e aceitou a proposta. É essa a história. Interessante, não é?

— É.

Há de fato muitas questões a ponderar nessa história. Faço uma anotação mental para repassar a história de Wendell e refletir sobre a charada, mas nesse momento estou me perguntando se a contação da história significa que Wendell e eu continuaremos amigos.

Wendell bate no copo de maneira que a última gota de Martini caia em sua língua. Posso senti-lo me olhando. Está sentado na beira da cadeira e sei que, logo que termine de dizer o que está para dizer, vai se levantar e sair.

—Vou deixá-lo pensar um pouco mais sobre sua decisão de não me ajudar — diz.

— Jasmine — ele está falando de minha recusa a ajudá-lo a "ganhar" Jasmine.

— Meu pai e seu pai, apesar do ódio recíproco, nunca traíram a aliança entre eles, uma aliança baseada em necessidade mútua, certamente, mas sempre uma aliança. O que temos no escritório é uma espécie de balança de poder entre duas forças. A empresa funciona adequadamente enquanto o poder permanece equilibrado. O negócio é que, numa firma de patentes, depois de um tempo, se param de entrar novos trabalhos com patentes, o departamento de contencioso acaba mais importante. Pegue, por exemplo, o contencioso no qual estou trabalhando agora, a Vidromek. A Vidromek é o maior cliente da firma. A maior história de sucesso do seu pai. Ele trouxe a Vidromek quando a Vidromek não era mais que uma dupla de engenheiros químicos trabalhando no quintal de uma casa em algum lugar no México. Mas agora são meu pai e seu pessoal que fazem todo o trabalho legal relacionado com a Vidromek. O que impede meu pai de fazer algo que torne a Vidromek seu cliente apenas? O que impede meu pai de ir além da fronteira de 50% com o lado do seu pai? Ou mais, o que o impede de tirar seu pai de campo? Se, por exemplo, disserem para o pessoal da Vidromek que seu pai cometeu um grande erro... A Vidromek pode decidir que não precisa mais dele.

— Meu pai não comete erros.

Isso eu digo com certeza absoluta. De novo, sinto subir o calor da raiva, como sempre acontece quando alguém fala mal de meu pai. A raiva tolda a minha mente. Não sei como a história que ele acabou de contar tem a ver com Jasmine. Além do mais, estou com medo. O tom de voz que Wendell usa é ameaçador.

Wendell está falando com uma voz mais macia agora:

— Vou lhe dizer o que impede seu pai e meu pai de ultrapassarem a barreira dos 50%: a aliança. Você sabe que é possível ter uma aliança baseada no ódio, não sabe? Desculpe. Tenho impressão que você está completamente perdido. Vou simplificar. A aliança entre nossos pais se estende a mim e a você. Preservar essa aliança, esse equilíbrio de poder, é extremamente importante. Preservamos essa aliança pondo-nos um ao outro à frente das outras pessoas. Você pode me odiar se quiser. Não tem importância. Preservamos a aliança ajudando um ao outro. Se você pedisse minha ajuda em alguma coisa, eu certamente lhe daria. Faz parte da aliança.

Wendell se levanta lentamente. Começo a me levantar também, mas ele me faz sentar de novo. E ele se senta também.

— Diga-me alguma coisa que *você* queira.

— Queira.

— É, a coisa que você mais quer no mundo.

— Como Wendell quer Jasmine? — nunca tive uma vontade dessas...

— Qualquer coisa. Não precisa ser outra pessoa, como você tão cruamente, mas não incorretamente, coloca.

A resposta de repente parece óbvia:

— Quero ir para Paterson no ano que vem. Quero ir para Paterson treinar os pôneis.

Wendell aperta os olhos. Ele se concentra:

— Explique.

— Arturo, meu pai, disse que poderei ir para Paterson cursar o último ano do ensino médio, se tiver sucesso no escritório de advocacia este verão.

— Olhe aí. Posso ajudá-lo nisso. Facilmente.

— Me ajudar.

— Vou ajudá-lo.

— Quer dizer, ajudar Marcelo, como?

— Vamos pedir a seu pai que deixe você me ajudar no contencioso da Vidromek no qual estou trabalhando. Seu pai vai concordar porque... porque vai. Depois contaremos a seu pai como você foi bem. Vamos assegurar que ele se sinta orgulhoso de você. Aliás, posso garantir que se você me ajudar a conseguir o que *eu* quero, você vai conseguir o que *você* quer. Garanto isso! Cem por cento!

— Jasmine precisa de mim.

— O que você faz na sala da correspondência qualquer um pode fazer. A gente contrata alguém temporário para fazer seu serviço.

Fico mal. Gosto de trabalhar ao lado de Jasmine, embora às vezes passem horas sem que a gente se diga uma palavra sequer.

— Eu sei — diz Wendell. — Eu também não gostaria de abrir mão de trabalhar com Jasmine.

Como Wendell faz isso, ler os pensamentos dentro da minha cabeça?

— Tudo bem, a gente tira você de Jasmine só por umas horas, uma ou duas vezes por semana, de maneira que você possa primeiro fazer todo o trabalho da sala da correspondência. O que você acha? Diga. Em que está pensando?

— Estou confuso.

Nunca me senti tão confuso em toda a minha vida. É tudo tão complicado, há tanto a considerar. Meu cérebro é uma paçoca pegajosa de chiclete.

— Bem, pense nisso. Você me ajuda e eu o ajudo. A aliança Sandoval e Holmes no trabalho. A união — ele se levanta rapidamente. — Acho que não volto ao trabalho agora à tarde. Você se incomoda de voltar sozinho?

Fico com vergonha de dizer, mas digo de qualquer maneira:

— Não acho que eu consiga encontrar sozinho meu caminho de volta para o escritório.

— Robert vai lhe dar as coordenadas — e aponta para o garçom. — Você vai considerar o que eu disse? — pergunta.

— Considerar.

— Você vai considerar me ajudar. Foi isso que entendi. Foi isso que você entendeu também?

— Talvez — digo automaticamente, sem pensar.

— Por enquanto, talvez é suficiente. Estou pensando que mais para o final da semana deveríamos matar o trabalho à tarde para sair de barco, só você e eu.

Mas antes que eu diga alguma coisa, Wendell se virou e está saindo da sala.

CAPÍTULO 14

Saio do clube e começo a andar no que acredito ser a direção da Estação Sul. Não vou voltar para o escritório. Vou para casa. Uma vez na Estação Sul, eu esperarei pelo trem de West Orchard e, quando chegar lá, sentarei em um dos bancos da plataforma até Aurora chegar em casa do trabalho e então telefonarei para ela e pedirei que me apanhe.

Ando com a cabeça baixa, vendo meus pés darem um passo após o outro. Para mim, nunca foi difícil fazer meu cérebro parar de pensar. Meu cérebro é como uma torneira d'água que eu posso abrir e fechar. Mas agora não estou conseguindo fechar, e a água dos pensamentos está simplesmente fluindo.

Quero me sentar e escrever algumas das palavras ditas por Wendell, mas são tantas que não sei por onde começar. *Há maneiras de fazer os sentimentos desaparecerem por um tempo... Necessidade que supera o ódio... Ela andou por aí... Equilíbrio de poder... Aliança... Cotista... Ninguém me diz não... Foder.* Esta última palavra é uma que Wendell nunca usou, mas é a que soa mais alta em minha mente — uma palavra estrondosa, barulhenta, odienta, que buzina dentro de mim. Parece que é a palavra da qual tudo o mais depende.

Caminho como se estivesse ofuscado pela palavra, tentando sentir o que Wendell deve estar sentindo, querer Jasmine como ele quer, para foder. Jasmine uma vez me perguntou se já cobicei alguma coisa, e realmente o que consome Wendell deve ser como a cobiça que sinto por um CD, mas um sentimento mais desesperado e irresponsável. Querer. Talvez esse "querer" outra pessoa seja amor, algo que nunca senti porque sou quem sou.

Percebo que estou perdido. Na verdade, eu sabia que estava perdido praticamente desde o momento em que saí do clube. Só que agora a coisa começa a ficar séria. Não reconheço onde estou, e os edifícios da rua por onde ando me impedem de ver a silhueta alta do prédio do escritório, que eu esperava usar como um marco para me guiar. Que jovem de 17 anos é esse que se perde a apenas quatro quarteirões de seu destino? De alguma maneira, as ruas aparentemente estranhas são apenas um reflexo de meus pensamentos. Parece perfeitamente natural estar perdido, quando é assim que me sinto por dentro. Nenhum marco em parte alguma.

O cheiro de peixe me alcança e eu respiro fundo. Gosto de cheiros fortes. Uma loja expõe seu peixe no gelo, do lado de fora, seus olhos como botões, turvos e serenos. Parecem em paz, os peixes. Na frente da loja com os peixes, há um caixote de madeira vazio. Sento ali. É forte o bastante para segurar meu peso. Pedestres chineses. Não prestam atenção em mim.

Quando estou sentando ali no caixote de madeira, de repente começo a ouvir a "Ode à alegria", de Beethoven. O som da música está vibrando em minha coxa. São precisos alguns desconcertantes minutos para que eu perceba que o que estou ouvindo é no presente e que aquele som emana de um celular no meu bolso. Aurora programou o toque do celular para tocar a "Ode à alegria". Tiro o telefone da capa, olho para ele e aí decido apertar o botão de "talk".

— Marcelo, é você? — é a voz de Jasmine.

— Sou.

— Onde você está?

— Perto dos peixes mortos — digo, levantando os olhos para ver onde estou.

— O quê? Onde? O que você está fazendo?

— Estou perdido.

— O quê? Você está vendo o prédio?

— Não.

— Dá para ver o nome da rua?

Levanto e ando até a esquina. Penso: *Agora estou parecendo normal, igual a todo mundo, andando e falando ao telefone.* Leio o sinal para Jasmine:

— Está dizendo "Ping On".

— Fique aí. Sei onde é isso. Chego aí em dez minutos.

— Tudo bem.

— Não se mova daí.

— Não. Vou sentar no caixote. Em frente aos peixes.

— Certo. Tudo bem, até já.

Desligo o telefone. Viro à direita e ando de volta até o caixote onde me sinto seguro.

O que tento me lembrar é da conversa que tive com a rabina Heschel alguns dias atrás. Quando o sexo é mau? Sempre que usamos outra pessoa como um objeto. Mas Wendell não parece refreado por considerações desse tipo. Ele parece livre desse peso. Nesse momento, quero ser como Wendell, e percebo que isso é a inveja. Há uma parte de mim que inveja Wendell e sua liberdade. Marcelo, por sua vez, está atolado em um lodaçal de perguntas. É como se Marcelo tivesse comido a maçã da árvore do conhecimento do bem e do mal, mas Wendell é astuto demais para cair nos estratagemas da serpente.

— Marcelo, Marcelo — é Jasmine, de pé ao meu lado. Sua respiração é profunda e rápida. — Como você veio parar aqui?

— Andando.

— Nããããooo!

Ela está tentando ser engraçada, percebo, mas não sorrio.

— Deixe-me recuperar o fôlego e vamos caminhar de volta. O que aconteceu? Onde está Wendell?

— Ele foi embora.

— Foi embora de onde? Você não foi almoçar com ele? Vocês estavam fora há duas horas. Eu achei que Wendell tinha levado você para algum dos bares que ele frequenta ou... Achei que talvez ele quisesse embebedá-lo.

— Conversamos e aí ele foi embora.

— Deixou você sozinho?

— Eu sei andar sozinho.

— Você se perdeu.

— É difícil ver o sol na cidade. Os edifícios cobrem o sol e projetam sombras durante todo o dia — não quero falar sobre me perder, estar perdido ou sobre Wendell.

Talvez ela compreenda que algo de ruim aconteceu, porque, depois de andar por mais ou menos meio quarteirão, ela diz em um tom baixo, mas um tom que não parece preocupado:

— Lá em Vermont onde cresci, as únicas sombras são das árvores e dos celeiros. As nuvens parecem tão baixas que às vezes a gente tem a impressão de poder tocá-las. As nuvens aqui parecem fazer parte do céu. Lá elas parecem mais parte das montanhas. Você de vez em quando ri ou sorri?

— Quando estou sozinho — respondo.

Ela dá um risinho:

— Eu também. Sempre me pego rindo ou sorrindo sozinha como uma idiota. Acho que isso faz da gente uns idiotas.

— Idiotas — repito.

— Essa não é uma boa palavra, não é mesmo?

— Não é uma palavra precisa. Um idiota é uma pessoa mentalmente deficiente, com uma inteligência no nível mais baixo possível, incapaz de se proteger dos perigos de todo dia, e incapaz de aprender uma linguagem com conexão. Às vezes, as pessoas pensam que sou um idiota. Isso é verdade somente em alguns aspectos.

— Acredite em mim: muitas vezes as pessoas acham que eu sou uma idiota.

— Uma vez Juliet disse que você era uma idiota.

— Ela disse isso para você?

— Disse. Anteontem ela chegou quando você não estava lá e disse: "Onde está a outra idiota?" Ela estava perguntando por você. Eu era o idiota que estava lá.

— Não lhe dê atenção. Ela tem um ego tão grande que não sobra espaço para as células cerebrais.

— Não estamos fazendo a rodada das três da tarde.

— Depois que telefonei para você no celular, fechei a sala da correspondência e pus um aviso. Escrevi que tinha de ir ao Fórum e que a correspondência das três e das cinco da tarde seriam entregues juntas. Patty, da recepção, pode cuidar de qualquer embrulho que seja entregue enquanto estivermos fora.

— Você mentiu para vir me apanhar.

— Eu achei que talvez você tivesse pegado um trem mais cedo, mas aí eu vi que o próximo trem era às quatro. Muito bom que você tenha colado o horário dos trens na parede em frente a sua mesa.

— Foi para cobrir os "foda-ses".

Sinto que ela me olha por um instante. Jasmine e eu estamos andando muito devagar. Suponho que a gente esteja indo de volta para a Estação Sul, e o motivo de andar tão devagar é que o próximo trem para West Orchard não sairá em menos de hora e meia. Mesmo assim, gostaria que estivéssemos andando mais depressa. Estou com medo de conversar com Jasmine porque sinto algo triste dentro de mim e receio que essa tristeza se revele.

— Não quero mais trabalhar na firma.

— Por quê? Qual foi a conversa entre você e Wendell?

— Ele disse coisas que me confundiram.

— Como o quê?

— Não quero falar sobre isso.

— Você parece zangado. O que foi que Wendell disse que o aborreceu?

Reconheço que, junto com tudo o mais, há também raiva. Gostaria de saber como Jasmine descobriu. O que, de tudo que Wendell me disse, me deixou com raiva?

— Não sei — respondo.

— Sentir raiva pode ser bom — diz ela. Paramos em um cruzamento e esperamos que o sinal de "andar" comece a piscar. — A raiva pode ajudar a gente a fazer o que é preciso fazer. Você tem ido muito bem na sala da correspondência. Não deixe que gentinha como Wendell ponha-o para baixo.

— A raiva nunca é boa. Faz a gente querer dizer e fazer aos outros coisas que machucam.

Pisca o sinal verde de "andar", e atravessamos a rua. Jasmine agarra meu braço e me puxa quando um carro surge inesperadamente.

— Se você não for capaz de sentir raiva, as pessoas vão atropelá-lo, literalmente — diz.

— A fotografia das montanhas que você tem em frente a sua mesa. Aquilo é Vermont?

— Aquela fotografia é o que eu vejo da porta da frente da minha casa.

— As montanhas são tão lindas. Você precisa de raiva nas montanhas?

Sinto-a parar por uma fração de segundo antes de retomar o passo.

— Não, você não *precisa* de raiva nas montanhas. Você precisa de um sentimento parecido. Meu pai chama de gana. "Você tem que ter gana, menina", é o que ele diz para mim. E até nas montanhas as pessoas têm raiva.

— De quê? Você já sentiu raiva?

— Tive raiva de um cavalo por um tempão — diz ela, rindo.

— Por quê?

Estamos caminhando pelo mesmo parquinho de crianças que vimos antes, só que agora ele está vazio. Jasmine entra e senta em um balanço, e eu sento no balanço ao lado. Ela começa a balançar levemente para a frente e para trás, sem tirar os pés do chão.

— Meu irmão mais velho e um amigo meteram em suas cabeças que queriam comprar um cavalo de corrida Kentucky e trazê-lo a Vermont a fim de ganhar dinheiro alugando-o como garanhão — ela para e olha para mim. — Você sabe o que é isso?

— Claro — digo, um pouco encabulado. Não estou encabulado com o significado da palavra, mas com o fato de Jasmine achar preciso me perguntar se eu entendi o que ela disse. — Em Paterson, depois da escola, eu trabalhava com os pôneis. Sei o que significa "garanhão", cavalos que são alugados para reprodução.

Ela continua:

— Todo mundo disse a eles para não fazerem isso. Um cavalo de corrida puro-sangue não tem nada a ver com Vermont. Eles precisam de exercício. O que o cavalo faria durante os longos invernos? Mas James, meu irmão, e seu amigo Cody não ouviam ninguém. Vão para Kentucky em um trailer e voltam com um puro-sangue de dois anos. Dão a ele o nome de Chunabum, de chute na bunda, você entendeu.

— Chunabum é o cavalo do qual você tem raiva.

— Chunabum sempre foi irrequieto demais. James e Cody tinham que trabalhá-lo e treiná-lo para que se acalmasse. Um dia eles estavam no pasto das vacas conduzindo-o com uma rédea curta. Cody estava segurando a rédea e James andando do outro lado quando, de repente, Chunabum se assustou com alguma coisa, provavelmente uma abelha, deu de lado e escoiceou James no estômago.

Jasmine para de balançar. Não quero olhar para ela. Espero até que ela continue a contar.

— James parecia bem. Nós o levamos para o Centro Médico em West Lebanon só para garantir. Não deu nada nos raios X ou na ressonância magnética, mas eles o internaram por uma noite só para ficar em observação, e aí naquela noite ele adormeceu e simplesmente continuou dormindo. Quando James não acordou no dia seguinte, eles o operaram pensando que talvez houvesse alguma hemorragia interna que não estivessem vendo, mas não encontraram nada. Ele morreu uns dois dias depois.

"Todo mundo passou a odiar o cavalo. Cody queria matá-lo. Eu queria matá-lo. Todo mundo. Somente Amos, o meu pai, somente Amos disse que queria ficar com o cavalo. Ficamos todos chocados porque foi ele quem mais se opôs à ideia do James de comprar o animal. 'A culpa não é do cavalo', disse Amos. Ele o pôs na cocheira junto com Morgan, nosso cavalo de trabalho. 'Morgan vai treiná-lo', disse. Mas por um longo tempo eu não conseguia nem olhar para o cavalo. Juro que provavelmente aquele cavalo foi a principal razão de eu sair de Vermont e vir para Boston. Eu não conseguia olhar para ele."

— Você ainda tem raiva dele?

— Nãäoo. Você precisa vê-lo agora. Bonzinho como o velho Morgan. Amos vai com ele caçar nas montanhas, Chunabum de mula, carregando todo o equipamento. No inverno, Amos cava uma pista em torno do pasto das vacas e dá algumas voltas com ele, não importa o frio que esteja fazendo, ou quanta neve esteja caindo. São feitos um para o outro, aqueles dois.

— Você vai voltar para Vermont.

— Vou.

— Não quero trabalhar no escritório de advocacia — digo.

— Também não gosto de trabalhar lá. Mas trabalho.

— Por quê?

Ela toma impulso para sair do balanço.

— Venha comigo. Quero lhe mostrar uma coisa.

Atravessamos a rua. Jasmine está diante de uma porta de vidro, mas não a abre. É como se ela estivesse pensando por um instante se abrir a porta é a coisa certa a fazer. Aí ela a abre e faz um gesto para eu entrar.

Subimos uma escada curva de madeira. Passamos por dúzias de portas de madeira na subida. A maioria das portas tem caracteres chineses em pedaços de papel branco.

— Quem trabalha aqui? — pergunto.

— Eu trabalho aqui — ela ri baixinho.

Chegamos a um lugar onde acaba a escada e abrimos a última das portas de madeira. Quando a porta abre e eu entro, estamos numa sala retangular só um pouquinho maior do que minha casa na árvore.

— Minha casa longe de casa — diz ela.

— Eu pensei que Jasmine morava na sala da correspondência.

— Ha, ha, muito engraçado.

Mas eu não queria ser engraçado. Claro que Jasmine tem que morar em algum lugar. Só que isso nunca tinha me ocorrido.

— Isso aqui já foi um dormitório para os estudantes que cursam medicina na Tufts — ela explica. — Agora é ocupado principalmente por imigrantes do Camboja. É muito barato e muito seguro. Isso aqui é sala de visitas, sala de jantar, escritório, cozinha e quarto. O banheiro é ali — ela aponta para uma porta no fundo da sala.

De um lado contra a parede tem uma cama coberta com uma colcha de retalhos multicoloridos. Na cabeceira da cama, um zoológico de animais de pelúcia: um urso marrom, um jaguar de pintas pretas, um cavalo malhado de bolinhas, uma morsa cinza, um canguru castanho amarelado. Ao pé da cama, no lado mais perto de onde estamos, ocupando todo o espaço entre a cama e a porta, um teclado elétrico que eu sei que tem as oitenta e seis teclas de um piano normal. Descansando sobre as teclas, um par de fones de ouvido acolchoados, ainda conectados ao painel do teclado. No outro lado da sala, oposto à cama e ao teclado, tem uma mesa, um gaveteiro de metal, uma estrutura feita de pau-de-balsa com roupas penduradas dentro, uma cortina com janelas azuis, um fogão e uma minigeladeira. Todos os espaços disponíveis nas paredes da sala estão cobertos por estantes com centenas de CDs. O único espaço nas paredes que não foi ocupado por uma estante fica acima do gaveteiro de metal sobre o qual está pendurado um pôster branco. Ando até ele e o estudo. O pôster tem margens brancas. Em cima, eu leio:

KEITH JARRETT
THE KÖLN CONCERT

Sob essas palavras, vejo a imagem preta e branca de um homem tocando piano. Seus olhos estão fechados, sua cabeça para baixo, e seu queixo bate no peito. Imediatamente reconheço a postura de alguém em profunda oração. O homem está tocando piano, mas tenho certeza de que ele também está lembrando.

Jasmine está perto de mim em silêncio. Parece disposta a me dar todo o tempo de que preciso para ver o que há para ver e compreender o que há para compreender. Quando termino de captar cada detalhe do pôster, viro para o teclado e pressiono suavemente a tecla C médio com meu dedo. A tensão da tecla é mais macia do que a tensão das teclas do piano lá de casa. Jasmine se aproxima e tira o fone de ouvido do painel do teclado. Toco a tecla de novo. O único som que enche o ar é nítido, agudo. Lembra uma rajada de ar gelado.

— Você toca piano — digo.

Ela remove de sob o teclado um banquinho acolchoado preto, dedilha brevemente os controles do console, fecha a porta e aí toca.

Não é um tipo de música que eu já tenha ouvido antes. Começa soando como Bach, mas depois as notas seguem sequências que meu cérebro não antecipa. Há notas e acordes que brigam com as notas e acordes que as precedem, mas poucos segundos depois o que parecia dissonante revela-se parte de uma melodia básica, a melodia original meio bachiana que estava lá o tempo todo, oculta, mas constante. Diferente na música que Jasmine está tocando é o ritmo. Há muito ritmo. Como se o piano quisesse ser uma bateria, ou um batimento cardíaco em disparada, ou um trovão. A mão esquerda de Jasmine faz uma batida firme que soa como um coração pulsando, e depois, como para contrabalançar o som regular feito pela mão esquerda, a direita investe numa melodia complexa demais para ser completamente entendida.

Ela para de tocar e abre os olhos e olha para mim como se houvesse esquecido que eu estava ali.

— É por isso que trabalho no escritório. A fim de poder vir para esse quartinho e fazer isso.

É claro que ela toca há muitos, muitos anos. Sei disso porque, quando eu era pequeno, Aurora me levou até uma casa no fim de nossa rua para ter aulas de piano com a Sra. Rockwell. Mas não serviu para nada. Eu não conseguia ler as notas e tocar ao mesmo tempo. Nem conseguia mover a mão esquerda e a direita ao mesmo tempo. Minha fiação mental simplesmente não tinha a voltagem necessária para tocar piano.

— Você inventou essa música. Saiu de sua cabeça.

Vejo-a corar. Por um instante, receio ter dito algo que a feriu.

— É incrível. Como você faz isso? — pergunto.

— Você pratica e pratica e um dia a música sai — explica ela. — É legal. A música que eu faço é legal. Não é genial. Não está nem perto do tipo de música que ele faz — ela olha na direção do pôster. Jasmine se levanta e vai até a estante onde pega um dos CDs enfileirados lá.

— Aqui, leve isto.

A caixa do CD é igual ao pôster na parede.

— Ele está lembrando — digo.

— Lembrando o quê?

— É uma maneira minha de me referir ao ato de rezar. As vezes, é como esperar a música sair do silêncio.

Jasmine pega o CD da minha mão e o estuda para ver se o vê como eu vejo. Depois, ela o põe de volta em minha mão. Vira-se e fica na minha frente e, quando ela faz isso, de repente tenho vontade de rir.

— O quê? — pergunta ela. Parece uma menininha, a maneira como ela diz isso.

— Nada — balbucio.

— Está na hora de a gente ir — diz ela, ainda olhando para mim.

— É, está na hora — digo. — Obrigado.

— Por quê?

— Por me mostrar.

Isso é tudo que consigo dizer.

CAPÍTULO 15

Estou à minha mesa na sala da correspondência encadernando documentos em velocidade ótima e esperando que Wendell me chame. Ele perguntou a Arturo se eu poderia ajudá-lo e Arturo disse que sim. Segundo Wendell, Arturo ficou muito feliz. Jasmine não está feliz. Para começar, isso significa que ela terá que encadernar os documentos que prometi a Marta para esta manhã.

— Eu não confio nele. Ele tem alguma coisa na manga — diz ela.

— E se ele estiver vestindo uma camisa de manga curta? — digo, tentando fazê-la rir.

Ela ignora minha piada. Está concentrada.

— Ele sabe que você se perdeu depois do almoço?

— Não.

Quero saber de Jasmine por que ela fez essa pergunta, mas o telefone toca e ela atende. Ouço-a falar alto no fone.

— Uma tarde. Não mais. Preciso dele amanhã de manhã.

Vê-la tão mal-humorada por perder a minha ajuda me faz sorrir.

— Era o Babaca Júnior. Está esperando por você.

Wendell está vestindo calça cáqui e uma camisa polo cor de carmim. Rio comigo mesmo porque a camisa tem mangas curtas e, portanto, não há como Wendell esconder algo na manga, como diz Jasmine. Ele está de pé junto à mesa arrumando distraidamente pilhas de envelopes castanhos.

— Aqui estamos — diz ele, quando entro no escritório. — E estou satisfeito por contar com sua ajuda. Meu pai também. Ele está dando um chilique porque hoje é o último dia para a entrega dos documentos a outro escritório de advocacia, e eu tenho que participar de uma reunião para passar coordenadas aos novos jogadores de squash. Chegue aqui. Vou lhe mostrar o que você precisa fazer.

Wendell é o mesmo Wendell de sempre, camarada e brincalhão, o Wendell de antes do nosso almoço.

— Como vai Jasmine? Ela está aborrecida porque eu o roubei dela por algumas horas? — pergunta.

— Ela precisa de mim na sala da correspondência.

— Isso não vai lhe tomar mais do que uma manhã. Ela pode viver sem você por três horas, não pode?

— Pode.

— Eu *tenho* que ir a Harvard. Sou o capitão do time. Então mãos à obra. O que você precisa fazer é realmente bastante simples. É parte do litígio Vidromek. Você sabe sobre a Vidromek, certo? Muito *importante*. Se fizermos bobagem, *kaput* — Wendell passa a mão na linha do pescoço como se fosse uma espada. — O pessoal processando a Vidromek é gente que se machucou porque os para-brisas não se partiram em milhões de caquinhos inofensivos como deveriam. Essas pessoas estão tentando descobrir se o Sr. Acevedo, o presidente da companhia, sabia sobre o perigo que os para-brisas representavam e foi adiante com a fabricação assim mesmo. Você está me acompanhando?

— Acho que sim.

— A outra parte apresentou uma lista de documentos que esperam de nós. Esses documentos, se nós os temos, estão nessas duas caixas. Eu vasculhei todas trinta e tantas caixas e achei o que eles querem, mas não tive tempo para pôr os documentos em ordem ou fazer as fotocópias. Isso vai ser o seu trabalho. Você tem que olhar a lista que eles deram e, de acordo com ela, separar os documentos por pilhas. A lista é muito específica. Vai dizer "carta do Sr. Fulano de Tal para o Sr. Beltrano de Tal, data de tal e qual". Tudo bem até agora?

— Tudo bem.

— Às vezes você vai encontrar várias cópias do mesmo documento. Só precisamos de uma. As outras cópias você pode pôr nessa caixa para o lixo. Certo? Se você achar vários documentos da mesma categoria, é necessário arrumá-los segundo algum critério, seja por autor, cronológico, ou por destinatário. Veja, por exemplo, o item 25 da lista — Wendell pega uma folha e lê: — "Todas as propostas para um acordo feitas por Sandoval & Holmes em relação aos para-brisas." Nas caixas, você vai ver um pequeno número 25 escrito a lápis em todos os documentos dessa categoria. Você precisa pegar esses documentos e organizá-los. Você é bom nisso, não é?

— Eu gosto de organizar.

— Foi por isso que perguntei a seu pai se você poderia me ajudar. Você precisava ter visto. Ele estava explodindo de alegria. A Vidromek é o maior e mais antigo cliente do seu pai, então nada mais certo do que você ter sua parte nessa história. Você é o cara. Isso é um pouquinho mais importante e exige mais massa encefálica do que aquilo que você faz com Jasmine. Você tem que ter certeza de que olhou com todo cuidado cada um dos documentos dessas duas caixas. Se dissermos a eles que não temos um documento que temos, será...

— *Kaput* — e faço o mesmo movimento que ele fez com a mão.

— Precisamente correto. Vamos subir de bote um riacho de merda sem os remos.

— Entendido.

Fico me perguntando se o esforço de Wendell para que eu trabalhe com ele é seu jeito de me dizer que vamos ser amigos de novo.

— Quando acabar, basta deixar as caixas aqui. Juliet vai fazer uma cópia de tudo que temos que mandar para eles amanhã.

Wendell para de falar, mas não vai embora. Será que ele está esperando que eu diga alguma coisa?

— Tudo bem — digo. — Entendido.

Ele se aproxima da borda da mesa:

— Então nós estamos no caminho para conseguir o que você quer.

— Estamos — mas na verdade não sei do que ele está falando.

— A união sobre a qual conversamos. Estou cumprindo a minha parte. Trouxe você para trabalhar comigo numa tarefa fácil. E haverá outras como essa ao longo do verão. Depois contamos a seu pai sobre o seu sucesso. Certo? Foi esse o nosso acordo.

— Sim — mas estou confuso. O que foi que acordamos? Wendell está indo rápido demais para mim.

— Sim? Sim no sentido de sim, você tem que fazer a sua parte. Você vai chamar Jasmine para passear de barco. Foi esse nosso acordo, certo? Você já fez o convite?

Estou tentando me lembrar do que foi dito exatamente em nosso almoço. Com o que concordei? Estou seguro de que não concordei em chamar Jasmine. Terei concordado em pensar no assunto? Existe alguma possibilidade de eu ter considerado isso?

Wendell olha o relógio.

— Tenho que ir. Estou entendendo que está tudo certo. Depois vemos os detalhes.

Fico lá olhando as caixas. O que aconteceu? Por que hesitei em dizer a Wendell que não vou ajudá-lo em coisa alguma que possa atingir Jasmine? Como pode ser que, mesmo entendendo a visão de Wendell sobre o sexo, eu ainda lute pelo sucesso aos olhos do meu pai?

Ponho mãos à obra. Quero acabar com isso para poder voltar à sala da correspondência. Aurora me contou que, quando eu era pequeno, pegava a correspondência do dia e a separava em diferentes pilhas. A ordem das pilhas, dizia ela, era difícil de entender. Às vezes era pelo tamanho do envelope; às vezes pela cor do selo. Mas havia ocasiões em que ela podia pensar pelo tempo que fosse, não conseguia discernir a minha lógica. Não me lembro disso, mas imagino que devia ser difícil descobrir aquele elemento unificador em meio a muitos possíveis. Meus CDs vêm à mente. Algumas vezes eu os classifico por compositor, outras, por instrumento, às vezes pela duração do tempo que os possuo. Agora mesmo eles estão classificados de uma maneira que ninguém em um milhão de anos vai descobrir qual é. Desde o ano passado, venho classificando-os pela emoção predominante da música: alegria, tristeza, anseio, solidão, serenidade, raiva. A razão por que ninguém conseguiria descobrir as categorias tem a ver com o fato de eu mesmo muitas vezes ficar sem saber como um CD específico foi parar na categoria "feliz", por exemplo, já que o ouvindo de novo a música não me parece nada feliz.

É nisso que penso enquanto levo adiante a missão de organizar os documentos da lista. Primeiro, vejo na lista todos os documentos que se encaixam numa mesma categoria. Depois procuro pelos documentos nas caixas e começo a separá-los em pilhas. Começo pelos óbvios. Todas as cartas escritas *pelo* Sr. Reynaldo Acevedo, presidente da Vidromek, vão para uma pilha. Os documentos dessa lista, eu arrumo em ordem cronológica. Todas as cartas *para* o Sr. Acevedo vão para outra. Depois há memorandos da equipe da Vidromek *para* o Sr. Acevedo e memorandos do Sr. Acevedo *para* a equipe. Faço uma nova pilha do que parecem ser relatórios contendo diferentes tipos de informação e mais outra composta por várias cartas e envelopes endereçados ao escritório de advocacia. Ao todo, acabo com nove categorias de pilhas.

Mais ou menos uma hora se passou, e penso que em mais uma hora terei completado a tarefa de Wendell. E se Arturo me pedisse para trabalhar tempo integral com Wendell? Por um lado, essa classificação é mais divertida do que aquelas cópias e encadernações aborrecidas que ocupam a maior parte do meu tempo na sala da correspondência. Por outro, eu não gostaria de trabalhar com Wendell. Gosto de trabalhar com Jasmine. Gosto de quando trabalhamos juntos em silêncio ou de quando sem uma palavra ela deixa um novo CD de jazz na minha mesa. Lembro dos tempos quando Joseph e eu trabalhávamos lado a lado pintando imagens numeradas.

Mais uma hora e acabei a tarefa. Decido verificar os documentos que pus na caixa para o lixo a fim de me assegurar de não ter jogado fora por engano qualquer documento. Wendell não me pediu isso, mas faz todo o sentido. Deveríamos ter uma copia de cada documento encontrado lá. No fundo da caixa encontro um envelope marrom diferente. Abro-o. Dentro há uma fotografia.

Olho por apenas uma fração de segundo e imediatamente ponho a foto na mesa com a imagem para baixo. Fecho os olhos, mas a imagem que eu vi permanece. É perfeitamente possível pôr a foto de volta no envelope e ir embora. Sei que se eu olhar a fotografia de novo, aquela imagem vai me atingir como uma queimadura. Mas eu tenho que olhar. Sou forçado a isso. É como a força da MI em seu momento mais intenso.

Viro a fotografia devagarinho. Fito os olhos da menina. Ela tem minha idade, talvez um ano menos, difícil dizer. Seus olhos me lembram alguém. Olhos que eu já vi antes. Metade de seu rosto está intacto, mas a outra parte está faltando. A pele na parte deformada está enrugada e marcada, como se a bochecha e o queixo tivessem sido talhados por uma faca sem fio. Uma boca com lábios que terminam pela metade, uma orelha que parece que vai cair. Pego o envelope e coloco-o sobre a foto de maneira a cobrir a parte de baixo do rosto. Aqueles olhos. Seus olhos não sabem o que está acontecendo com o resto de seu rosto. É como se ela ainda tivesse que se olhar no espelho. E há algo mais em seus olhos: uma pergunta para mim.

— Marcelo, como vai indo?

Arturo está atrás de mim. Enfio a fotografia no envelope o mais rapidamente possível. Parece que não há no escritório ar suficiente para meus pulmões.

— Qual o problema?

— Nada.

Viro-me e escondo o envelope com o meu corpo. Arturo está de pé na passagem. Há quanto tempo ele está ali, será que me viu esconder a foto? Estou tomado pela sensação de que tenho que esconder dele a fotografia. É como se eu não quisesse que ele tirasse de mim o que aquela menina me fez sentir.

— E aí, conseguiu fazer tudo o que Wendell queria que você fizesse?

— Consegui.

— Wendell me pediu que você trabalhasse com ele em tempo integral pelo resto do verão. Acho que seria ótimo. Dará a você uma oportunidade de fazer algo mais desafiador. E...

— Jasmine precisa de mim — digo, sentindo minha raiva subir.

— E, como eu ia dizendo, acho que você precisa estar perto de um jovem como Wendell. Você precisa da experiência de trabalhar com outros homens. Você aprenderá mais com ele do que com Jasmine.

— Isso não é justo — até para mim essa frase soa como algo que uma criança diria.

— O que não é justo? O que há de tão importante para você no trabalho da sala da correspondência?

Percebo que não há uma razão para que não seja justo eu ser transferido da sala da correspondência. Simplesmente, de repente, parece injusto. Tento explicar da melhor maneira possível.

— Não é justo tirar o assistente de Jasmine. E Marcelo levou um tempão para aprender o trabalho da sala da correspondência. Trabalho bem ali. Jasmine e Marcelo trabalham juntos muito bem. Ajudamos um ao outro.

— Você está levantando a voz. Não o vejo fazer isso há muito tempo. Interessante. De qualquer maneira, vou dar a Jasmine a assistente que ela queria desde o início. Ela vai ficar bem.

Ele se aproxima de onde estou. Dou um passo para trás, escondendo o envelope de sua visão.

— Wendell pediu você. Obviamente, ele acha que você pode ajudá-lo. O trabalho com ele envolve mais leitura, mais análise. É um trabalho mais intelectual. Você vai aprender mais trabalhando com ele. E é isso que interessa neste verão, não é?

Quero contar a ele que o único motivo para Wendell pedir minha ajuda é o fato de querer me usar para ganhar Jasmine, mas não posso dizer isso. Estou exaurido demais para dizer qualquer coisa. Toda a energia da raiva correu por dentro de mim e carregou as palavras. Além disso, sei que sozinho, sem a ajuda de Aurora, não há como mudar a cabeça de Arturo quando ele decide o que é melhor para mim.

Agarro o envelope o mais fortemente possível e meneio a cabeça aceitando seu novo comando.

CAPÍTULO 16

Se o objetivo é atravessar o verão, simplesmente realizar as tarefas a mim atribuídas, por que a fotografia da menina me perturba tanto? Fiz precisamente o que me foi dito. Se não tivesse olhado na caixa para o lixo por minha própria conta, não teria visto a fotografia e não teria seus olhos queimando dentro de mim. Por que não posso esquecer o que encontrei e ir em frente, contar os dias que restam nesse trabalho?

Aqui, no escuro da minha casa da árvore, tento o máximo que posso compreender o que aconteceu, o que está acontecendo. Eu vi a fotografia de uma menina que deve ter sido desfigurada pelo fabricante dos para-brisas que Arturo representa. A fotografia estava no lixo, e isso não pode ter sido um equívoco. Havia algo na menina que não tinha importância, que não era relevante para o escritório de advocacia, para... Arturo? Lembrei da maneira como Arturo conversou com o homem da academia — como se ele tivesse segredos que não deviam ser falados abertamente. O que faz o meu pai?

Já vi meninos autistas em Paterson afetados por coisas que não afetam uma pessoa normal. Como a vez em que Alexandra se recusou a falar por semanas a fio depois que uma auxiliar da professora jogou fora sem querer um cartão-postal que caiu da carteira dela. Ninguém compreendia a tristeza de Alexandra por causa de um postal, a não ser por outras poucas crianças autistas. Será que isso está acontecendo comigo? Isso que agora eu sinto pela primeira vez — será simplesmente um sintoma, algo que uma pessoal normal não sentiria?

Sempre vivi perto de crianças que sofrem em Paterson, no Santa Elizabeth. É como se eu tivesse andado entre elas sem notar a dor que deve existir embaixo da pele. Agora vejo a menina na foto e sinto como se fosse eu o responsável por sua dor.

Fecho os olhos e na minha mente aparece uma imagem de Jesus que Abba guardava quando ela morava conosco. No centro do peito de Jesus, há um coração vermelho e, em volta do coração, uma coroa de espinhos. Uma chama sai do topo do coração. Um dia Abba me viu olhando a imagem e disse: "Esse é o coração de Jesus. Mostra o que Ele sente por nós." Então tirou a imagem da parede e sentou-se a meu lado em sua cama. "Os espinhos são Sua tristeza por tudo o que sofremos, e a chama é o Seu amor."

Agora, aqui no escuro, o envelope com a fotografia da menina em minha mesa, eu compreendo o que havia naquele coração de Jesus que cativava tanto minha atenção a ponto de eu não fazer nada além de olhá-lo, quando estava no quarto de Abba. Havia algo estranho naquela imagem, algo fora do lugar. Os olhos de Jesus tinham uma meiguice que eu entendia ser o olhar do amor, mas a chama em Seu coração queimava com um fogo que machucaria quem o tocasse. Substituo o olhar de Jesus pelos olhos da menina na fotografia, e Sua imagem finalmente ganha sentido, os olhos finalmente refletindo a intensidade que queima em Seu coração.

Ouço Namu gemendo lá embaixo. Ele sabe que passei a noite acordado, embora não tenha me mexido em meu saco de dormir, permaneci parado, olhando as estrelas que cruzam o céu sobre minha casa na árvore. Namu consegue ouvir o tumulto em minha mente e está oferecendo conforto.

Procuro MI, mas não a encontro. Depois, tento bloquear a corrente de pensamentos lembrando uma parte predileta das Escrituras, mas a lembrança não está focada. Lembrar tem uma vida própria e o que surge agora são linhas de diferentes partes das Escrituras, sem sentido e desconectadas, como uma Torre de Babel interior.

Está amanhecendo. Vejo ceder a escuridão da noite, vagarosamente. Visto uma camiseta, short e tênis. Desço e toco a cabeça de Namu:

— Quer dar um passeio?

Ele se vira e pega a coleira que está pendurada no telhado de sua casinhola.

Deixo-o me guiar. Ele decide tomar a pista mais íngreme.

CAPÍTULO 17

Estou juntando as coisas na minha mesa, me preparando para a mudança. O único aspecto positivo de ser realocado com Wendell é que será mais fácil revistar as caixas da Vidromek e reunir informações sobre a menina. Não sei o que vou descobrir. Estou com medo do que eu possa vir a descobrir. Mas na noite passada, ou hoje de manhã, decidi que tenho que seguir essa necessidade desconfortável de saber mais a respeito da menina, não importa o que isso vá me custar.

— Ei.

Ouço a voz de Jasmine à distância. Então ela me vê pondo minhas coisas numa caixa.

— O que está acontecendo? — seu tom é de preocupação.

— Fui realocado para trabalhar com Wendell em tempo integral — digo, com medo de olhá-la.

— O quê... Quando? Como?

— Ontem. Depois que terminei de ajudar Wendell. Arturo decidiu. Ele vai arrumar outro assistente para você. Talvez Jasmine ainda consiga Belinda — aí vejo entre minhas coisas a lista que Jasmine fez para mim naquela primeira manhã, e meus olhos se umedecem de novo.

— Não posso acreditar nisso!

Nunca vi Jasmine tão aborrecida.

— Espere. Fique aqui. Seu pai já chegou?

— Já.

Ela sai da sala da correspondência cheia de decisão. Vai brigar para que eu continue a trabalhar com ela. Um calor gostoso sobe dentro de mim.

Dez minutos depois, Jasmine está de volta, um ar de desalento em seu rosto.

— Acho que você vai trabalhar com Wendell daqui para frente — ela se joga na cadeira.

— O que disse Arturo?

— Você pode continuar me ajudando por metade do expediente até eu encontrar outra pessoa. Vou fazer uma escala com a rainha Juliet, não se preocupe. Isso é tudo muito estranho. Aconteceu algo de diferente ontem enquanto você trabalhava na pesquisa do Wendell?

— Não. Sim. Não com Arturo. Outra coisa aconteceu.

— O quê?

Penso um pouco e mostro a fotografia da menina:

— Achei isso aqui numa caixa separada para o lixo.

Ela rola sua cadeira até chegar perto da minha e tira a foto de minha mão:

— Oh!

Evidentemente, é difícil para Jasmine olhar a fotografia.

— Não estou entendendo. O que essa fotografia tem a ver com você ser realocado para trabalhar com Wendell?

— Preciso saber mais sobre essa menina na fotografia.

— Você encontrou isso numa caixa para o lixo?

— Foi.

— Você não sabe quem é?

— Não.

— Espere. Podemos descobrir quem é essa menina mais tarde. Agora quero saber por que perdi meu assistente. Você pediu para trabalhar com Wendell.

— Não. Wendell pediu a Arturo.

— Por quê?

O passeio de barco. De repente me lembro.

— Ele quer que eu me dê bem no escritório de advocacia de maneira que possa ir para Paterson no ano que vem — digo, sem saber se estou mentindo ou não.

— Sim, certamente.

Mal posso olhar Jasmine no rosto. Não sei se deveria lhe contar sobre o passeio de barco — que Wendell pensa que ele e eu temos um acordo, e é por isso que está agindo assim. Mas Wendell está errado. Não há qualquer acordo entre nós.

— Acho que eu devo tentar encontrar Belinda. Talvez ela ainda esteja livre.

No rosto de Jasmine, vejo o desapontamento. Como ela pode estar desapontada por me perder e ganhar Belinda de volta?

— Jasmine vai me ajudar a investigar sobre a menina da fotografia?

Ela me encara longa e duramente. A pergunta não formulada que paira em seu rosto é: por quê? Finalmente ela diz:

— Vamos conversar sobre isso. Encontre-me aqui ao meio-dia. Vamos juntos para a cafeteria. Podemos armar uma estratégia. Não tenho a menor ideia aonde vai dar. Que lugarzinho esse aqui!

Quando estamos saindo da sala da correspondência, meus braços envolvendo uma pequena caixa com meus objetos, Jasmine para por um segundo:

— Aqui — e ela joga um CD dentro da caixa. — Peguei isso para você.

Sei que não é o caso, mas, ao sair da sala da correspondência, minha impressão é de estar partindo para uma viagem muito longa.

Ela pega a sopa de ervilha em um copo de isopor, e eu, o sanduíche de atum que Aurora preparou para mim. Sentamos à mesa mais escondida da cafeteria, atrás de uma coluna, onde ninguém pode nos ver. A cafeteria fica apenas um andar acima, de maneira que podemos pegar as escadas se quisermos. É a segunda vez que venho aqui.

— Então — diz Jasmine depois de partir uma bolacha dentro da sopa — a respeito da menina da fotografia.

— Diga.

— A menina foi ferida pelo para-brisas da Vidromek. Você está a par, não?

— Com o impacto, o para-brisas deveria ter rachado em mil caquinhos inofensivos.

— Isso. A menina foi ferida pelo para-brisas e certamente seus pais estão processando a Vidromek. Foi assim que a fotografia acabou nas caixas de Wendell. Você já sabe como se fazem os processos e acordos?

— Sei — respondi, lembrando da conversa de Arturo com o Dr. Gustafson na academia. — As pessoas brigam umas com as outras como se fossem inimigos.

— Mais ou menos isso. Os pais da menina provavelmente contrataram um advogado e o advogado está pedindo dinheiro porque acham que a Vidromek é culpada.

— A Vidromek fabricou o para-brisas. Ela é culpada.

— Não conheço todos os detalhes legais, mas se fosse simples assim haveria um bocado de advogados e auxiliares de escritório desempregados.

— Mas a Vidromek fabricou o para-brisas e o para-brisas não quebrou em mil pedacinhos como deveria.

— Tudo bem, mas veja essa sopa. É óbvio que está pelando. Se, sabendo disso, eu vou em frente, dou uma colherada e provoco uma queimadura de primeiro grau em minha língua, posso processar os fabricantes da sopa ou o cozinheiro? Imagine que houvesse uma pequena rachadura no para-brisas causada por uma pedra, que os pais da menina não tivessem consertado a rachadura, e que a rachadura houvesse então afetado a cola ou o que fosse que garantiria que o vidro se quebrasse em milhares de pedacinhos. Típica defesa que a Sandoval & Holmes usaria. Eles diriam que a culpa era do pai porque não consertou a rachadura. Há muitas outras defesas possíveis.

— Jasmine acha que foi isso que aconteceu?

— Sei que os advogados da firma estão fazendo todo o possível para provar que a Vidromek não é responsável. A Vidromek está sendo processada por um monte de gente por causa desses para-brisas e o escritório não quer fazer acordos. Receiam que um acordo seja entendido como admissão de culpa.

— Será.

— Por que fazem essa sopa tão quente que é preciso esperar dez minutos antes de a gente poder tomá-la? Por que não tentam acertar a temperatura de maneira que o cliente possa simplesmente sentar e comer sem ter que pensar na sopa?

— Deve ser difícil chegar a essa temperatura correta — ofereço como explicação. — Uma que seja boa para todo mundo.

— Quando você chegar ao escritório, veja atrás da fotografia. Deve ter um número.

— Não tem.

— Você tem certeza?

— Tenho. Olhei para ver se tinha um número como os outros documentos do arquivo.

— Talvez tenham esquecido de numerar.

— Sem o número, ela iria para o lixo?

— Não, se parecer relacionada com o caso. Qualquer um que olhe a fotografia saberá que tem conexão com o caso Vidromek. Nada vai para o lixo de propósito, mas talvez por engano. Mas você não acredita nisso, não é?

— Não. Só havia cópias na caixa. Verifiquei. E não havia outros envelopes do tipo que guardava a foto.

Jasmine empurra o prato de sopa. Segura a cabeça com ambas as mãos. Quando fala, seu tom de voz é diferente. Um tom de voz que se usa quando não é importante ser lógico.

— Por que você está tão interessado na menina?

Percebo que minha mão está abrindo e fechando automaticamente. Faço com que pare.

— Senti uma coisa — explico. — Senti uma coisa que nunca tinha sentido. Como um fogo. Aqui. E aqui — toco o alto do meu estômago, onde minhas costelas terminam, e o meio do meu peito. — Era como se eu quisesse lutar contra as pessoas que a machucaram. Mas aí percebi que isso poderia incluir meu pai. Ficou muito confuso. E...

— Continue, me diga. Quero saber.

— Havia a própria menina. Não era raiva. Algo diferente.

— Ah.

— Não tenho um nome para isso.

Ela está olhando para a sopa intocada. Penso que devo explicar a Jasmine o que senti pela menina, mas como explicar se eu mesmo não sei?

— Era como uma pergunta. Como uma pergunta que tinha que ser respondida.

— Que pergunta?

— Não tem palavra.

— Mas se você pudesse pôr isso em palavras, qual seria a pergunta a fazer?

Existe uma maneira de articular o que estou sentindo? Parece que está passando um tempão antes que eu consiga falar.

— Imagino que seria algo do tipo "como a gente pode continuar vivendo, quando há tanto sofrimento?" Essa pergunta faz sentido? É o tipo de pergunta que as pessoas fazem?

Espero que Jasmine responda. Depois de alguns segundos, ela diz:

— Vamos voltar.

— Você acha que Arturo viu a fotografia?

Sua hesitação é evidente. Aí ela diz:

— Se faz parte do processo contra a Vidromek, sim. A Vidromek é o maior cliente da firma. Uns 80% do dinheiro da firma vêm de lá. Seu pai faz questão de ver todo documento relacionado com o caso Vidromek.

— Mas um erro pode acontecer, um documento poderia ser recebido e arquivado sem que Arturo o visse.

— Isso é possível.

Ela olha para outro lado e vejo-a morder o lábio inferior:

— Tenho medo de falar com Arturo e ele não me deixar ajudar a menina, ou talvez a menina acabar mais machucada.

Eu devia estar com um sentimento de culpa estampado na cara, porque a ouço dizer:

— Tudo bem. Não precisa sentir vergonha. A gente sente o que sente.

— Meu pai sempre faz a coisa certa — quase vejo as palavras à minha frente, flutuando no ar como objetos sólidos.

— Você não precisa se sentir mal por não dizer a ele. Está certo querer mais informação antes de abordar seu pai.

Embrulho o sanduíche não comido no papel laminado todo amarrotado. Aliso o papel o melhor que posso e ponho o sanduíche no saco junto com os biscoitos e a maçã. Quero mudar de assunto, então eu digo:

— Tenho uma coisa para lhe confessar. Você pode não gostar.

— O quê?

Vejo em seu rosto o nervosismo por antecipação que eu esperava ver.

— Hoje de manhã ouvi o CD que você me emprestou: a versão do Keith Jarrett para as *Variações Goldberg*. No meu laptop, com os fones de ouvido.

— Em vez de fazer o trabalho do Wendell — ela está consternada com a minha transgressão.

— Não, Wendell não veio de manhã. Não havia nada para eu fazer, então ouvi o CD.

— Ah, não. Como você pôde? Você não exercitou as imensas habilidades necessárias para seu novo trabalho.

— Eu sei — digo e tento demonstrar imenso arrependimento por ser tão irresponsável.

— Você tem razão. Não gosto disso.

— Não, não foi isso que achei que você iria reprovar.

— Então o quê?

— Tenho um CD das *Variações Goldberg* em casa. Com um pianista chamado Glenn Gould, e eu acho que Glenn Gould interpreta as *Variações Goldberg* mais corretamente do que Keith Jarrett.

— Mais corretamente? Mais corretamente? E existe "mais corretamente"?

— Existe — digo, mas na verdade não tenho certeza se "mais corretamente" é gramaticalmente correto.

— Certo, tudo bem. Por enquanto, pulo a discussão do "mais corretamente". Não acredito que você tenha dito isso. Você está tão, mas tão errado. Mas vamos deixar isso de lado por enquanto. Quero que você me responda o seguinte: quem é o melhor artista, quem tem mais talento? Seu Glenn Gould *interpretando* as *Variações Goldberg* de Bach "mais corretamente", como você coloca, ou meu Keith Jarrett *improvisando, criando* no calor do momento? Responda.

Não consigo. Sou incapaz de responder a essa pergunta. Fico totalmente perdido. Percebo as habilidades e talentos necessários para os dois tipos de música e empaco. Ela espera que eu responda, radiando calor. Sinto seu calor atravessar a mesa. E todo esse calor me lembra o fogo que vi nos olhos da menina.

— Tenho que ajudar aquela menina de alguma maneira.

— Eu sei — ela ainda está radiante.

— Mas não quero ferir meu pai.

— Eu sei. Ela ainda irradia calor.

— O que Jasmine faria em meu lugar? Deixaria para lá a fotografia? Jasmine acha meu comportamento estranho?

— Essa é uma daquelas perguntas que só você pode responder.

— Eu sei. Mas Jasmine não poderia dar uma opinião?

— Porque minha opinião não estaria baseada em todos os fatores que devem ser levados em consideração. Eu não sou você. Não sinto o que você sente por seu pai ou... pela menina. Não estou na posição de perder o que você pode perder. Toda vez que a gente toma uma decisão há uma perda, não importa o que se decida. Sempre é uma questão do que não se pode dar-se ao luxo de perder. Não sou eu tocando o piano aqui. Você que precisa decidir qual será a próxima nota.

— Mas como vou saber se a próxima nota é a correta?

— A nota certa soa certo, a nota errada soa errada.

Não falamos durante a volta para o escritório. No elevador, enquanto subimos em silêncio, eu me pergunto: *Se eu não ajudar a menina, se eu deixar as coisas para lá, o que eu perco?*

CAPÍTULO 18

Ao chegar ao escritório de Wendell depois do almoço, Juliet me diz:

— Ouvi dizer que foi promovido.

Primeiro, decido não responder, mas depois eu pergunto:

— Quando Wendell volta?

Ela abre a gaveta superior de sua mesa e me entrega um bilhete. Reconheço a caligrafia de Wendell.

— Ele veio enquanto você estava no almoço — Juliet me informa.

Oi Marcelo,

O que eu lhe disse? Peça e será atendido. Estarei fora durante o resto da semana em um breve cruzeiro para relaxar. Juliet lhe dirá o que fazer. Lembre-se: Sandoval e Holmes acima de tudo. Fique fora das garras de Juliet, se possível.

Wendell

Dobro o bilhete.

— Ele quer que você me diga o que eu devo fazer.

— Só isso? Não lhe diz mais nada?

— Diz que eu devo ficar longe de suas garras.

— Supostamente, isso é engraçado, uma piada?

— Acho que ele estava falando figurativamente.

— Nunca pus as garras em ninguém em toda minha vida.

Ela parece estar aborrecida, mas não comigo. Ela não gosta do que Wendell disse a seu respeito. Quer dizer que Wendell pensa a seu respeito não como ela gostaria que ele pensasse. É assim que interpreto sua súbita rabugice. Mas aí, de novo, Juliet é sempre rabugenta. Nunca a vi sorrir. De repente, me dou conta de como era agradável trabalhar na sala da correspondência. Jasmine também não era de muita risada, mas era diferente.

— Juliet conhece o barco de Wendell? — a pergunta surge em minha cabeça.

Juliet senta-se de novo na cadeira de supetão. Miro-a tempo bastante para ver um breve olhar de medo.

— Por que você quer saber? — pergunta de um jeito como se estivesse com medo da minha resposta.

— Gostaria de saber como é o barco.

— É um barco.

— Wendell convidou Juliet.

Seu rosto normalmente pálido começa a ficar rosado. Estou aborrecendo-a sem a menor intenção de fazer isso.

— Para seu governo, e não que você precise saber, Wendell me convidou para conhecer o barco como convidou muitas outras pessoas no escritório. E para seu governo, eu sei como é o barco, mas não passeei nele a convite de Wendell. Minha parada não é rapazinhos.

Ela está toda atrapalhada e agora se volta para o computador e começa a digitar. Acho que está arrependida de falar tanto. Nas últimas semanas, parece que venho interpretando os gestos das pessoas corretamente com muito mais frequência do que um tempo atrás. Mas como a gente pode saber se essas interpretações estão verdadeiramente corretas sem testá-las na prática, seja perguntando como a pessoa se sente, seja observando algo mais que revele seu estado mental? Decido não ir mais fundo nessa linha de questionamento. Não sei nem por que perguntei a Juliet. E por que menti quando lhe disse que queria saber como era o barco? O que era que eu queria realmente saber? Tive uma sensação de alívio quando Juliet disse que muitos outros já haviam estado no barco. Há algo no fato de Jasmine não ser a única escolhida por Wendell que é reconfortante para mim.

— Você vai ficar aí a tarde toda?

Jasmine costumava me fazer essa pergunta quando eu me perdia em meus pensamentos no meio de uma tarefa. Mas havia humor na maneira de Jasmine falar. Na voz de Juliet há só impaciência.

— O bilhete dizia que Juliet me diria o que fazer.

— E eu sou babá agora? — ela se levanta e vai até a sala de Wendell. Não me diz que a siga, mas imagino que seja isso que espera de mim.

Ela para na porta.

— Wendell quer essas caixas fora daqui. Leve-as para onde você vai ficar.

— Onde vou ficar.

— Você sempre repete o que as pessoas dizem? — antes que eu responda, ela começa a andar de novo. Juliet anda como se tivesse uma pilha de pratos na cabeça. Paramos três salas depois da de Wendell.

— Esse advogado está de férias e, quando voltar, vai para a rua, então você pode usar a sala dele. Apenas guarde as fotos e os outros objetos da mesa em uma caixa. Não mexa em suas gavetas. Ele cuidará disso. Sua cabeça vai rolar no momento em que puser o pé no escritório.

Fico ali olhando uma mesa cheia de fotografias de crianças. "Rua. Cabeça vai rolar." Não tenho muita certeza do significado dessas palavras, mas, uma vez que vou ocupar sua sala, imagino que ele será demitido do escritório.

Juliet está olhando para mim como se eu fosse um idiota. Provavelmente, eu sou, a seus olhos. Ela já me disse isso antes.

— Rua. Sua cabeça vai rolar. No sentido de fora daqui. Ou, para falar numa língua que você entenda, *hasta la vista*, baby.

— Por quê?

— Ele não tem o que é preciso ter. Não cumpriu a expectativa. Bonzinho demais.

Ouvir Juliet falar exige um esforço adicional. Sob risco de aborrecê-la de novo, ou aborrecê-la mais do que ela já está aborrecida, pergunto:

— O que quer dizer um advogado bonzinho demais?

Ela começa a andar de volta a sua sala. Vou atrás dela, achando que Juliet não vai responder a minha pergunta, mas aí ouço sua voz e me apresso para ficar ao seu lado.

— As pessoas contratam Sandoval e Holmes quando querem os advogados mais duros e malvados da praça. Quando outros escritórios sabem que estamos em um caso, sabem também que nosso cliente vai vencer. Aqui, a gente quer ganhar, quer ser mau, ir na jugular. O rapaz dessa sala não tinha isso. Pensava demais. Estava sempre na sala do Dr. Holmes perturbando quanto à correção de determinado procedimento. Ele tinha a cara de pau de questionar o Dr. Holmes, isso eu até concedo. Mas era bonzinho demais.

Juliet está me olhando com cara de nojo. Sei que ela acha que eu sou bonzinho também, na maneira como ela acabou de definir. Afinal, Marcelo não vive pensando demais?

— Ser bonzinho é o mesmo que ser manso?

— Não sei o que isso quer dizer. O que você quer dizer com "manso"?

Hesito. Devo quebrar a regra e lhe dizer os usos religiosos do termo: "Benditos sejam os mansos porque eles herdarão a terra", do Sermão da Montanha de Jesus? Ou "os mansos possuirão os terrenos e se deleitarão na abundância da paz", do Salmo 37? Prefiro não responder, mas Juliet está esperando uma resposta. Pela primeira vez, duvido que os mansos vão herdar ou possuir o que quer que seja.

Juliet continua:

— Manso, brando ou fraco, ele foi. Você precisa passar todas as caixas da sala de Wendell para essa. Quando acabar, venha me ver. Tenho uns arquivos para você.

Levo todas as caixas para a sala de Robert Steely. A coisa boa é que, na privacidade da sala de Robert Steely, terei condições de procurar o arquivo que se encaixa na foto da menina. Mas como vou fazer isso? São tantos arquivos. Decido olhar primeiro nas duas caixas que usei quando estava trabalhando na tarefa de Wendell.

Encontro as caixas. Coloco-as em cima da mesa e passo a verificar cada arquivo. Não sei o que estou procurando. Outra fotografia da menina? Talvez a fotografia tenha parado na caixa de lixo porque era realmente uma duplicata. São 12 arquivos em cada caixa, cada um algumas centenas de páginas. Nada. Procuro folhas que tenham clipes prendendo algum papel. Nada.

Sento na cadeira de Robert Steely para pensar no próximo passo. Agora que comecei a procurar o arquivo, a vontade de descobrir a respeito da menina aumentou. Como se o ato de olhar confirmasse a correção da minha busca. Olho as fotografias na mesa. Numa foto, duas criancinhas estão debaixo de uma barraca de praia. Em outra, as mesmas crianças, mas mais velhas, vestem chapéus de Mickey Mouse e se penduram no Robert Steely. Olhando sua fotografia me lembro das vezes em que o vi no escritório durante as minhas rodadas com a correspondência. Juliet disse que ele pensava demais. Ele questionou Stephen Holmes sobre o que era correto. Eu me pergunto se isso tinha a ver com o que é certo e o que é errado. Nunca notei nada de diferente nele, a não ser o fato de, como poucos outros advogados, não ter medo de falar comigo. Por algum motivo, ele e eu sempre nos pegávamos indo ao banheiro à mesma hora. "Parece que nossos rins têm a mesma programação", ele me disse uma vez.

Eu não deveria, mas abro a gaveta superior de sua mesa. Refil de lapiseiras, clipes alargados e que não prestam mais, montes de centavos, cartões de visita, o cardápio de um restaurante tai, uma bolinha feita com elásticos, o desenho de uma aranha em um adesivo, lentes de aumento, três colheres plásticas, um guardanapo, fio dental, um xarope para tosse preso no fundo, uma dúzia de pastilhas Pepto-Bismol.

Pego de novo a fotografia da menina. Queria tanto que ela tivesse um nome. Quero chamá-la pelo nome. Seu cabelo é preto e curto como o de Jasmine. Seus olhos são pretos. As sobrancelhas são grossas e formam arcos sobre seus olhos. Não é uma fotografia colorida, mas sua pele é morena como a de Abba, ou Aurora, ou Yolanda. Minha pele é mais como a de

Arturo, bege, um pouco mais para castanho do que para o branco, mas não de um moreno escuro. Abba veio do México e os bisavós de Arturo também. Gostaria de saber se a menina e seus pais também são de lá. Talvez o fato de, a esse respeito, ela ser como eu esteja me atraindo tanto.

Eu não tinha prestado atenção no fundo atrás da menina. A foto foi feita em um interior. Parece um escritório porque vejo a borda de um gaveteiro de arquivos em um dos lados da menina e, no outro, atrás dela, há um calendário. Dá para a gente saber, porque consigo distinguir uma sequência de pontos que representam os dias do mês.

Lembro das lentes de aumento na gaveta do Robert Steely. Tiro-as de lá para olhar bem de perto. É um calendário. O rosto da menina cobre a maior parte, mas dá para ver que é um mês de trinta dias. Em cima dos números, parece que tem a foto de uma árvore no outono. Embaixo dos dias do calendário aparecem algumas letras. Talvez seja como o calendário que Aurora ganha do hospital todos os anos — embaixo tem o nome do hospital, o endereço e uma frase sobre a excelência de seus serviços. Aqui todas essas palavras estão borradas a não ser por duas delas e cinco números. Mesmo com as lentes de aumento não consigo identificar as palavras e os números, mas talvez eu possa levar a fotografia para a sala da correspondência e ampliá-la. Pego a foto e estou para sair quando de repente a porta abre.

Tudo que vem a seguir aconteceu simultaneamente: meu batimento cardíaco se acelera. Rapidamente, faço o que posso para virar a foto para o lado da minha perna. Espero ver Juliet. Começo a pensar que dizer para explicar o que estava fazendo com a porta fechada na sala de Robert Steely.

Mas não é Juliet. É o Robert Steely.

— Oh — diz ele, dando para trás. — Oh — repete. Está sem fala e eu também. Depois vê as caixas ocupando quase cada centímetro de sua sala. — O que é isso? — pergunta, sem surpresa na voz. Está esperando receber uma explicação racional. Está segurando uma pasta na mão e é claro que acabou de chegar ao escritório.

Juliet disse que ele seria demitido assim que voltasse. Eu não sei como funciona esse negócio de ser demitido. Imagino que alguém lhe diga que você não trabalha mais na firma. Não é algo que me incomodaria se acontecesse comigo, mas talvez seja diferente para Robert Steely. De onde ele vai tirar dinheiro para alimentar seus filhos?

— As caixas da Vidromek — respondo.

Olho em volta da sala exatamente como ele e vejo que deixei suas lentes de aumento em cima da mesa. Ele vai saber que abri sua gaveta. Estou para dizer alguma palavra sobre isso, quando o vejo largar sua pasta no chão. Ele se vira e senta na borda da mesa, olhando para a porta. Seus ombros estão caídos e ele ficou branco. "Putos", ele diz para si mesmo.

Agora ele está escondendo o rosto com as mãos. Eu me pergunto se deveria pôr a mão em seu ombro, mas nunca fiz isso antes e tenho medo. Depois ele balança a cabeça e esfrega os olhos com a manga do casaco.

— Você sabe — digo.

Ele faz que sim:

— Não pensei que fosse acontecer tão rapidamente. Eu achei que teria pelo menos até o fim do ano. Pensei que eu conseguiria alguns meses para procurar outro trabalho.

Nós dois levantamos a cabeça ao ouvir o som dos saltos altos de Juliet. Ela está na porta, muito ereta, as mãos nos quadris:

— Não o esperávamos até segunda-feira.

— Obviamente.

Agora pela primeira vez ouvi raiva na voz dele.

— A pessoa na recepção deveria tê-lo encaminhado diretamente à sala do Dr. Sandoval.

— Ela deve ter saído um instante, e eu entrei direto.

— O Dr. Holmes não está, então o senhor deve ver o Dr. Sandoval.

Robert Steely olha para mim e levanta as sobrancelhas. Como devo interpretar esse olhar? *Olhe aqui, veja, é esse o seu pai?* Ele se endireita, respira fundo e sai.

— O que é isso?

Vejo Juliet olhando para a fotografia em minha mão.

Para mim, sempre foi quase impossível mentir. As sinapses em meu cérebro em geral se fazem mais rapidamente do que deveriam, mas no que diz respeito a mentir essas mesmas sinapses se congelam. Não consigo pensar com a rapidez devida para lembrar alguma resposta que não seja a verdade. De maneira que respondo à pergunta de Juliet sinceramente:

— Uma fotografia — e em seguida digo algo que surpreende até a mim mesmo. — Encontrei-a debaixo da mesa. É do Robert Steely.

A mentira cola. Juliet não pede para ver a foto. Ela diz:

— Vou arrumar alguém para observá-lo enquanto ele reúne seus objetos pessoais. Vá à sala da correspondência e encontre para Steely umas duas caixas vazias onde ele possa empacotar suas coisas.

— Eu posso ajudar Robert Steely a embalar seus pertences.

— Não. Precisamos de alguém que se assegure de que ele não está levando nenhum documento da firma. Ele só pode levar seus objetos pessoais. Você não vai saber a diferença.

Eu acho que sei. Na verdade, Juliet acha que sou estúpido. Ponho a fotografia para baixo na mesa, fingindo que vou deixá-la ali, e espero que Juliet se vire para pegá-la de novo. Dá para eu chegar à sala da correspondência sem passar pela mesa de Juliet.

— Ei, você voltou para a sala da correspondência? — pergunta Jasmine.

Parece que faz anos desde que a vi a última vez.

— Juliet me mandou aqui para pegar umas caixas vazias para o Robert Steely. Ele foi demitido.

— Deus — diz ela. — Parece que os caras legais nunca duram por aqui.

— Juliet disse que ele era bonzinho. Foi por isso que ele foi demitido.

— Juliet é que não é muito boazinha — e ela mexe com o indicador perto da cabeça.

Meneio a cabeça também em sinal afirmativo. Lembro da foto na minha mão e mostro a ela.

— Na parede atrás da menina tem um calendário. Está quase todo coberto por ela, mas deu para eu identificar duas palavras e cinco números. Talvez essas palavras e números possam nos ajudar a encontrá-la.

Ela pega a foto da minha mão e vai até a máquina de Xerox. Eu a sigo.

— Vamos tentar ampliá-la em uns 150%.

Do outro lado da fotocopiadora, aparece uma imagem borrada da menina. Mas agora as palavras atrás dela estão muito nítidas.

SU TAQUERÍA
02130

— *Taquería* é um lugar onde se vendem tacos, certo? Como uma *cafeteria* é um lugar onde se vende café — diz Jasmine.

— Você fala espanhol?

— Três anos de espanhol na escola. Além disso, detesto ter de lhe confessar, *taquería* não é muito difícil de traduzir. Essa foto pode ter sido tirada em qualquer dos inúmeros lugares em países de língua espanhola onde a Vidromek está presente. A não ser que...

— A não ser que...

— A não ser que a gente só represente a Vidromek em acidentes que aconteçam nos Estados Unidos. Aí essa foto será de alguma maneira relacionada com o nosso caso, o que não diminui muito as opções. Mas...

— O quê?

— Os números. Então seria um calendário de propaganda de uma *taquería* em algum lugar nos Estados Unidos. O anúncio deveria ter um endereço para a *taquería*, certo? E o que em geral aparece num endereço?

Parece uma pergunta fácil, mas minha cabeça é um branco total.

— Ou um endereço de rua, ou um código postal. Mas se não tem palavras em seguida a esses números, trata-se provavelmente de um código postal. Códigos postais têm cinco números.

— Um código postal — repito.

Provavelmente, eu deveria me sentir um estúpido, mas não me sinto. Provavelmente porque estou incrivelmente excitado pela animação da voz de Jasmine.

— Você tem que voltar a Juliet?

— Tenho que levar duas caixas para Robert Steely. Para ele embalar seus objetos pessoais.

— Faça isso. Vou fazer uma busca da *taquería* e do 02130 e ver o que eu acho. Leve as caixas, e quando você voltar, eu terei novos dados.

Pego duas caixas vazias, dessas que são usadas para papel de fotocópia, e vou até a sala de Robert Steely. Ponho as caixas na sala. Robert Steely ainda está falando com Arturo, imagino. Quanto tempo leva para uma cabeça rolar? Talvez Arturo esteja tentando ser o mais gentil possível.

— Para pegar duas caixas, até que você demorou bastante — diz Juliet para mim quando estou voltando para a sala da correspondência. — Aonde você vai? Veja, Jasmine e eu preparamos uma agenda, e agora você está operando no meu horário. Preciso que você dobre e envelope essas cartas e depois as sele. Pode usar esse vidro e essa esponja para selar os envelopes, ou use cuspe, se preferir.

Olho para a pilha de papel. Deve haver umas duzentas cartas. Juliet me passa a pilha e põe uma caixa de envelopes no topo. E aí, com o queixo, indica a direção da sala de Wendell. É ali que ela quer que eu trabalhe.

É a primeira tarefa no escritório que não desempenho da melhor maneira que posso. Estou correndo, e algumas cartas estão dobradas meio tortas. Quando acabo com a história de dobrar e envelopar, vou umedecer os envelopes com o vidrinho d'água que tem uma miniatura de esponja no bocal. É difícil controlar a quantidade exata de água e algumas das cartas parecem ter sido lambidas por Namu.

Espero até Juliet se levantar de sua mesa e tomo a direção da sala da correspondência. As cartas precisam ser seladas na máquina da sala da correspondência de qualquer maneira. Jasmine está concentrada na tela de seu computador. De início, acho que ela nem percebe que eu entro.

— Ouça isso — diz, sem me olhar. — Digitei *taquería* e 02130 e encontrei um site de restaurantes mexicanos em Boston. Aí me dou conta que 02130 é um código postal de Boston! De qualquer maneira, clico no site dos restaurantes e vejo todos esses restaurantes que têm código postal 02130. Uns trinta restaurantes, todos em Jamaica Plain. É um bairro que tem muitos moradores e lojas latino-americanos. Aí eu concentro a busca clicando em *taquería* e Jamaica Plain, e aparecem dez restaurantes.

— O que a gente faz agora?

—Vamos telefonar para os restaurantes. Quantos desses dez restaurantes fazem calendários? E depois, não sei, talvez a gente possa ir lá e mostrar a eles a fotografia da menina para ver se a conhecem. Essa fotografia foi tirada em um escritório. Está vendo esse gaveteiro de arquivos?

— Parece um gaveteiro aqui do escritório.

— Isso. Exatamente o que eu estava pensando. Como uma foto tirada em um escritório de advogado, o que faz sentido, já que ela veio parar aqui e provavelmente está ligada a algum tipo de ação legal.

— Um advogado que frequenta uma *taquería* em Jamaica Plain.

—Você tirou as palavras da minha boca.

— Oh.

— É uma figura de linguagem. Veja, esse é o plano. Nós vamos levantar os nomes dos advogados que trabalham em Jamaica Plain e, quando telefonarmos para os restaurantes que mandam calendários, a gente lê os nomes e pergunta se o advogado está na *mailing list* deles, ou se reconhecem o nome. Quer dizer: como as pessoas ganham calendários? Ou os recebem pelo correio ou os pegam quando fazem compras no lugar que os está distribuindo.

— Nós.

— Nós o quê?

— Era eu que precisava descobrir a menina, e agora somos nós, Jasmine e Marcelo.

— Eu não *preciso* encontrá-la como você precisa — a voz de Jasmine fica séria. — Não sei, eu me sinto mais viva brincando de detetive em sua boa causa.

— Como Sherlock Holmes.

— Isso.

— Jasmine é lógica em seu raciocínio. Um passo levando a outro. Analisando probabilidades e descartando-as.

— Você parece surpreso. Não sabia que eu era inteligente? — diz, fingindo estar zangada.

Embora saiba que ela está brincando comigo, sinto meu rosto corando até queimar. Como posso dizer a ela que eu sabia, mas não sabia, como ver o pôr do sol toda noite, mas não o ver.

CAPÍTULO 19

Acontece que Cielito é a única *taquería* de Jamaica Plain que distribui calendários. Eles não tinham uma *mailing list*, mas os davam para os clientes a partir do início de dezembro. Acontece também que são trinta e sete advogados que atuam em Jamaica Plain, e quando telefonei para Don Ramon, o proprietário do Cielito, e perguntei se reconhecia alguns dos nomes que eu leria para ele, só um foi imediatamente reconhecido, sem hesitação. Seu nome é Jerry García e, segundo Don Ramon, ele praticamente vive no Cielito, o escritório de Jerry García fica a meio quarteirão do restaurante. Jasmine e eu temos certeza de que a foto da menina foi tirada lá.

Jasmine vai comigo até a entrada do metrô em Washington Street, mas não quer me acompanhar. Ela acha que é um negócio que eu tenho que fazer sozinho. Tenho um mapa detalhado mostrando exatamente o que fazer para chegar até o escritório do Jerry García uma vez que eu tenha descido em Jackson Square. Tenho um celular para usar caso eu me perca.

— Você vai conseguir — disse Jasmine antes de eu descer as escadas da estação de metrô.

Estou em alerta máximo no metrô, de pé, segurando as costas de um assento vazio.

Saio na estação de Jackson Square e ando na direção oeste na Centre Street. O escritório do Jerry García fica a apenas cinco quarteirões. Bloqueio o tráfego da rua, as pessoas nas calçadas, as palavras e barulhos que voam em minha direção. Toco as paredes dos prédios para ter certeza e continuo.

Procuro e finalmente encontro o número do prédio de Jerry García. Seu escritório é na Suíte 3A. Olho no painel da portaria e vejo um letreiro branco:

GERONIMO (JERRY) GARCÍA ESQ.
SU PROBLEMA ES MI PROBLEMA

Subo três andares de escada. A Suíte 3A tem uma porta de madeira com o mesmo nome e letreiro lá debaixo. A porta está meio aberta. Dentro, uma dúzia de pessoas, adultos e crianças, sentadas numa sala de espera. Há uma mesinha com telefone na parte anterior da sala, mas ninguém à mesa. Um ventilador de pé em um canto está girando para a direita e para a esquerda. Algumas das crianças estão brincando no chão com carrinhos e caminhões de plástico. Vejo uma caixa de brinquedos num outro canto. Talvez eu esteja no lugar errado. Isso parece mais o consultório médico aonde Aurora costumava levar Yolanda e a mim quando éramos pequenos. Todo mundo está me olhando e fico parado na porta sem saber o que fazer ou dizer.

— *Busca a Jerry?* — uma velha me pergunta.

— *Sí* — respondo, lembrando o espanhol que aprendi com Abba.

— Ele está. Sente-se — ela abre um pequeno espaço no sofá lotado.

Permaneço em pé.

Uma porta perto da mesa se abre. Um homem, de camisa branca e blue jeans, mantém a porta aberta, enquanto passa uma jovem enxugando os olhos com um lenço. O homem olha para mim. Devo parecer um tanto fora de contexto, em pé, com minha mochila e as mãos nos bolsos.

O homem de camisa branca e blue jeans é Jerry García. Eu sei, porque Jasmine e eu encontramos uma fotografia dele na internet. Ele pôs um anúncio em um jornal de língua espanhola, dizendo para as pessoas entrarem em contato com ele caso tenham um acidente.

Ele se dirige à senhora que primeiro falou comigo. Ela se levanta vagarosamente, agarrando o braço do sofá. Ele se aproxima e pega o braço dela.

— Sente-se, por favor — ele está falando comigo. — Vou atendê-lo assim que possível.

Espero por três horas. Toda vez que abre a porta, ele diz que estará comigo logo, logo. Todo mundo que estava ali quando entrei foi embora, mas outras pessoas chegaram, de modo que a sala está cheia de novo. Eu me levanto para não ficar apertado no sofá.

— Tudo bem — ele diz. — Entre.

Leva um tempinho para que eu entenda que finalmente ele está falando comigo. Entro, e ele fecha a porta atrás de nós.

— Você está no espectro do autismo, não? — Jerry García me pergunta.

Essa pergunta ficou progressivamente mais difícil de responder ao longo do verão. Tem horas em que me pergunto se em algum momento eu tive a ver com Paterson. Aqui estou eu funcionando no mundo real, conversando com as pessoas, descobrindo o que passa por suas cabeças, imaginando o que elas estão sentindo, de uma maneira que muitos meninos autistas jamais seriam capazes de fazer. Mas eu gosto quando as pessoas não pisam em ovos (uma de minhas figuras de linguagem favoritas) e dizem precisamente o que está passando por suas cabeças, da maneira como García acabou de fazer. Isso me faz gostar dele imediatamente.

— A descrição mais próxima do que eu tenho é provavelmente a Síndrome de Asperger. Digamos que, no espectro do autismo, cai numa faixa de alto funcionamento na vida real — é a melhor resposta que consigo dar.

— Eu vi. Às vezes, eu represento crianças autistas e suas famílias, tentando fazer com que as escolas cumpram a lei federal e ofereçam os serviços especiais que lhes são necessários.

— Por que você perguntou?

— Algo nos seus olhos, você sabe, uma maneira de olhar de lado quando fala.

Aí, quando olhei e pus meus olhos sobre ele, García acrescentou rapidamente:

— Mas muito menos do que as crianças que conheci. Também o seu jeito de ficar em pé e sentar; muito formal, muito correto. A maioria dos jovens nessa idade é desajeitada, fica se mexendo o tempo todo.

— Arturo diz que tenho a postura de um soldado.

— Arturo?

— Meu pai.

— Como você se chama?

— Marcelo Sandoval.

Um riso de orelha a orelha surge em seu rosto.

— Eu sabia que você me lembrava alguém. Fui colega de classe do seu pai no curso de Direito.

— Eu sei.

—Você sabe?

— Eu não sabia que você conhecia meu pai, mas sabia que você se formou na Harvard Law School no mesmo ano que ele. Encontrei essa informação na internet.

— Oh.

Agora chegou a parte difícil. Ele vai me perguntar por que estou aqui para vê-lo. Ensaiei a resposta para essa pergunta muitas vezes, mas fico mudando de ideia o tempo todo. Apesar do fato de estar aqui na frente do Jerry García, ainda não tenho certeza de por que estou aqui. Apesar de todo o planejamento, da mentira para Juliet a propósito de uma consulta médica, de ter estudado e decorado as coordenadas para chegar ao escritório de Jerry García, apesar de tudo isso, a sensação é de estar entrando numa sala escura. Não me lembro de nenhuma vez na vida em que eu não soubesse para onde estava indo. Sempre me assegurei de conseguir ver o que estava à minha frente antes de dar um passo.

Então agora eu o vejo movendo-se em seu escritório entulhado, abrindo espaço para eu me sentar em um sofá azul que tem pedaços do estofamento pulando para fora. Ao sentar, ouço-o dizer algo a respeito de querer ser mais organizado e algo sobre o imenso volume de trabalho para uma pessoa só e algo ainda sobre quanto eu me pareço com meu pai, sobre como eu tenho o mesmo olhar intenso, determinado. Ouço tudo e somente algumas partes, porque estou pensando no que vou dizer quando ele me perguntar por que estou aqui. Frases diferentes de pessoas diferentes surgem em minha cabeça enquanto ele fala. *A nota certa soa certa e a nota errada soa errada*, lembro de Jasmine dizendo. De maneira que agora escuto atentamente e tento detectar o que estou ouvindo dentro de mim, tento perceber qual é a nota.

Jerry García puxa uma cadeira de madeira, senta, cruza as pernas e me pergunta:

— Em que posso ajudá-lo?

Embora meus olhos tenham estado bem abertos o tempo todo, somente agora começo realmente a ver onde estou. Jerry García trabalha numa mesa atulhada de arquivos e papéis e caixas. Há outra mesa atrás de onde ele se senta com um computador, uma impressora e uma máquina de fax. Para um lado da sala, há o sofá onde estou sentado. Essa sala também está cheia de estantes com livros e arquivos. A não ser por uma das prateleiras, a que me está mais próxima, que tem uma fotografia de Jerry García, seus braços em torno de um homem mais velho com óculos escuros, que eu sei ser cego porque está segurando um pastor-alemão todo atrelado.

Depois de não sei quanto tempo, digo:

— Eu tenho um pastor-alemão. O nome dele é Namu.

— Namu? Bonito nome. Namu de *Namu Amida Butsu*?

— Isso mesmo.

Nunca antes alguém identificou a origem do nome de Namu.

— Você acha errado dar o nome de um monge budista a um cachorro?

— Claro que não. Assim, toda vez que chamar Namu, você pode dizer o Nembutsu.

— Foi isso que eu pensei também. Achei que Buda poderia achar isso legal.

— Não tenho dúvidas.

— Meu tio Hector trouxe do Texas Namu e o irmão de Namu, Romulus, quando eu tinha 12 anos.

— Seu tio Hector vive no Texas?

— Em San Antonio. Ele é o diretor de Furman, um reformatório para meninos delinquentes. Lá eles criam e treinam os cachorros. O contato com os animais ajuda os garotos. E os cachorros levantam fundos para a escola.

— Uma boa ideia. Uma ótima ideia.

— Nós temos pôneis Haflinger em Paterson, a escola que eu frequento, pelas mesmas razões. Os pôneis (nós os chamamos assim, mas tecnicamente eles não são pôneis, são cavalos pequenos) ajudam as crianças na parte de coordenação e de autoconfiança.

— Compreendo.

Há uma pausa. Respiro devagar uma, duas, três vezes. Falo:

— Eu trabalhei no contencioso da Vidromek. Encontrei uma fotografia. Na fotografia eu vi isso — aponto para o calendário pendurado na parede atrás da mesa dele. — Foi assim que nós o encontramos.

— Nós?

— Jasmine trabalha comigo no escritório. Ela me ajudou.

— Ah! — Jerry García sorri, como se soubesse que essa era a razão da minha visita.

Tiro a fotografia da minha mochila.

Ele a segura, mas mal a olha. Obviamente, ele está familiarizado com a foto. Jerry García sorri e me devolve a fotografia.

Ele volta a se sentar na cadeira que pôs a minha frente e começa a falar tão baixinho que mal o ouço.

— Quando seu pai e eu estávamos no curso de Direito, havia um jogo de pôquer que não falhava toda sexta-feira. Nós éramos sete, os sete mexicano-americanos da Harvard Law School. Seu pai, eu, um cara chamado Rudy, e não me lembro o nome dos outros. Esses jogos de pôquer eram incríveis. Rolava tanta hostilidade. Quando cheguei lá, pensei, bem, aqui eu terei um belo grupo de apoio com meus *carnales, mi raza,* você sabe, meus irmãos. Mas tudo que a gente fazia era invejar descaradamente e insultar um ao outro. Continuei frequentando porque precisava da grana. Dessa maneira, meus *carnales* me ajudaram a despeito deles mesmos — Jerry García ri e bate no joelho ao mesmo tempo. — Você joga pôquer?

— Não.

O telefone toca. Jerry se levanta e aperta um botão.

— Minha secretária foi embora na semana passada — ele diz ao sentar. — Foi trabalhar em um escritório como o do seu pai. Imagine, depois de eu treiná-la e tudo o mais.

Ele dá de ombros. O gesto quer dizer: *Não posso fazer nada.*

— Onde é que eu estava? Meu cérebro é como uma dessas bolas que, quando você desamarra, imediatamente fazem *prrr.* Sabe do que eu estou falando?

— Sei — toda vez que tenho que cuidar de mais de uma coisa ao mesmo tempo, meu cérebro também faz assim. — O que aconteceu com o jogo de pôquer?

— Uau! Aquelas partidas de pôquer eram coisa séria. De onde vinham toda aquela raiva e mesquinharia em estado puro? Palavra, não era um sacaneando o outro de brincadeira. Eu vi que a rapaziada ficou puta uma vez quando eu tirei um A e os outros não, e quando um cara lá conseguiu um lugar em um escritório de advocacia dos grandes. Era creize-loco o negócio. Quando eu saía de lá, minha vontade era de tomar uma ducha. Mas eu precisava do dinheiro. Isso me deprimia. Fato, eles me perguntavam o que eu iria fazer depois da formatura, e eu dizia que meu plano era trabalhar por um período na procuradoria pública para ganhar experiência em contencioso e depois abrir um escritório numa área carente. Eles então olhavam para mim como se eu fosse, nem sei, como se eu fosse...

— De Marte.

— Isso, exatamente. Menos... menos seu pai. Ele nunca caçoou de mim. Uma noite ele e eu andamos juntos de volta para o dormitório e, não sei, acho que ele estava com umas tantas tequilas na cabeça, eu também, então ele me disse: "Espero que você termine o curso de direito ainda pensando como você pensa." Perguntei por que eu haveria de mudar. E ele respondeu: "Às vezes a gente começa indo numa direção e acaba em outra, sem saber como isso aconteceu. É como uma corrente que vira seu barco." Eu sabia que ele estava falando de si mesmo, de uma decisão que havia tomado e da qual não tinha certeza. "Desvire o barco", eu disse a ele. Mas ele bateu nas minhas costas e seguiu para seu dormitório. Nós ainda não tínhamos nos formado, e seu pai já recebera uma oferta de um dos mais prestigiosos escritórios de advocacia de Boston.

— Meu pai lhe disse isso? — era uma imagem diferente de Arturo. Arturo, somente uns oito anos mais velho do que eu hoje, um jovem ponderando sobre o caminho a seguir.

— Então, e o que isso tudo tem a ver com a fotografia que você encontrou? Quando as Irmãs me procuraram a propósito de Ixtel, esse é o nome da menina na fotografia, e quando descobri que era o escritório de seu pai cuidando do caso, lembrei daqueles jogos de pôquer e da conversa que tivemos naquela noite. Achei que deveria tentar abordá-lo com uma carta pessoal. Não custava tentar. Pois bem.

— Você escreveu uma carta para Arturo.

— Você não viu a carta quando encontrou a fotografia? A foto estava grampeada.

— Não — mas preferi não contar a Jerry que encontrei a foto numa caixa para o lixo. — Espere aí. Vou ver se encontro uma cópia.

Ele abre um arquivo, aquele parcialmente visível na fotografia. Depois volta para onde estou sentado e me entrega uma carta.

— Leia à vontade. Preciso ir lá fora dizer para o pessoal que volte mais tarde, depois vou ao banheiro no fim do corredor.

Foi isso o que li:

Caro Art:

Lembra-se de mim? Faculdade de Direito em Harvard. Partidas de pôquer no apartamento do Rudy (esqueço o sobrenome dele), nas noites de sexta-feira? Vocês sempre se aborreciam comigo porque eu chegava com vinte pratas e saía com cem ou mais.

Você se deu bem. Fiquei estupefato quando vi que você estava representando a Vidromek. Sandoval e Holmes. Seu próprio escritório! Cabrón! Eu toco um escritório sozinho em Jamaica Plain fazendo uma graninha aqui e ali. Se você ou algum colega seu alguma vez forem pegos dirigindo alcoolizados, me chamem.

Tentei lhe telefonar, mas sua secretária não nos conectou. Você é um homem importante, compreendo. De qualquer maneira, sou melhor escrevendo. É o seguinte. Represento uma menina de dezesseis anos chamada Ixtel Jaetz (ótimo nome, não?). Ela e a mãe estavam em um carro com para-brisas da Vidromek. Um caminhão da Coca-Cola que ia à frente parou de repente, e elas entraram por debaixo dele. Bateram a quarenta quilômetros por hora. O carro não tinha airbag, mas elas estavam usando os cintos de segurança. O motorista da Coca-Cola diz que mal percebeu que o caminhão havia sido batido. Mas Ixtel teve o rosto rasgado na altura da bochecha esquerda por um caco de vidro do para-brisas. A mãe não teve nada. O para-brisas, como você sabe, não deveria ter feito isso. Ixtel foi levada para o Mass General Hospital onde o pedaço de vidro e outros fragmentos da janela foram removidos, e seu rosto temporariamente costurado.

Junto com esta carta vai uma fotografia que fiz da menina umas duas semanas atrás. Quando vi que você estava representando a Vidromek, pensei em tentar aqui uma aproximação pessoal. Eu poderia processá-los, mas por que tentar nos fazer de bobos? Você acabaria comigo por meio de testemunhas e outras alegações fajutas que você sabe que um advogado sozinho como eu não conseguiria combater. De maneira que resolvi propor algo radical: vamos fazer a coisa certa! Não correrei atrás de indenizações por danos de todo tipo e outros mais aos quais poderia ter direito, e em troca seu cliente pagará pela cirurgia plástica reparadora mais os meus 20% de taxa de contingência, o que dará mais ou menos uns sessenta e oito mil dólares. Uma gota no oceano para a Vidromek, você concorda?

Essa gente é pobre, Art. O Mass General pôs os custos hospitalares no programa do Bom Samaritano. A menina está com as Irmãs da Misericórdia numa casa em Lawrence. A mãe de Ixtel morreu de câncer no fígado poucos meses depois do acidente. O pai, que era originalmente da Hungria (daí o nome Jaetz), morreu quando a menina tinha dois anos. As Irmãs foram nomeadas guardiãs legais porque não havia outros membros da família. Elas estão pedindo apenas o custo da cirurgia. Aliás, a cirurgia reparadora não só restaurará de alguma maneira a beleza da menina, como vai permitir que ela fale claramente e mastigue, além de aliviar a dor que ela agora sente toda vez que come ou tenta falar.

O que você diz disso, Art? Quer fazer a coisa certa? Ligue para mim.

Sinceramente,

Jerry García

Levantei o olhar quando terminei a leitura e vi Jerry García sentado a minha frente.

— Ixtel. Como é ela?

— Ela já passou por um bocado — disse Jerry franzindo a testa. — Sem pai. O rosto desfigurado. Perde a mãe. Ela ficou meio louquinha por um período, mas agora está no bom caminho. Não sei, mesmo com seu rosto assim, ela tem um tipo de beleza interior que tem um brilho visível.

As palavras de Jerry García me impactam. Como se ele houvesse dado nome para o que eu não sabia nomear.

— Você gostaria de conhecê-la? Lawrence fica a cerca de uma hora de Boston. Posso levá-lo lá. Tento fazer visitas a cada quinze dias, nos sábados. Eu gosto das meninas que vivem na casa e as Irmãs são umas figuras. A maioria é de El Salvador, e elas mal falam inglês.

Fico em silêncio. Se a fotografia teve tal efeito, o que a pessoa real poderá causar em mim? Finalmente, eu digo:

— Sim, eu gostaria de encontrá-la algum dia — nesse momento sinto como se já a conhecesse.

— Bem, então vou arranjar isso.

O telefone toca de novo.

— Não se preocupe, vai direto para minha secretária — e ele pisca para mim.

Então me dou conta de que o telefone tocou constantemente desde que me sentei no sofá. Toca uma vez (deve ser quando vai para a gravação), e então, trinta segundos depois, um novo toque. Atrás de cada um desses toques, uma pessoa e um problema.

—Você disse que recebeu uma resposta do meu pai para sua carta?

— É, ele me escreveu de volta.

— Posso ver a carta?

Vejo Jerry García hesitando, mas ele se levanta e pega um pedaço de papel numa pasta sobre a mesa. Entrega-o para mim. Dessa vez ele se senta a minha frente enquanto leio.

Caro Jerry:

Vejo que você ainda está empenhado no trabalho de Deus (?). Por favor, considere esse comentário uma resposta a sua carta "pessoal". A Vidromek não pagará por quaisquer danos a sua cliente.

Atenciosamente,
Arturo Sandoval

Compreendo além de qualquer dúvida que meu pai está a par de Ixtel. Ele viu sua fotografia e leu a carta de Jerry García. Se a carta lhe chegou e a fotografia vinha anexada, foi por ele que a foto encontrou o caminho da caixa do lixo.

— O que significa um ponto de interrogação entre parênteses?

Ele ri:

— Acho que seu pai está questionando se eu estou realmente fazendo o trabalho de Deus, ou apenas tentando levantar uma grana.

— E o que você diz?

— O que posso lhe dizer? Eu tenho que sobreviver.

— Você nunca me perguntou por que eu vim lhe ver — digo depois do que parece um longo tempo.

Ele faz um gesto com a mão:

— Eu sei por que você veio — e espera até que meus olhos encontrem os seus. — Eu sei. Acredite em mim. Eu sei. Outro dia eu telefonei novamente e falei com o filho do Holmes, como é o nome dele?

— Wendell.

— Um babaquinha arrogante. Uma pena. Para alguém tão jovem, quero dizer. Eu compreendo que eles se tornem assim um dia, mas em geral não antes da formatura em Direito.

— Sinto muito.

— Lido com gente como ele cem vezes por dia. Eles me olham e naturalmente pressupõem que não sou tão esperto quanto eles. Deus nos ajude. Mas veja só, é uma tremenda vantagem tática, para não dizer pessoalmente libertadora, que os outros pensem que sou estúpido.

— Encontrei a foto numa caixa separada para o lixo.

Jerry García levanta a mão para me interromper:

— Você viu a fotografia de Ixtel e quis saber mais a seu respeito. É por isso que você está aqui.

Ele me olha:

— Eu cuidarei de Ixtel, não se preocupe. Vou garantir que ela fique bem.

O telefone toca de novo. Eu me levanto e estendo a mão. Não sei bem o que aconteceu, mas não parece haver necessidade de mais conversa.

— Está na hora de eu ir.

Jerry García se levanta também e aperta minha mão.

— Marcelo — diz ele —, se você quer ajudar a Ixtel, tudo que preciso é de uma pista.

— Pista?

— A Vidromek e... seus advogados, eles alegam que não devem pagar porque, durante sua fabricação, não tinham conhecimento de que alguns para-brisas poderiam apresentar defeito. Até agora, eles ainda os estão fabricando da mesma maneira arriscada, porque se resolverem o problema estarão admitindo que havia um problema. O que temos que fazer para acabar com isso é encontrar um documento que mostre que eles *sabiam* que os para-brisas não eram seguros e continuaram fabricando-os apesar de tudo. Eles tinham que saber. Impossível que não soubessem. Em algum lugar entre os documentos da Vidromek existe um documento provando esse conhecimento anterior.

— São caixas e caixas de documentos.

— Preciso de algo que me leve ao documento ou que eu possa mostrar a eles que sei que isso existe. Se existe esse documento, e eu sei que existe, não é correto ocultá-lo. Quem estiver trabalhando no contencioso da Vidromek sabe a respeito.

Eu penso em Stephen Holmes e Wendell e Robert Steely. Lembro de Jasmine me dizendo que Arturo verificava cada documento associado com a Vidromek.

— Se você encontrar uma pista e decidir me passá-la, eu farei o possível para proteger você e seu pai, mas não poderei dar garantias.

— Ele perderia o caso.

— Talvez. Mais provavelmente, seu cliente perderia algum dinheiro.

— Sessenta e oito mil dólares.

— Seria mais. Teriam que pagar mais do que fazendo um acertinho comigo.

— Seu pagamento seria maior — assim que digo isso, me arrependo.

— Você pode achar isso. Talvez eu consiga trazer minha secretária de volta. Pense.

— Precisarei decidir.

— Ei, seja lá qual for sua decisão, você sempre pode ajudar a Ixtel. Você pode levá-la e as outras meninas a sua escola para montar os pôneis. Vou lhe dar o endereço das Irmãs em Lawrence para o caso de você querer chegar até lá. Vou falar com ela a seu respeito e avisar às Irmãs de que talvez você vá. Essa sua amiga no trabalho, Jasmine, você disse, ela dirige?

— Dirige — eu sei, porque Jasmine me disse que ela dirige até Vermont para passar os fins de semana com os pais.

— Ela pode levá-lo. Ou você me liga e eu o levo. Ou, é claro, seria genial se você conseguisse fazer com que seu pai o leve.

Sorrimos um para o outro. Sabemos que não é provável que isso aconteça.

CAPÍTULO 20

Chego de volta ao escritório em torno de uma hora. Acabei de andar sozinho longas distâncias pela cidade e deveria estar feliz, mas não estou. Esvaziado. Essa é a palavra que me vem à mente.

— Uma consulta médica e tanto — disse Juliet quando passei por ela.

De primeira, não sei do que ela está falando. Mentir exige um incrível esforço mental.

— Longa fila de espera — respondo.

— Falando em esperar, Wendell está esperando por você. Ele precisa que você faça um serviço para ele.

Vi Wendell muito pouco nas duas últimas semanas. Ele fala com Juliet de algum lugar, seu barco talvez, e passa para ela o que eu devo fazer. Entendo agora que eu estou fazendo o trabalho dele. Ainda assim, fico feliz porque ele tem estado fora. Toda vez que o vejo, ele pergunta sobre o passeio de barco. Ainda não consegui lhe dizer não. Uma palavra tão simples, mas pronunciá-la fará de Wendell meu inimigo. Tenho medo de saber como é isso — ser odiado por alguém. E tem Paterson.

Dizer não a Wendell é dizer adeus a Paterson. Wendell vai se assegurar de que isso aconteça.

Então eu continuo ganhando tempo e ele continua insistindo. Está perdendo a paciência. Mas agora eu tenho outra razão para ganhar tempo. Preciso estar perto dos documentos da Vidromek de maneira que possa procurar aquele que vai ajudar a Ixtel. Mas encontrar esse documento também significará o fim de Paterson.

— Marchello, Marchello, onde você tem andado? Deixo-o sozinho por uns poucos dias e você perde toda a disciplina do trabalho.

Wendell está digitando muito rapidamente e mal me olha. Seus braços estão morenos do sol. A pele da testa está descascando.

— Eu tinha que ir ao médico.

— Sim, claro — levanta-se e pisca para mim. — Estou aqui apenas por alguns minutos. Tenho que aproveitar a condição do papaizão em viagem. Você precisa fazer uma coisa. Sabe aquele cara Robert Steely, que foi defenestrado na semana passada?

— Sei.

Defenestrado. Outra misteriosa figura de linguagem. Penso numa pessoa sendo jogada pela janela. Qual a relação entre ser jogado pela janela e perder o emprego?

— Você precisa levar essa carta que estou digitando para ele. O Pai acabou de ligar de algum lugar da Itália e pediu que eu fizesse isso. Ele quer que eu a entregue pessoalmente. Mas você pode fazer isso. Tudo que é preciso é não sair de lá sem uma cópia da carta assinada onde diz "reconheço o recebimento".

Outra saída? Hoje? E essa sem toda a preparação que acompanhou a ida ao escritório de Jerry García?

— Não sei. Não sei onde vive o Robert Steely. Podemos pedir a um mensageiro. Vamos pedir a Jasmine para chamar um mensageiro.

— Relaxe. Juliet vai arrumar um táxi para você. O carro vai levá-lo e trazê-lo de volta. O Pai quer que alguém do escritório testemunhe que a carta lhe foi entregue e que Robert Steely assinou-a. Ele está sendo supercauteloso como sempre, mas é isso que nós vamos fazer. E que pessoa melhor do que você? Quem jamais duvidaria de alguém como você? Isso. Vamos imprimir, fazer uma cópia e você chispa.

Andamos até a impressora localizada em frente à mesa de Juliet.

— Juliet, faça o favor de arrumar um táxi para o cavalheiro — diz Wendell.

Imediatamente, Juliet pega o telefone. Ela sabe de cor o telefone do ponto de táxi. Wendell pega o pedaço de papel da impressora e joga-o sobre a mesa de Juliet.

— Faça uma cópia e ponha essa carta em um envelope, certo, meu bem?

E então Wendell olha para mim. Olha duro. O Wendell jovial desapareceu em uma questão de segundos.

— Você tem uma resposta para mim?

Eu sei do que ele está falando. De repente me ocorre que tenho medo de Wendell e que minha recusa de lhe dizer *não* é covardia.

— Não tenho uma resposta para você — digo a mim mesmo que preciso ganhar tempo a fim de poder ajudar a Ixtel. Mas sei que estou mentindo para mim mesmo a esse respeito.

— Semana que vem. Qualquer dia da semana que vem. Jasmine precisa estar no barco na semana que vem. É isso. Se isso não acontecer na semana que vem, a aliança está quebrada. Você está entendendo?

— Estou.

Sinto o indicador de Wendell no meu peito e dou um tapa para tirá-lo. Nunca em minha vida achei que poderia bater em outro ser humano, mas acabo de perceber que posso sim.

Wendell olha para mim e, como se nada houvesse acontecido, dá um sorriso.

— Semana que vem. Não se esqueça — depois, ele olha para Juliet que está nos observando o tempo todo. — Faça com que ele traga uma cópia da carta assinada.

Ponho a carta na mochila. Juliet me diz que um táxi vem me pegar atrás do edifício. Tudo que tenho que fazer é ficar em pé como um boneco, e o carro vai buzinar para mim. Quero parar na sala da correspondência para ver Jasmine, mas ainda estou respirando com dificuldade por causa do encontro com Wendell. "As pessoas vão atropelá-lo, se você não demonstrar sua raiva", Jasmine me disse uma vez. É disso que tenho vontade agora, de atropelar. Agora sei por que as palavras "ódio" e "inimigo" são tão usadas no escritório.

Demora poucos minutos até o táxi estacionar e buzinar para mim. Mostro ao motorista o endereço no envelope que contém a carta para Robert Steely, e partimos. Há uma divisória plástica entre mim e o motorista. Não é possível aqui no mundo real, como o define Arturo, viver protegido por um escudo de plástico. Não parece haver uma maneira de manter ao longo do dia aquela paz que eu encontrava quando estava lembrando. "Seja no mundo, mas não do mundo." São palavras de Jesus. Mas não tenho a mais pálida ideia de como vivenciá-las, ou mesmo de que isso seja possível. O mundo sempre irá cutucar você no peito com o dedo indicador.

Felizmente, Robert Steely mora muito longe da firma. Digo felizmente porque assim tenho tempo para recuperar o fôlego e parar de pensar em Wendell. Estou pensando agora em Jerry García e na calma que ele demonstrou enquanto conversava comigo. Vejo-o dedicar seu tempo a cada uma das pessoas que esperavam por ele. Penso em sua voz e como ele falava com um fogo que não continha ódio algum.

Robert Steely vive em um bairro onde as casas ficam mais próximas uma da outra do que na área onde eu moro. Vamos devagar pelas ruas com crianças pedalando bicicletas. O motorista para a fim de pedir informações a uma mulher empurrando um carrinho de bebê.

O motorista aponta uma casa.

— É aí.

A casa de Robert Steely é de um andar somente, pintada de verde-claro, com janelas em um tom mais escuro. A porta é vermelha. Bato com uma aldrava de cabeça de leão. Robert Steely abre a porta.

— Marcelo — sua voz é uniforme. Não há surpresa em seu rosto. — Entre.

— Wendell me pediu que lhe trouxesse isto — digo ao lhe entregar o envelope. — Tenho que ver você assinar e levar de volta.

Ele rasga uma ponta, sopra no envelope e tira a carta. Balança a cabeça enquanto lê.

— Incrível — ele olha para mim. — Você sabe o que é isso?

— Não.

— Entre e sente um pouco — ele gesticula em direção a uma sala cheia de um tipo de brinquedo que criança pequena gosta.

— Tem um táxi me esperando.

— O motorista está sendo pago para esperar. Só por um segundo. Apenas para eu ler com atenção. Sente-se, por favor.

Em um canto da sala vejo um teclado vermelho a bateria com somente oito teclas. Essa visão me faz lembrar Jasmine e a conversa que tivemos na cafeteria. Ela perguntou o que exige mais habilidade, interpretar uma música composta por outra pessoa ou improvisar. Há acontecimentos que se dão por coincidência, surgem do nada, inesperados. Aqui temos um. Estou aqui não porque pensei em falar com Robert Steely, mas porque Wendell me mandou. Robert Steely é o advogado que fez a maior parte do trabalho no contencioso da Vidromek. Ele é a pessoa mais familiarizada com os arquivos da Vidromek. Agora ele está sentado a minha frente e vejo isso como um sinal. Ele vai me ajudar? Ele vai ajudar a Ixtel? A pergunta é: tenho capacidade de improvisar?

Robert Steely põe a carta sobre a mesa de centro.

— Na pressa deles de me pôr na rua, esqueceram-se de me fazer assinar um documento em que eu me comprometa a não usar qualquer informação obtida enquanto trabalhava no escritório. Assim que eu assinar, meu último contracheque será enviado. Em outras palavras, se eu não assinar, não serei pago. Desculpe. Ainda estou um tanto amargo. Não deveria falar dessa maneira com você.

— Meu pai o defenestrou.

— Bem, eu trabalhava com Stephen Holmes, mas uma vez que Holmes estava fora, coube a seu pai fazer as honras.

— Honras.

— De me dizer, você sabe, "arrume suas coisas e vá embora".

— Acontece rápido. Quando alguém é defenestrado.

— É assim. Eles não querem você rondando por lá e pensando em maneiras de se vingar da firma por o haver defenestrado.

— Tenho uma pergunta para você — vou ter de improvisar. Como vou dizer o que quero dizer?

— Diga. Espere um pouco, deixe-me encontrar uma caneta para assinar isso aqui — ele vai até outro cômodo e retorna com uma caneta. Assina, põe o papel de volta no envelope, que ele me entrega. — O que você quer saber?

— É culpa da Vidromek que os para-brisas não tenham se quebrado em pedacinhos?

— Uau! De onde vem isso?

— Preciso saber.

Ele vem para a frente na beira da cadeira.

— O que você quer dizer com "culpa"?

Busco em minha mente o que Jerry García me disse de manhã.

— A Vidromek sabia que os para-brisas não quebrariam em pedacinhos e os fabricaram assim mesmo?

— Muito bem — Robert Steely começa a coçar seu braço direito como se houvesse formigas subindo por ele. — Por que você está me perguntando isso?

— Preciso saber... Para ajudar uma pessoa.

— Quem?

Alcanço minha mochila e tiro dela a fotografia de Ixtel.

— O nome dela é Ixtel. Foi ferida pelo para-brisas. Não a conheço.

Ele olha e me devolve a fotografia.

— Nunca vi essa foto — ele a vira. — Não está marcada como parte do caso. Não veio com qualquer papel oficial, veio?

— Chegou com uma carta para o meu pai.

— Entendo. E seu pai disse que não havia nada a fazer.

— É.

— Você não deveria culpar seu pai. Essa é a natureza do negócio. Ele tinha que dizer não. Mesmo que pessoalmente ele quisesse dizer sim, mesmo que a fotografia chegasse com uma carta de sua mãe pedindo que ele fizesse alguma coisa pela menina, ainda assim ele diria não. Você pode ser a pessoa mais caridosa do mundo, um santo, mas uma vez que entre no mundo da defesa das grandes empresas, é preciso operar por regras diferentes.

— Se pudermos mostrar que a Vidromek sabia dos para-brisas, conseguiremos ajudar Ixtel. Talvez outros como ela.

— Você tem conversado com alguém sobre isso. Não me diga. Não quero saber quem é. Você sabe por que Stephen Holmes me defenestrou?

— Você pensava demais.

Ele dá uma risada.

— Tentei mostrar a Holmes como a admissão da responsabilidade na verdade pouparia dinheiro da Vidromek. Eu tinha os números para mostrar que consertar os para-brisas seria um melhor negócio a longo prazo. Ele me disse para deixar os números para os contadores.

— Você pode ajudar a Ixtel?

— Você não a conhece?

— Não.

— Seu pai sabe que você quer ajudá-la? Já conversou com ele?

— Ainda não.

Não sei como explicar. Estou fazendo algo que Arturo desaprovaria, eu sei. Lá no fundo, tenho esperança de encontrar uma maneira de convencê-lo de que ajudar a Ixtel é algo que ele deveria fazer, que todos deveríamos fazer. Mas agora não sei se essa esperança é realista.

Robert Steely se levanta e anda até a janela.

—Você deveria ir embora. Acho que o motorista está ficando impaciente.

Eu me levanto antes de entender que ele está me dizendo que não quer me ajudar. Tenho a estranha sensação de não saber onde estou. Então reconheço a casa de Robert Steely. Quero apertar sua mão, mas ele ainda está olhando pela janela. Quando abro a porta para sair, ele diz:

— As caixas da Vidromek estão todas no meu escritório?

— Estão.

—Todas as trinta e seis caixas?

—Trinta e cinco — digo, corrigindo-o.

— Hum — faz ele. — Gostaria de saber o que aconteceu com a caixa 36.

—Trinta e seis?

Fico confuso. Tenho certeza de que são apenas trinta e cinco. Isso não é o tipo de equívoco que eu cometa.

—Até mais, Marcelo. Desejo-lhe sorte em sua missão.

Ele fecha a porta vermelha atrás de mim.

Quando chego de volta ao escritório, sinto meu corpo tremer. "Sobrecarga de estímulo" é como chamam isso em Paterson. Vou direto para a sala da correspondência.

No rosto de Jasmine, uma expressão que nunca vi antes. Ela está feliz e zangada ao mesmo tempo.

— Por onde você andou? Você esteve fora o dia inteiro — ela pensa que acabei de voltar do Jerry García. —Você se perdeu? Pensei que tivesse acontecido algum problema.

—Você estava preocupada.

— Eu não estava *preocupada*. Estava só imaginando. Pensei que talvez algo tivesse acontecido com você e então eu teria um grande sentimento de culpa pelo resto da existência por não ter lhe acompanhado como você me pediu.

— No minuto em que voltei do Jerry García, Wendell me deu uma tarefa, levar uma carta ao Robert Steely.

— Por que você? Por que não um mensageiro?

— Robert Steely tinha que assinar uma cópia da carta. Wendell achou que eu seria uma boa testemunha. Quem duvidaria de mim?

— Você poderia pelo menos ter dado uma paradinha na sala da correspondência para me dizer que estava bem. Telefonei para o Jerry García e ele me disse que você tinha saído fazia duas horas. Tentei telefonar para seu celular, mas não dava resposta.

— Talvez eu o tenha desligado por engano enquanto esperava por Jerry.

— Maravilhoso.

— Jerry sabe de você. Eu contei para ele.

— Ele me contou sobre a sua visita.

Ando até minha mesa e me sento. Sinto minhas mãos trêmulas.

— Ele me mostrou a carta que escreveu para meu pai. Arturo sabe a respeito de Ixtel. Ele disse não. Ele disse que a Vidromek não pagaria pela cirurgia.

— Por que você está tremendo? Espere um segundo.

Ela some e volta alguns segundos depois com um copo de papel com água. Eu bebo.

— Não importa quanto a gente tente, é impossível processar tudo que se ouve e vê e pensa. Para processar, é preciso bloquear o que não é importante. Para isso, é preciso tempo.

— Marcelo, você está balbuciando frases desconectadas.

— Existe uma trigésima sexta caixa. Em algum lugar do escritório, existe uma trigésima sexta caixa.

Tento me levantar, mas Jasmine me empurra para baixo forçando-me a sentar novamente.

— Sente-se por um segundo. Você tem apenas poucos minutos antes de correr para pegar seu trem.

— Jerry García disse que deve haver um documento que mostre que a Vidromek tinha conhecimento de que os para-brisas não eram seguros. Ele disse que a pessoa que trabalhou no contencioso provavelmente o viu. Depois, Wendell me manda para ver Robert Steely, exatamente a pessoa que mais trabalhou no caso Vidromek. Pedi a Robert Steely para me ajudar. Pensei em você porque eu improvisei e então, quando estava indo embora, Robert Steely me deu uma pista. Ele disse que havia trinta e seis caixas, mas até agora só vi trinta e cinco. Isso não é o tipo de erro que Marcelo faça. Por que Jasmine está rindo assim?

— Olhe para você. Você foi ao Jerry García e depois ao Robert Steely e está somando tudo porque quer ajudar a menina que viu na fotografia. É bom ver você com gana de lutar.

— Não é normal agir assim só por olhar para uma foto.

— Digamos que não é comum. Mas é bem bacana.

— Precisamos achar a caixa trinta e seis.

— Amanhã. Agora vamos caminhar até a estação.

— Jasmine pode procurar esta noite depois que todo mundo for embora.

— Ah é?

— Ela conhece todos os lugares do escritório onde uma caixa pode ser escondida.

— Essa missão é sua, não minha.

— Missão. Robert Steely usou essa palavra também. Ele disse "boa sorte com sua missão".

— A palavra-chave aqui é *sua.*

— Jasmine vai procurar esta noite. Por favor.

Ela balança a cabeça, mas não acho que isso queira dizer que não vá fazer.

— Legal. E aí eu acabo na rua com Robert Steely, procurando um emprego. Venha. Eu ando com você até o trem.

CAPÍTULO 21

Durante a manhã inteira fiquei inventando desculpas para chegar até a sala da correspondência. Toda vez que consigo ir até lá, Jasmine está ou no telefone ou longe de sua mesa. Quando ela fez a primeira rodada do correio, levantou o polegar ao passar por mim. Eu acho que isso significa que ela encontrou a caixa trinta e seis. Ou então quer dizer outra coisa que desconheço.

Finalmente, ao meio-dia, estou a caminho da sala da correspondência para encontrar com Jasmine quando vejo Arturo vindo pelo corredor na minha direção. Ele sorri e vejo que está feliz de me ver. Eu, em contrapartida, quero dar meia-volta e evitá-lo. Eu não consigo imaginar Arturo escrevendo a carta que ele escreveu para Jerry García. Não consigo imaginá-lo vendo a foto de Ixtel e lendo a carta de Jerry e dizendo não. Esses fatos são contraditórios com o pai que disse sim para a casa da árvore, que disse sim para Paterson, o homem que gosta de dar uma gravata na Yolanda e fingir que está batendo na cabeça dela. Baixo meus olhos e finjo que estou com uma tarefa importante do escritório para cumprir.

— Epa, nem um oi para o velho?

— Oi.

— Está tudo bem? Você parece que está na fossa.

— Não estou na fossa — digo. Consigo detectar a irritação da minha voz.

— Tudo bem, você *não* está na fossa. Acredito na sua palavra. Que tal a gente almoçar?

— Eu tenho meu almoço.

— Guarde seu sanduíche para amanhã.

— Não.

— Não? Por quê?

— Vou almoçar com Jasmine.

— Ah, entendo. Onde?

— Vamos à cafeteria.

— Vão? Sempre?

Começo a me afastar.

— Qual o problema? Por que você está nessa pressa? Jasmine pode esperar um minutinho. Você ainda está aborrecido porque eu o realoquei para trabalhar com Wendell? Espere aí, deixe disso. Era com Wendell que você deveria almoçar.

— Marcelo não está aborrecido com isso. Até mais.

Não levanto minha voz ao dizer isso. Acho que não. Mas me afasto do meu pai enquanto ele ainda não terminou de falar comigo. Nunca fiz isso antes. Quase sinto os olhos dele nas minhas costas. É bom me afastar dele, mas também estou com medo. De quê? De que ele se aborreça comigo? De perdê-lo?

Nada de sopa de ervilha para Jasmine dessa vez, mas um bom caldo de mariscos. Caldo de marisco não vem pelando que nem sopa de ervilha. Ela põe uma pasta marrom em cima da mesa.

— Você achou a caixa — digo.

— Você precisa pensar um pouco mais no que está fazendo aqui.

Não sei o que dizer. Jasmine parece estar com medo.

— Quero dizer — continua ela —, você precisa parar para pensar em todas as pessoas que podem ser afetadas pelo que você está fazendo.

— Marcelo já pensou nisso.

— Talvez em abstrato. Mas — e ela põe a mão sobre a pasta — esse negócio está se tornando real.

Estendo o braço para trazer a pasta para mim, mas a força da mão dela impede que o objeto se mova.

— Olhe sua mão, você ainda está tremendo — diz ela.

— Eu vi Arturo. Quando estava vindo para a cafeteria.

— E?

— Marcelo nunca sentiu uma confusão assim. É doloroso. Não há paz. Não há certeza. Eu deveria pôr meu pai à frente de tudo o mais?

— Vamos conversar sobre o que há na pasta de maneira que fique tudo muito claro sobre o que estamos fazendo.

— Vamos.

— O que tem aqui é ruim no que diz respeito à Vidromek. Se vier a público, a Vidromek vai ter muita dificuldade de provar que não está errada. E aí tem o que isso pode causar à firma. A Vidromek é o maior cliente do escritório, e se o escritório se tornar responsável pelas perdas da Vidromek, então...

— O quê? O que vai acontecer?

— A Vidromek tem laços com dúzias de outras empresas nos Estados Unidos e nós, o escritório, fazemos todo o trabalho jurídico delas. Pode ser um dominó. Se a Vidromek se for, todas vão. Fico pensando no dinheiro que vem da Vidromek e os salários que pagamos e os aluguéis que pagamos. Sem o dinheiro da Vidromek, não haverá como pagar isso tudo.

— Jasmine pode perder o emprego.

— E Marcelo pode acabar numa escola pública.

Nunca tinha pensado dessa maneira, mas é verdade. Paterson é cara. Já ouvi meninos dizendo que frequentam a escola com uma bolsa porque seus pais não poderiam mandá-lo para lá de outra maneira. Sem o dinheiro que Arturo ganha com a Vidromek, é possível que a gente não possa pagar a Paterson.

— É por isso que só vou lhe mostrar o que está aqui sob uma condição.

— Tá.

— Você não está nem ouvindo o que eu estou dizendo.

— Eu disse "tá" no sentido de uma pergunta. Mas provavelmente também vou dizer "tá" para a sua condição.

— Porque em geral eu estou certa?

— Porque se eu não disser "tá", nunca vou saber o que Jasmine encontrou.

— Tudo bem. Minha condição é essa. Você vai comigo a Vermont no próximo fim de semana para pensar em tudo que estamos fazendo. Tenho que levar papai ao médico de qualquer maneira, e você precisa se afastar um pouco daqui. Lá você terá tempo para pesar todas as repercussões e destrinchar todos os fatos e sentimentos, que são tão confusos. Quem sabe você até pare de tremer depois de um dia nas colinas.

— Vermont.

— Isso, é o melhor lugar para ponderar nas coisas.

Ponderar. Eu gostaria de desacelerar e ponderar.

— Quando voltar, você faz como bem entender.

— É tão ruim assim o que está aí?

Ela solta a pasta. Eu a abro e tiro dela uma única folha de papel. Está em espanhol. Leio da melhor maneira que posso.

MEMO

Importancia: Urgente

Dirigido a: Sr. Reynaldo Acevedo, Presidente

Por conducto de: Lic. Jorge Baltazar

De parte de: Ing. David González, Jefe de Control de Calidad

Fecha: 21 de junio de 2005

Re: Pruebas de Impacto Modelo 285X

Se adjuntan Pruebas de Impacto — Parabrisas Modelo 285X. Pruebas demuestran fragmentación diferente a la especificación de diseño. Se recomienda descontinuar fabricación de dicho Modelo 285x inmediatamente.

— Não entendo todas as palavras — digo. — Mas parabrisas é para-brisas.

— Olhei no dicionário as palavras que não entendi, mas a maioria delas não é muito diferente. É um memorando para o presidente da empresa feito pelo engenheiro responsável pelo controle de qualidade.

— Ele está recomendando que a fabricação dos para-brisas seja descontinuada.

— Um monte de gráficos, que são provavelmente os resultados dos testes, estava anexado.

— A Vidromek sabia.

Percebo que minhas mãos estão tremendo de novo.

— Tem tanta coisa sobre esse caso que a gente desconhece. Às vezes não é tão simples como parece.

— Alguns dos advogados guardam arquivos importantes em suas salas.

Meu coração para e depois dispara.

— Na sala de Arturo?

Jasmine me ignora.

— A questão é: e daí? Você dá isso para o Jerry García e tudo pode acontecer.

Ponho o memorando de volta na pasta. Se alguém me perguntar onde consegui o documento, terei que mentir, pois de outra maneira Jasmine perderá o emprego.

— Jasmine poderia ter me dito que procurou, mas não achou a trigésima sexta caixa. Por que você me deu o memorando?

Ela esfarela pedacinhos de bolacha redonda no seu caldo de marisco sem me olhar.

— Tudo bem, então, se vamos para Vermont, saímos cedinho no sábado de manhã para chegar lá a tempo de eu levar meu pai ao médico. Podemos acampar no domingo e voltar na segunda-feira. Você já acampou?

— Eu moro numa casa na árvore. Acampar é igual?

— Olhe você. Uma zona, mentalmente falando. Lá, no meio do mato, você terá uma visão mais clara. Menos confusão.

— Tudo bem.

— Então você vem?

— Vou.

— Ótimo — ela sorri. Ir para Vermont a faz feliz. — Belinda cuidará da sala da correspondência na segunda-feira. Você não precisa ficar tão sorumbático. Vai ser legal.

Levanto a pasta com o memorando.

— Agora Jasmine está envolvida nisso tudo.

— Sim. É assim que as coisas funcionam. Eu fico com isso. Quando voltarmos de Vermont, será seu para você fazer o que quiser. Mas não até voltarmos.

Ela já se levantou da cadeira e está indo jogar no lixo sua tigela de caldo de marisco quase cheia. Outro almoço em que nem ela nem eu conseguimos comer.

CAPÍTULO 22

O jipe castigado de Jasmine dobra na entrada de casa. A capota está arriada. Namu reconhece sua chegada levantando simplesmente as orelhas.

— Pronto? — pergunta ela.

Faço que sim. Estou pondo minha mochila no banco de trás quando Aurora aparece com uma sacola plástica cheia de sanduíches, frutas variadas e sucos. A viagem para Vermont dura três horas se não houver tráfego na I-93, mas Aurora sempre prepara um lanche, não importa se a viagem é longa ou curta.

Namu sobe no jipe pela porta lateral e abre seu caminho para o banco de trás. Ele faz isso de sua cabeça mesmo.

— Tem alguém doido por esse passeio — comenta Aurora.

— Ele vai se divertir muito — responde Jasmine.

Aurora ficou radiante quando contei a ela e a Arturo sobre a viagem. Foi a reação de Arturo, no entanto, que me surpreendeu. Logo quando comecei a achar que já estava compreendendo os sentimentos por trás das expressões faciais, uma totalmente nova se apresentou para eu decifrar. Arturo, que sempre me incentivou tanto a ser independente, de repente deixou cair o queixo e ficou tenso quando eu mencionei a viagem. Que expressão era aquela, qual era seu significado, de onde vinha? Suspeita? Ressentimento? Nunca antes eu tinha visto aquela expressão no rosto de Arturo.

— Não acho que seja uma boa ideia — disse Arturo.

Estávamos sentados à mesa da cozinha. Aurora e eu paramos de comer quando ouvimos essas palavras.

Repeti o que acabara de dizer no caso de ele haver compreendido mal minha descrição da viagem.

— Vamos levar o pai dela ao médico no sábado. Depois, no domingo, vamos caminhar pelas montanhas por umas horas. Jasmine diz que pode me deixar em casa na segunda-feira à noite por volta das oito.

Houve um silêncio à mesa. Olhei para Arturo e vi aquela expressão que eu nunca tinha visto antes e tive medo.

Aurora falou, ignorando a objeção de Arturo.

— Parece legal. Mas quero que leve Namu com você. Ele será um bom companheiro na caminhada.

— Tudo bem — disse eu.

— Não acho — Arturo estava firme, mas estranhamente havia uma ressonância trêmula em sua voz.

— Por quê? — perguntou Aurora. Agora era ela que estava com um olhar de dúvida.

— Eu ia pedir a Jasmine que trabalhasse nesse sábado. Estamos trabalhando na fusão de duas de nossas empresas mexicanas, o que precisa acontecer na próxima semana. E ela não me perguntou se poderia tirar a segunda-feira de folga.

Eu disse:

— Jasmine não está a par da fusão.

— Arturo — disse Aurora —, ela precisa levar o pai ao médico.

— Jasmine não mencionou nada disso para mim — respondeu Arturo.

— E ela precisa lhe dizer como passa o fim de semana? Você está com medo do quê? — retrucou Aurora.

Aquilo era inédito também. Eu nunca tinha visto Aurora falar tão bruscamente com Arturo.

— Para mim, parece que os planos já estão feitos. Tenho certeza de que você pode encontrar alguém para ajudá-lo, se precisar — Aurora disse. E foi a palavra final.

Aurora agora me pega pelo braço, me leva até a lateral da casa, para me dizer algo a sós.

— Ouça — ela espera que meus olhos encontrem os seus. — Você vai me telefonar imediatamente se qualquer coisa acontecer com você ou Jasmine, se durante a viagem se passar algo mesmo minimamente fora do planejado. Seu celular está equipado para chamadas de longa distância de absolutamente qualquer lugar no mundo. Se você ou Jasmine se virem em perigo, grande ou pequeno, você telefona. Não terá a menor importância como ou por que você se meteu em encrenca. Fui clara?

— Foi — digo. Faço um sinal de *eu te amo* com minha mão do jeito que aprendi em Paterson.

Ela toca seu coração com a mão e depois toca meu peito.

Perto do jipe, Jasmine entrega a Aurora um pedaço de papel.

— O telefone e o endereço de meu pai. Ele está ficando velho e sua cabeça não funciona tão bem como antigamente, por isso pus também o telefone de um vizinho. Jonah vai saber exatamente onde estamos e poderá nos encontrar se você precisar da gente para qualquer coisa.

— Obrigada. Você se despediu de seu pai? — Aurora me pergunta como se de repente se lembrasse.

— Sim — respondo sem olhar para ela. Mas não estou dizendo a verdade.

Namu late um latido solitário. *Agora já chega de despedidas. Vamos embora*, é o que acho que ele está dizendo.

Quando pegamos a estrada, pergunto a Jasmine:

— Seu pai tem orgulho de você?

— Que pergunta é essa?

— O dicionário define orgulho como "prazer ou satisfação pelo trabalho ou realizações de alguém". Segundo essa definição, uma pessoa precisa fazer algo antes que você se orgulhe dela. Você não pode se orgulhar de alguém só porque essa pessoa existe. Não sei se eu sei o que é se orgulhar de outra pessoa.

— Conversei com seu pai ontem no fim do expediente. Ele passou pela sala da correspondência antes de ir embora. Queria saber mais sobre a viagem — ela balança a cabeça e ri ao mesmo tempo. — Seu pai tem orgulho de você, se é isso que o está incomodando.

— O que mais disse Arturo, quando você o viu? — sinto-me estranho assim que acabo de fazer a pergunta. Estou tentando descobrir por que Arturo não queria que eu fizesse a viagem. Fico envergonhado de pensar que talvez Jasmine saiba e não esteja querendo me dizer.

Ela me olha de um jeito peculiar, como se tentasse descobrir o motivo real por trás da minha pergunta. Depois ela diz:

— Ele queria saber onde iríamos acampar, se alguma outra pessoa viria com a gente. Foi meio esquisito. Como se de repente ele tivesse dúvidas sobre sua capacidade de lidar com essa situação. Você tem capacidade, não tem?

Sei que ela espera que eu ria ou pelo menos sorria, mas não faço nenhum dos dois.

— Seu pai sabe que você toca piano?

— Claro. Eu cresci tocando lá em casa. Minha mãe trouxe o piano da casa dela quando se casou e o que se conta é que ela me sentou diante das teclas antes de eu aprender a andar.

— Mas seu pai sabe que compor e tocar sua música é o que você quer fazer?

— Acho que sim. A gente não conversa muito. Você vai ver quando encontrá-lo. Amos não está muito aí para o que a gente vai fazer da vida, desde que você se ocupe e se sustente sozinho.

Fecho meus olhos e lembro quando eu tinha oito anos e Arturo me matriculou na liga de futebol da cidade. Cinco minutos depois de eu entrar em campo, já estava claro para todo mundo que eu não conseguiria jogar, em pé ali perdido, sem saber o que fazer, dando uns poucos passos desorientados para qualquer lado, menos na direção certa. Quando a bola vinha para mim, eu chutava para os lados ou para algum jogador adversário. Lembro da expressão de Arturo enquanto voltávamos para casa, a compreensão do pai de que seu filho jamais seria capaz de praticar algum esporte. Depois, alguns segundos mais tarde, lembrando o que Jasmine disse a Aurora pouco antes de sairmos, eu pergunto:

— Quem é Jonah?

— Você vai conhecê-lo hoje. Jonah e eu crescemos juntos. A mãe dele e a minha eram melhores amigas até a mãe dele morrer. Meu irmão e o irmãozinho de Jonah eram os melhores amigos também. Você vai gostar dele, tenho certeza.

Viajamos as duas horas restantes praticamente em silêncio. Jasmine me pergunta se me incomodo de ela pôr uma música. Sei que ela está fazendo isso para que eu não me sinta obrigado a falar. Ela não me perguntou nada sobre Ixtel ou sobre o memorando. Não que não esteja ligando. Sei que ela quer me deixar em paz para eu poder decidir sozinho. Mas eu decido não pensar ainda sobre o memorando. Em vez disso, fecho os olhos e deixo o ar fresco bater em meu rosto.

— Chegamos.

Abro os olhos e vejo a casa de Jasmine no fim de uma estrada suja subindo uma colina verde. É uma casa branca com uma chaminé de tijolo vermelho, uma estaca alta negra e uma antena de televisão torta sobre o telhado. Um estábulo sem pintura atrás da casa parece cambar ligeiramente para a direita. À medida que chegamos mais perto, vemos uma variedade de animais de plástico sobre o jardim da frente: uma família de veados, dois cisnes brancos (a essa altura meio acinzentados), uma pata com seis patinhos atrás (um tombado), dois coelhos se beijando, uma raposa castanha, uma marmota sobre as patas traseiras, um flamingo que pode ter sido cor-de-rosa alguma vez na vida, mas que agora está esbranquiçado.

— Minha mãe fazia coleção — é a explicação de Jasmine.

Paramos e estacionamos atrás da casa. Namu é o primeiro a sair. Pula do banco de trás, mas para assim que suas patas alcançam o chão. Vejo logo o que fez Namu parar. Sentado calmamente na frente da porta da casa, um grande cachorro preto e branco. O cachorro se move e começa a andar em direção a Namu, que se senta. É o jeito de Namu para dizer ao outro cão que sabe que ali ele é somente um convidado.

— Gomer! Tão bom te ver — diz Jasmine ao cachorro.

Gomer balança a cabeça e o rabo e se permite ser acarinhado por Jasmine. Depois vai até Namu e os dois cachorros ficam se cheirando nas partes íntimas.

— Veja — diz Jasmine.

Acompanho o movimento de sua mão e vejo um campo de grama verde e flores rosa. Atrás da casa e da estrada asfaltada, um grupo de vacas castanhas e pretas. Uma das vacas está subindo a colina em nossa direção e ouço o badalar do sininho pendurado em seu pescoço.

— Essa é a Eleanor — aponta Jasmine. — É a vovozinha de todas as outras. Eu a ajudei a nascer e a criei e até hoje ela acha que é um bichinho de estimação. Ela já não vê quase nada além de seu nariz, mas sabe que cheguei e vem dizer oi. Gomer, cadê o Paps?

Gomer tira seu focinho frio da minha mão e vai bamboleando para o estábulo. Namu fica olhando para as vacas, gemendo.

— Ele quer ir ver as vacas — digo.

— Não é à toa que eles são chamados de pastores-alemães — comenta Jasmine. Ela está tirando as mochilas do jipe.

— Ele pode ir?

Namu inclina a cabeça para Jasmine e espera sua resposta.

— É claro.

Assim que ouve isso, Namu dispara em direção às vacas.

— Vamos ver o que o velho está fazendo — diz Jasmine. — O que você trouxe aqui?

Ela larga as mochilas ao lado da casa e esfrega o braço. Então, antes que eu responda a sua pergunta, ela avisa:

— Não ligue para o que ele diz. Metade de sua cabeça já foi tomada pela demência, que o faz esquecido e hostil. Isso significa que você poderá ser verbalmente atacado várias vezes, e ele pensa que está fazendo isso pela primeira vez.

O espaço entre a casa e o celeiro está entulhado de maquinário de fazenda enferrujado e altos latões de leite. Quanto mais perto do estábulo, mais minhas narinas se enchem de um cheiro doce, pungente.

— Bosta de vaca e urina de vaca. Parte muito velha e parte novinha em folha — explica Jasmine, quando me vê respirando fundo.

A porta de correr do estábulo está aberta. Ao fundo, vejo um homenzinho com botas de borracha até os joelhos enchendo de estrume um carrinho de mão de madeira.

— Merda, porra, merda — ouço-o dizer.

— Esse é Amos. Papai, nós estamos aqui!

O homem para de cavar e anda até a gente para investigar. Seu rosto está cheio de rugas e seu cabelo branco é forte e espetado.

— Já era hora de você acordar — diz ele para mim.

— Ele acha que você é meu irmão James — explica Jasmine. — Sou eu, Jasmine. Este é Marcelo.

— Imagino que vocês vão fazer o trabalho dele de novo. Como se eu não tivesse ouvido quando ele chegou de manhã da boemia e da putaria.

— Este é Marcelo, papai. Lembra-se que eu telefonei ontem à noite para lhe dizer que estaríamos subindo?

Amos volta para o carrinho de mão. Vejo seus braços finos tremerem quando levantam a carga.

— Bebendo e fornicando a noite toda.

— Aonde você acha que alguém pode ir para fornicar nessa nossa área? — Jasmine pergunta a ele. E para mim: — Às vezes é mais fácil entrar na dele até que mude de assunto.

— Tem um monte de lugares para fornicar. O homem tem um caralho, precisa de um buraco onde enfiá-lo.

— James apenas deu uma saída para tomar uns drinques com o Cody. Diversão de meninos, só isso — Jasmine está balançando a cabeça e jogando os braços para o alto.

— Merda! — resmunga Amos na frente da gente. Ele joga o conteúdo do carrinho de mão numa pilha do lado do estábulo.

— Eleanor! — grita Jasmine.

Uma vaca castanha anda com esforço na nossa direção. Seus grandes olhos pretos parecem sonolentos.

— Você subiu toda a colina para me ver!

— Deveria ter feito um picadinho dela enquanto sua carne ainda estava macia para a gente mastigar — diz Amos.

— Do que você está falando? — opõe Jasmine. Ela puxa e segura as orelhas da vaca como se fossem um guidom de bicicleta. — Ela ainda dá leite, não dá?

— Cinco esguichos. Ralos, um negócio aguado, claro como mijo de viúva — retruca Amos. Ele se volta para mim: — Peguei Bruno emprestado com o Shackleton no ano passado para fodê-la em nome dos bons tempos. Foi preciso que nós quatro, eu e os três Shackletons, levantássemos o touro para que ele a montasse.

— Papai! Ela está velha demais para cruzar. Ela deu a você pelo menos um bezerro por ano durante doze anos. Deixe-a em paz agora. Eleanor fez por merecer a aposentadoria.

— Eu não queria um bezerro. Queria que ela curtisse uma última vez — e ele pisca para mim. — Não consegui convencer o Bruno. O peru dele continuou mole como uma mangueira.

— Você tem café em casa? — pergunta Jasmine. É claro que ela quer mudar de assunto.

— Panquecas também. Preparei ontem à noite quando soube que você vinha. Vamos pôr as panquecas naquela geringonça que você trouxe para mim e aí vamos traçá-las todas.

Ele pega um maço de cigarros amarrotado do bolso da camisa, tira um com os lábios e começa a procurar um isqueiro nos outros bolsos.

— Fumar faz mal — faço a advertência.

— Viver também, mas eu não fico por aí dizendo a *você* o que não fazer — ele acha uma caixa de fósforos no bolso traseiro do macacão.

Não sei como, depois do almoço, Jasmine consegue atrair Amos para a banheira. Ela liga o aquecedor da água, que só é usado para o banho, espera meia hora até que a água comece a jorrar já pelando, e empurra Amos para dentro do banheiro ao lado da cozinha.

— Se eu não ouvir o barulho da água em um minuto, vou entrar. Vou pôr uma cadeira aqui para você nem tentar sair.

— Eu tomei banho no mês passado — rosna Amos do outro lado da porta.

— Depois que você sair do banho, eu vou levá-lo ao médico.

— Vai porra nenhuma.

— Depois do médico, vamos à cooperativa comprar seus cigarros e, depois, talvez a gente dê uma paradinha na loja de bebidas.

Então faz um silêncio. Depois de alguns minutos, ouço o som da água batendo no corpo. Jasmine vem para a sala onde estou em pé ao lado de um piano de armário de mogno. Toco um meio C e ouço o som cheio da nota. Depois toco C, E e G juntos.

— Está afinado — declaro.

— Queria que todo mundo estivesse afinado — responde Jasmine. Seus olhos se movem na direção do banheiro.

Estou olhando uma fotografia em um porta-retratos de prata em cima do piano. Jasmine está perto de um menino de cabelo louro despenteado, que cobre a maior parte de seu rosto. Atrás das duas crianças estão Amos e uma mulher. A mulher é a única que sorri na fotografia. Jasmine vê o que estou olhando.

— Essa foi tirada quando eu tinha oito anos e James, 10. Foi a única vez que mamãe conseguiu que nós dois posássemos para uma fotografia formal. Era o que ela queria de presente de aniversário.

— Sua mãe?

— Essa é ela. Escute, depois que ele sair do banho, vou arrastá-lo para o médico. Você quer vir com a gente?

Continuo olhando para a fotografia.

— Se você vier, posso mostrar a região. Espere um segundo.

Ela vai até a porta do banheiro e cola o ouvido.

— Como estão indo as coisas aí? Não deixe de lavar as orelhas.

— Pelo amor de Deus, eu sei que buracos eu tenho que lavar!

— Eu deixei umas roupas limpas em cima da cadeira.

— Estou vendo.

— Não vá vestir as sujas de novo.

— Já está tudo certo.

Ela diz para mim:

— Ele vai ficar aí dentro até a água esfriar. Vamos lá fora. Quero lhe mostrar uma coisa.

Saímos pela porta da frente. Logo além do conjunto de animais de plástico, pegamos uma trilha subindo até um outeiro verde que se eleva sobre a casa. Atrás do outeiro, uma montanha de bordos e pinheiros levanta-se de encontro ao céu azul. O azul profundo do céu me lembra a palavra *azure*, como os olhos de Jasmine.

— Se escalarmos até o topo da montanha, vamos tocar o céu — digo.

— Não é uma montanha. É apenas uma colina. Mais adiante, ali são montanhas.

Viro e deixo meu olhar seguir até o ponto mais longe. A distância, vejo montanhas com o cume branco, as mesmas da foto que Jasmine tem em frente a sua mesa.

— Veja Namu e Gomer — diz ela, apontando.

No pasto lá embaixo, Namu e Gomer estão sentados em meio a uma dúzia de vacas.

— Ele gosta daqui — digo.

Quando alcançamos o topo do outeiro, ela aponta a "colina" que se levanta sobre nós e diz:

— Essa é a colina do Amos.

— Colina Amos.

— Não. Amos não é o nome da colina. A colina pertence a Amos. Ele tem a propriedade dela, assim como de trinta acres de terra que descem até a estrada. Lá ele cultiva feno para a dúzia de vacas que ainda tem. Ele já teve oitenta acres, mas vendeu cinquenta depois que mamãe morreu para pagar as contas do médico. A colina e os oitenta acres, quando bem trabalhados, davam conta de uma família de quatro. Quando mamãe era viva, Amos tinha quarenta vacas, meia dúzia de porcos, galinhas. Eles tiravam madeira e melaço de bordo da colina. Plantavam sua própria forragem para o inverno das vacas. Mamãe vendia tanto mel que dava para pagar a "quitanda de fevereiro", como ela costumava dizer. Ela dava aulas de piano para umas duas crianças. Amos vendia leite para uma sorveteria em Montpelier. Cem dólares aqui, cinquenta lá. A colina dava a eles toda a madeira necessária para que ninguém sentisse frio no inverno. Realmente, não é preciso muito para viver aqui, se você estiver disposto a trabalhar duro.

Do topo do outeiro, vimos Amos sair pela porta traseira da casa. Está vestindo apenas um par de jeans e ainda não pôs a camisa ou as meias e os sapatos. Ele dá uns poucos passos fora da casa e começa a urinar. Uma galinha ciscando sujeira perto do jorro sai do caminho.

— Tem um toalete perto da banheira — diz Jasmine balançando a cabeça. — Acho que nunca na vida ele fez xixi dentro de casa. Não tínhamos latrina até eu contar já cinco anos. Ainda tenho lembrança daqueles penicos brancos que usávamos para não sair no frio em pleno inverno.

— Sua mãe lhe ensinou a tocar piano — digo.

— Ela me pôs para sentar naquele banquinho antes de eu aprender a andar.

— James também tocava.

— Ela desistiu de ensinar a ele depois de algumas tentativas. Nos invernos você passa muito tempo dentro de casa. Se você tem alguma coisa para ocupar sua cabeça, ajuda. James não era muito de tocar piano e ficar em casa, com inverno ou sem inverno. Assim que pôde, começou a escalar, pescar, caçar, a criar todo tipo de bicho, coelhos, hamsters. Vendia-os para lojas de animais de estimação. Quando ele tinha dez anos, começou uma criação de chinchilas no estábulo. Eu odiava aquilo porque sabia o que aguardava àquelas criaturinhas. Chinchilas são aqueles ratos compridos, magros, mas as pessoas gostam da pele porque é quente. Felizmente, um dia, uma raposa entrou no estábulo e acabou com aquela miséria. Cuidado — diz ela quando me vê tropeçar numa pá. Agacha-se e a pega.

Estamos no topo do outeiro olhando um buraco na terra do comprimento e profundidade de uma piscina de quintal. O topo chato do outeiro tem a forma de um círculo. O buraco fica localizado exatamente no meio, equidistante de todos os pontos. Jasmine me conduz para longe do buraco e à frente do outeiro. Vemos um caminhão de gasolina descer a estrada asfaltada lá embaixo. Esforço-me para ouvir o som do motor do caminhão, mas não consigo. Tudo o que ouço é o sussurro das árvores. Mais abaixo, à direita, em um outeiro menor observo duas cruzes.

— Mamãe e James — diz Jasmine antecipando minha pergunta.

— Aquele ali é Chunabum? — aponto para dois cavalos no pasto, a pouca distância de onde as vacas estão agrupadas.

— O negro magro. Aquele é Chunabum.

Chunabum levanta a cabeça no ar como se tivesse ouvido seu nome. Jasmine dá alguns passos e gesticula na direção de um campo menor abaixo de nós.

— Está vendo aquele campo? No inverno, Amos limpa na neve uma área oval do tamanho de um campo de futebol. Toda tarde, logo depois do almoço, quando o sol está mais quente, se é que se pode dizer isso, ele anda ali com Chunabum por uma hora, pode chover ou nevar. Ele não poderá fazer isso por muito mais tempo — diz ela mais para si mesma. E aí, para mim: — Melhor a gente voltar. Você quer vir conosco ao médico ou prefere ficar aqui? O que você decidir está bom. É meia hora até o médico e meia hora para voltar e em geral mais umas duas horas de espera no consultório, então, tudo somado, ficaremos fora por umas três horas.

Assobio baixinho e vejo Namu se levantar e se virar em minha direção.

—Vou esperar aqui — digo e começo a descer para o pasto onde Namu e Gomer estão pastoreando as vacas e os cavalos. É quase meio-dia. Eu sei, porque o sol está na metade do arco do horizonte. Penso de repente que uma casa construída sobre esse outeiro receberia luz do sol da manhã até o entardecer.

— Os sanduíches de sua mãe estarão na mesa da cozinha, se você tiver fome — diz Jasmine.

Paro e começo a subir de volta até onde ela ainda está parada.

— Aonde vamos amanhã?

—Vamos carregar Chunabum com material de acampar e nós quatro, Namu inclusive, mas não Gomer, porque ele está velho demais, subiremos a colina de Amos para descer pelo outro lado, passando por várias outras colinas, até chegar ao Lago Escondido. Uma caminhada de umas três horas. Amos tem uma cabana que ele desliza até o meio do lago para pescar no gelo e uma canoa para ser usada no verão. Vamos pescar e remar no lago e no riacho que o alimenta — ela parece animada. —Voltamos na segunda-feira pela manhã e pegamos a estrada para casa.

—Tudo bem — digo. Respiro fundo. A viagem de carro na segunda-feira chegará mais cedo do que deveria.

A meio caminho em direção ao campo onde as vacas estão pastando, mudo de ideia e sigo para as duas cruzes. Sento-me em frente a elas e leio alto os nomes e as datas inscritos no granito. Lila e James. Mãe e filho. Uma viveu cinquenta e cinco anos, o outro, dezoito. Ouço o som do jipe de Jasmine e em seguida ele entra no meu campo de visão e eu o sigo até que seja apenas um ponto verde na estrada e desapareça.

Lembro por que Jasmine me trouxe a Vermont. Ela estava preocupada comigo e achou que aqui seria um bom lugar para eu rever tudo o que aconteceu e então decidir. Prometi a mim mesmo que farei isso. Amanhã, quando a gente chegar ao lugar do acampamento, abrirei tempo e espaço para ponderar tudo. Mas hoje, hoje quero somente estar.

CAPÍTULO 23

À noite, Jasmine e eu estamos lavando os pratos do jantar quando ouvimos o motor de um carro. Amos está enchendo seu cachimbo com um fumo que tem cheiro de chocolate. Ele diz:

— Quem pode ser?

— Ah, papai. Você pediu a eles que viessem, não pediu?

— Não pedi — responde ele. — O Metido Shackleton tomou para si a responsabilidade de vir aqui e avaliar o garoto logo que soube da sua chegada.

Justo nesse momento a porta da cozinha se abre e entram três homens. Eles chegam do jeito que as pessoas chegam a uma casa onde já entraram muitas e muitas vezes. O mais velho, que acredito ser o pai dos outros dois, parece uma versão mais jovem, menos curvada de Amos. O que eu acho que é Cody está segurando um engradado de Bud Light. O que eu acho que é Jonah tem dois sacos de batatas chips nas mãos.

— Ah, não — exclama Jasmine assim que os três entram. — Nada de sacanagem esta noite. Temos que acordar cedo amanhã.

— Ah, é? — diz o pai quando Jasmine se inclina para receber um beijo na bochecha. — Acampar, é esse o programa?

Ele aponta para si mesmo e balança a cabeça. O gesto quer dizer "*eu não disse nada*".

— Eu sou o Jonah — ele estende a mão para mim. Sinto a mão apertada por outra muito maior e mais forte do que a minha.

— E eu sou o Cody — o aperto de sua mão é só ligeiramente mais leve.

— Então você é o jovem. Eu sou Samuel Shackleton — o homem mais velho fica segurando minha mão enquanto me observa. — Até que ele é forte para um garoto da cidade — diz a Amos, que está encontrando dificuldade para acender seu cachimbo.

— Não saberia dizer — responde Amos entre duas baforadas.

— Não vamos demorar — diz Jonah a Jasmine. — Não consegui segurá-los. Mamãe queria vir, mas eu a convenci do contrário. Ela o mataria de tanta pergunta.

— Onde você quer que a gente sente? — pergunta Samuel Shackleton. — Nesses quebra-costas, ou nas cadeiras gostosas?

— Aqui — responde Jasmine rapidamente —, já que vocês vão ficar só por um pouquinho.

— Não tem lugar no congelador para mais nada — reclama Cody.

— Cheio de caixas de cereal — explica Amos.

— Você não precisa pôr nada no congelador. Ponha a caixa ali no chão. Ficarão frias — é Jonah falando.

— Mas nós já as pegamos meio mornas nas lojas — diz Cody. — Vou pôr só umazinhas no congelador. Que nos durem umas duas horas.

— O quê? — grita Jasmine.

Samuel Shackleton puxa uma cadeira para frente de Amos e senta-se lentamente. É um homem grande e as pernas bambas da cadeira não parecem poder aguentá-lo.

— Como você vai, meu velho? Já encontrou aquele parafuso que você tinha perdido?

— Encontrei todos os parafusos necessários — responde Amos. Finalmente, um ponto vermelho começa a brilhar com firmeza do fornilho do cachimbo. — Ainda estão enrugados do banho que me fizeram dar neles hoje de tarde — acrescenta, olhando para Jasmine. — Mas acho que ainda estão funcionando, mesmo enrugados.

— Como você pode saber? — Shackleton pergunta.

— Aí vamos nós — diz Jasmine.

Um chiado de lata de cerveja abrindo.

— Quem quer uma cerveja? — Cody está perguntando.

— Por que você não vai pegar aquele material bom que você esconde embaixo da poltrona do seu carro? — Amos sugere.

— De jeito nenhum — implora Jasmine.

Mas é tarde demais. Samuel Shackleton acena para Cody e Cody já vai saindo para pegar o material bom, seja o que for.

Retomo o trabalho de arear a frigideira que Jasmine usou para preparar o guisado de carne-seca. Jonah fica ao meu lado e diz:

— Sempre acho melhor deixar a panela de molho. Depois de um dia ou dois, a gordura queimada sai sozinha.

— Não vamos deixar nada de molho esta noite — diz Jasmine. — Você continua e acaba de arear a panela. Você seca — e ela entrega a Jonah uma toalha de prato branca que já está molhada de pingar.

Jonah levanta os ombros olhando para mim, o gesto universal de "*eu tentei*".

Cody está de volta com uma garrafa transparente cheia de um líquido dourado.

— Era disso que eu estava falando — diz Amos, lambendo os lábios. — Passe um daqueles copos, James.

Levo alguns segundos para perceber que ele está falando comigo. Há um breve momento em que todo mundo na sala fica em silêncio. Aí pego o maior copo que vejo e o dou a Amos.

— Encha — Amos ordena a Cody.

— Se ele encher, você logo vai começar a me pedir para levá-lo de carro até Montreal para aquilo que você sabe, exatamente como fazia antes de casar — diz Samuel Shackleton.

— Não dê corda — pede Jasmine.

— Ué, o que vocês costumavam fazer em Montreal? — Cody pergunta.

— Cody! — É Jasmine de novo. — Deus meu, vocês são impossíveis — ela sai da cozinha.

— Aonde você vai? — Samuel Shackleton grita atrás dela.

— Fazer xixi! Posso? — responde ela do fim do corredor.

— Cody, vai lá pegar seu violino enquanto ela está fazendo xixi — diz Samuel Shackleton.

Cody se levanta imediatamente. Pelo jeito, ele acha isso uma grande ideia.

Passo a frigideira para Jonah.

— Não se preocupe — diz ele. — Nós realmente não vamos demorar. Não vou deixá-los.

— Tudo bem — digo.

Cody está tirando o violino de uma caixa preta quando Jasmine entra de volta na cozinha.

— Desisto — diz ela. — Vão em frente e passem para a sala.

— Você toca o piano comigo? — pede Cody.

— De maneira alguma.

Jonah passa a panela para a inspeção de Jasmine. — Você já viu alguma vez na vida uma panela mais limpa? — pergunta a ela.

Jasmine segura a panela contra a luz e passa um dedo na borda e no centro.

— Nada mau — diz.

— Então onde está o Spam? — Samuel Shackleton pergunta a ela enquanto sai com Amos da cozinha.

— Muito engraçado — responde ela, seguindo-os.

— Quando Jonah e eu ficamos sozinhos na cozinha, ele me conta:

— Quando nós éramos crianças, nossas famílias tinham o costume de acampar juntas. Nós levávamos umas cem latas de Spam para o caso de a gente não pegar nenhum peixe, o que acontecia muito. Jasmine e eu uma vez decidimos quebrar todas as linguetas das latas. E aí, quando chegamos ao lago, todo mundo ficou furioso com a gente porque tiveram que usar abridores de lata para abrir os Spans. Só que abridores não funcionam muito bem para abrir latas de Spam.

Eu me dou conta de que nunca na vida vi uma lata de Spam.

— Acho que acabamos aqui — diz Jonah. Ele estende a toalha de prato na bancada para secar. — Aquele cachorro lá fora é seu?

— Namu — respondo. Não sei onde pôr as mãos.

— Belo cão. Do tipo que inspira respeito, não é mesmo? Ele não está nem aí se você lhe faz festa ou não. Ele deixa que você faça festa, se quiser, mas está feliz com ou sem o carinho.

— Gomer também é um cachorro calmo — retruco.

— Agora. Já não tem mais opção, está com uns 15 anos de idade.

— Namu está com nove. Você tem um cachorro?

— Uma meia dúzia, sempre e a qualquer momento. Cody está sempre criando uma raça ou outra. O que não é comprado fica com a gente.

Estamos olhando para o grupo a nossa frente. Amos e Samuel Shackleton estão afundados no grande sofá da sala. Cody está tentando beber cerveja e afinar seu violino ao mesmo tempo. Jasmine está sentada na cadeira mais afastada do piano. Ela acena para que a gente se aproxime.

— Quer uma cerveja? — pergunta Jonah.

— Não bebo álcool — respondo. Junto um sorriso à minha resposta para não parecer antipático.

— Uau. Você areia panelas à perfeição e não bebe. Não é à toa que Jasmine se ligou em você.

Não tenho muita certeza se isso é uma piada.

— Desculpe — digo. — Preciso arrumar a cama de Namu. Ele vai dormir no estábulo com Gomer.

— Vou com você — diz Jonah imediatamente.

— Onde vocês estão indo? — ouço Jasmine perguntar.

Jonah berra:

— A gente volta já. Vamos ver Namu.

— Jonah... — ainda ouço a voz de Jasmine atrás da gente quando estou saindo da casa.

Quando a porta se fecha, Jonah diz:

— Ela tem medo de que a gente converse de peito aberto.

— Peito aberto?

— De homem para homem. Dois homens dizendo as coisas clara e honestamente.

Vejo Namu se dirigindo para o estábulo. Sigo-o.

— Você quer ter uma conversa de peito aberto? — pergunto.

— Para dizer a verdade, quero, sim. Embora ela tenha me ameaçado com todo tipo de tortura, se eu fizesse isso.

Passa pela minha cabeça que de uns tempos para cá o único tipo de conversa que tenho com as pessoas é de peito aberto. A última conversa com Wendell, quando ele deu um soco curto no meu peito, cai, creio eu, nessa categoria que Jonah definiu. Embora eu ache que o que tive com Wendell não tenha sido exatamente uma conversa.

No estábulo, Namu vai para a pilha de cobertores onde Gomer está deitado. Ele dá uma farejada no Gomer e volta para mim como se quisesse saber onde vou dormir antes de escolher o seu lugar.

— Eu vou dormir dentro da casa — informo a Namu.

Assim que me viro para indicar a casa, sinto algo me empurrar no meio das minhas escápulas. É um empurrão que, com toda sua força, sinto mais como uma cutucada. Olho em volta e vejo Chunabum sorrindo para mim. Conheço o sorriso de um cavalo por causa de minha experiência com os pôneis de Paterson. Os pôneis também gostavam de pregar peças e então seus olhos brilhavam.

Dou um tapinha no nariz de Chunabum, que é o que sempre fiz com os pôneis de Paterson. Chunabum responde balançando a cabeça, abaixando-a, e pedindo outro tapinha. Em vez disso, puxo suas duas orelhas ao mesmo tempo, de brincadeira.

— Nunca vi Chunabum fazer festa para outra pessoa que não o velho Amos — diz Jonah.

Há surpresa em sua voz. Ele tenta tocar a cara de Chunabum também, mas o cavalo balança a cabeça, afastando-se do seu toque.

— É incrível.

Encontro um lugar para Namu dormir.

— Ali — digo a ele. Logo do lado de fora da baia de Chunabum tem uma caixa de papelão amassada e dois sacos de aniagem vazios. Abro os sacos e Namu senta-se em cima deles.

Agora olho para Jonah.

— Como se começa uma conversa de peito aberto?

— Imagino que haja duas maneiras de começar — diz Jonah, saindo do estábulo. — Podemos jogar conversa fora por um tempo para a gente se conhecer, ou vamos diretamente ao assunto que está na cabeça da gente. Você tem alguma preferência?

— Não.

— Tudo bem. Hum. Acho que opto pelo meio-termo, dando algumas voltas, se você não se incomodar. Enquanto dou as voltas, talvez encontre as palavras para a conversa de peito aberto, porque ainda não tenho certeza de tê-las formuladas na minha cabeça. Tudo bem com você?

— Você ama Jasmine.

Jonah se engasga.

— Uau. Isso é peito aberto — diz, movendo os pés. — Você está me perguntando ou afirmando?

— Perguntando. Às vezes tenho dificuldade para fazer com que uma ideia soe como pergunta.

— Você está perguntando se Jasmine e eu somos namorados?

— Não, essa não é minha pergunta. Mas você pode responder a isso, se preferir.

A carroça do caminhãozinho de Amos está aberta e nos sentamos ali. Jonah tira um cigarro do maço e o acende, mas dessa vez me contenho para não dizer que fumar faz mal.

— Com relação a sua pergunta, a resposta é não, não sou namorado dela, nem nunca fui. Não por falta de vontade da minha parte. Eu tinha 7 anos quando ela nasceu, e crescemos juntos. Moramos a pouco menos de cinco quilômetros estrada abaixo.

Alguém na casa abre uma janela. O som do violino nos alcança e por um momento imagino uma fita de seda balançando na brisa.

— Uma dessas situações em que se pensa que com o tempo a pessoa vai, não amá-lo, talvez seja demais pedir isso, mas ver como você pode ser bom para ela e aceitá-lo assim. Acho que, depois que James morreu, Jasmine foi para Boston em parte para se afastar de tudo que provocava a lembrança dele, eu inclusive. Você sempre faz isso com as pessoas?

— Faço o quê?

— As pessoas abrirem o coração dessa maneira.

— Não temos muito tempo. Melhor falar sobre o que é importante.

— Bem, a história é mais ou menos essa.

— Você se casaria com Jasmine, se ela quisesse.

— Claro. Mas não acho que isso vá acontecer. Jasmine precisa de alguém inteligente como ela... Alguém como você.

— Eu, inteligente? — dou uma risada. — Se você soubesse o quanto do que as pessoas dizem ou fazem não consigo entender, não diria que eu sou inteligente. Eu me contenho para não perguntar o que algo significa, pois de outra maneira ninguém conversaria comigo. Não sou inteligente. Tudo treinamento e concentração. Anos de aprendizado para conseguir me comunicar.

Jonah atira o cigarro para longe.

— Ela lhe mostrou o estúdio?

— Que estúdio?

— O que ela está construindo em cima do morro.

— Onde tem o buraco.

— Acabamos de terminar a fundação. Vamos colocar os encanamentos e conectá-los à fossa séptica. Cody e eu a ajudamos nos fins de semana. Jasmine imagina que o velho Amos precisará de seus cuidados daqui a poucos anos e ela virá morar aqui. Mas como eles precisam cada um de seu espaço, ela está construindo uma casa-barra-estúdio em cima do morro. Um dos cômodos será à prova de som, para que em algum momento ela possa levar equipamento de gravação para lá. Ela já planejou tudo. Aquecedores de madeira em praticamente todos os cômodos.

— É para isso que ela está poupando então — digo.

— Para isso e para cuidar de Amos. Ela poupa tudo que ganha, morando naquela pequena caverna onde mora.

— Você sabe onde ela mora.

— Ela já me contou. Pouca coisa ela não me conta. Era sobre isso que eu queria conversar de peito aberto com você, antes de você me fazer abrir logo o coração inteiro — Jonah bate no peito e tosse.

— Você está preocupado com Jasmine.

— Ela diz que você é uma boa pessoa. É mesmo? É que ela é como uma irmã para mim. Quero ter certeza de que ela não vai se ferir.

Não tenho a menor ideia de como eu poderia ferir Jasmine. Talvez ele saiba a respeito da proposta de Wendell. Mas como ele poderia saber? Aí me lembro do memorando e do risco que ela correu entregando-o para mim. Se ele sabe ou não a respeito dessas questões, sua pergunta é relevante.

— Não — digo. — Não vou feri-la.

— Bom. Era isso que eu queria saber — então Jonah olha para mim no fundo dos olhos. — Posso lhe fazer uma pergunta?

— Pode.

— Você sente atração por Jasmine?

— Atração.

Estou perdido, não sei o que dizer. Gosto de estar com Jasmine. Gosto do conforto e da facilidade e da não preocupação com minha aparência ou minhas palavras, tudo isso que tenho em sua companhia. Gosto de ouvir o que ela diz e como responde às minhas perguntas. Gosto do que vejo através dela, do que ela me leva a descobrir e do que sua existência abre para mim. Gosto de conversar sobre música e de estar aqui com ela. Sou *puxado* por ela de uma maneira que lembra o puxão de MI. É sobre esse tipo de atração que Jonah está perguntando?

— Não entendo o que você quer dizer quando usa essa palavra. Poderia ser mais específico?

Jonah hesita.

—Você a deseja sexualmente?

Ele olha para o lado, e interpreto esse gesto como um constrangimento, como se a pergunta que ele fez não lhe dissesse respeito. Não sei, na verdade, se foi correto da parte dele me fazer essa pergunta, ou se é correto da minha parte respondê-la, mas ainda assim decido responder, da melhor maneira possível, sem saber exatamente o que dizer.

— Na medida do que posso compreender, o desejo sexual é um tipo de energia ou atenção dirigida ao corpo de alguém, ou mesmo a partes desse corpo. Consiste da imaginação de atos sexuais com o corpo de uma pessoa ou partes desse corpo. Mas eu não imagino com Jasmine nada além do que estou fazendo naquele momento. Aquilo me parece suficiente. Gosto de passar o tempo com ela. Gosto quando conversamos sobre música ou quando lhe pergunto sobre o significado das palavras. Ela me faz rir e pensar sobre coisas que nunca pensei antes.

— Rapaz, você realmente analisa as questões até o último detalhe, não é?

— Dizem que isso é uma doença.

— Deveríamos todos ser doentes assim.

—A parte do corpo dela de que mais gosto são seus olhos. Quando olho para eles, tenho vontade de ficar ali o máximo possível. Em sua opinião, isso é uma energia sexual?

Jonah dá com os ombros. O movimento, pelo que sei, quer dizer que ele não tem a menor ideia da resposta a minha pergunta. É uma pergunta que só Marcelo pode responder.

Fico confuso de repente. Confuso por Jonah pensar que Jasmine e Marcelo possam ser mais que amigos. Isso nunca me ocorreu e não creio que Jasmine possa se interessar por mim dessa maneira. Talvez o conforto que sinto perto de Jasmine seja algo sexual de uma maneira que não compreendo. Talvez a atração por outra pessoa seja como a MI, em que corpo e mente não se separam.

Jonah olha na direção da janela aberta e ouço o som do piano. As notas chegam devagar, uma após a outra, cada uma trazendo um tom levemente diferente de tristeza. Ouvimos em silêncio, e então Jonah fala:

— Quando a mãe de Jasmine estava morrendo, eles puseram uma cama ali na sala, e essa era a música que ela queria que Jasmine tocasse até a sua hora final.

— *Gymnopédies*.

— Como?

— O nome dessa música é *Gymnopédies*, de um compositor chamado Satie.

— É mesmo? É uma peça muito tocante. Bem que eu gostaria de ouvi-la na hora da minha morte.

— As estrelas aqui parecem tão perto da Terra.

— Você gosta daqui? — Jonah pergunta.

— Muito.

— Não sobram muitos lugares onde se possa viver da terra honestamente. Amos consegue, porque a fazenda está comprada e paga. Ele tinha quase cinquenta anos quando se casou. A mãe de Jasmine era garçonete no centro da cidade aonde Amos e meu pai costumavam ir, nas noites de sexta-feira, para tomar umas. Ela e

Amos tiveram esse rolo por anos a fio. Todo mundo sabia que eles se gostavam. Um dia Amos fez uma graça mais picante para Lila, e ela simplesmente lhe deu as costas dizendo que, se ele não pretendia mesmo falar sério, então seria bom que desaparecesse para sempre. Casaram-se na semana seguinte. Ela estava com quase quarenta anos. O médico lhe disse que ela morreria se engravidasse, mas Lila foi em frente e teve dois filhos. Depois que ela morreu, rapidamente Jasmine teve que se fazer mãe da família inteira.

O piano para de soar, e poucos segundos depois vemos Jasmine sair pela porta de trás. Ela olha em volta antes de nos ver sentados na traseira da picape.

— O que esses dois rapazes estão fazendo? Não gosto disso. O que vocês estavam conversando?

— Estávamos conversando de peito aberto — digo a ela.

Jasmine olha para Jonah.

— Tudo bem, tudo bem, não precisa me olhar assim — diz Jonah, saltando da carroça da picape. Então ele cochicha para ela alto bastante para que eu ouça:

— Acho que agora, finalmente, você encontrou seu par.

Ele se afasta antes que Jasmine consiga socá-lo no ombro. Jonah anuncia:

— Agora vou pegar minha última cerveja e me assegurar de que aqueles caras não estão se aboletando confortavelmente demais. Mais uma cerveja e estamos fora, prometo.

Jonah entra na casa e fecha a porta da cozinha atrás dele.

Jasmine diz:

— Você gosta daqui. Dá para a gente ver.

— Gosto. Aqui, pode-se viver da terra honestamente.

— Essa frase é do Jonah.

— Aqui uma pessoa não tem que fingir ou mentir.

— Talvez, não tanto. Mas não dá para se dizer que não aconteça por aqui também.

— Você está guardando seu dinheiro para cuidar do Amos daqui a alguns anos e para construir sua casa-barra-estúdio.

— Jonah fala demais. Dentro de alguns anos, eu terei poupado o suficiente para pagar as contas médicas de Amos e meu plano de saúde, e talvez ainda dê para eu terminar o estúdio e decorá-lo bacana. Precisamos comprar mais seis vacas e um novo tanque de aço para guardar o leite que fica à espera do caminhão para ir à cidade. Já disseram a Amos que vão parar de comprar o leite dele se não for instalado um novo tanque. Temos também que cimentar o chão dos currais. Novas regulamentações. Na verdade, velhas regulamentações, mas de alguma maneira Amos vinha conseguindo driblá-las. Conhecendo meu velho, provavelmente ele estava subornando alguém. Teremos então leite e queijo de vinte vacas, mel, os préstimos de garanhão de Chunabum, o melaço de bordo que coletamos na mata do morro, lenha; e eu poderei dar aulas de piano e ter um emprego de meio expediente como professora de música numa escola. Isso será o suficiente para tocar a vida.

— E sua música?

— É parte do plano. Está no centro de tudo. Tudo em volta é para lhe dar suporte.

— Quando você foi para Boston, já estava planejando a volta.

— É claro. Meu plano era, *é*, juntar o máximo possível de dinheiro e voltar. Além disso, depois que James morreu, ficou impossível estar junto de Amos o tempo todo. No começo da senilidade e do Alzheimer, há muita hostilidade, paranoia. Eu precisava nos dar um pouco mais de espaço. Ele agora está melhor. Quando toma as pílulas.

Ela levanta os olhos e estuda um ponto de luz atravessando a escuridão. Eu também sigo a luz.

— Talvez eu não saiba muito das coisas, mas sempre achei que aqui é o meu lugar. Não que a vida seja mais fácil aqui. Simplesmente, é o meu lugar, isso é tudo.

Ela espera que eu diga alguma coisa. Estou pensando nos lugares que achei serem meus e como, talvez, esses lugares não estejam mais lá para mim.

A voz de Cody me traz de volta:

— Jasmine, melhor você entrar logo. Eles estão começando aquelas conversas.

Voltamos para a casa. Amos está sentado no sofá, soltando rápidas baforadas de seu cachimbo. Ele está falando com Samuel Shackleton, afundado a seu lado no sofá. Algumas de suas palavras saem engroladas.

— Talvez a velha Eleanor não fosse mais tão gostosa, mas ainda dava para foder. É aquele touro seu que não tem mais tesão nos colhões. Um peru tão mole quanto o seu.

— Papai! — grita Jasmine.

Cody termina de pôr de volta o violino na caixa, vai para a cadeira de balanço e se senta. Parece pronto para ficar numa boa. Jonah traz duas cadeiras da cozinha, uma para mim e outra para ele. Jasmine já está sentada no banco do piano.

Quando todo mundo se arrumou em seus lugares, Samuel Shackleton responde:

— Papo furado! O velho Bruno ainda fica de pau duro como um poste telefônico com qualquer vaca que lhe ponham na frente. Só porque o forno fica morno, não quer dizer que dê para assar um bolo. Aquela vaca é que está velha e feia demais. Além do mais, ela é a mamãe do Bruno.

— Olhe aqui — diz Amos. — Um animal não é feito para recusar uma oportunidade que lhe apareça, a não ser que seu equipamento não esteja funcionando. Um animal não é como uma pessoa. Se uma fêmea pode conceber, para o bem ou para o mal, o macho pula em cima dela. Agora veja você, por exemplo. Vai para casa esta noite e, quentinho depois de tomar esse seu uísque ordinário, chega lá, olha para a Jane adormecida de rolinhos na cabeça, talvez roncando um pouco, e você diz: "Nããão, acho que não." Dá a volta para o banheiro, pega uma daquelas revistas velhas que você tem escondidas na gaveta das toalhas, para tentar se arrumar da melhor maneira possível. Mas um animal não brocha por causa de idade ou feiura. Se ela puder, ele pode.

— Muito bem, hora de ir para casa. — Jasmine bate palmas e se levanta, mas ninguém se levanta com ela. Ela senta de novo. — Samuel, você é nosso hóspede, então, de acordo com costumes há muito tempo estabelecidos, tem a última palavra. Diga sua última palavra, e depois os três se mandam.

Samuel Shackleton toma devagar a última gota de uísque do seu copo. E aí ele fala.

— Tudo que eu posso dizer é que chega um momento na vida de cada touro em que ele decide parar de ser um fodedor. Seria bom se o mesmo princípio se aplicasse aos homens.

Ele fica olhando para Amos. Quando não aguenta mais se segurar, sua gargalhada explode, junto com a de todo mundo.

Amos enfia o cachimbo ainda mais fundo na boca. A gente vê que ele não está nada contente com o tradicional costume de dar ao hóspede a última palavra.

Os Shackleton se enfileiram, cada um apertando minha mão. Quando é a vez de Jonah, ele me diz:

— Bom peito aberto para você.

CAPÍTULO 24

Às cinco e quarenta e cinco da manhã seguinte, Jasmine sai da casa. Eu estou no gramado da frente, rodeado de animais de plástico, levantando peso. Paro para vê-la esfregando os olhos. Ou ela está esfregando um restinho de sono que tenha ali, ou não consegue acreditar que alguém esteja de pé tão cedo fazendo o que estou fazendo. Paro e ponho os halteres de dez quilos no chão.

— O que você está fazendo? — pergunta ela, bocejando. — Há quanto tempo você está aqui? Que horas são? E onde você arrumou isso?

Ela está olhando para os halteres. Eles são redondos e cobertos de plástico azul.

— À qual das quatro perguntas Jasmine gostaria que eu respondesse primeiro?

— Não me diga que você trouxe esses pesos na sua mochila.

— Sim — não vejo o que há de tão estranho nisso.

— Não foi à toa que quase quebrei minha coluna quando fui tirar sua mochila do jipe.

Namu se aproxima e senta-se em frente a Jasmine, esperando que ela o veja.

— Seu dono é maluco, Namu. Vou fazer café — ela vira as costas e entra de volta na casa.

Depois do café da manhã, arriamos Chunabum. Jasmine quer levar provisões para a cabana de Amos de maneira que, no inverno, ele não tenha que fazê-lo. Ela põe um cobertor no lombo de Chunabum e uma estrutura de alumínio em cima do cobertor. Em várias partes dessa estrutura, põe as provisões de Amos, assim como a barraca e os sacos de dormir e outros materiais necessários para a viagem.

Amos parece especialmente lúcido esta manhã. Não me confunde com James. Ele me reconhece como amigo de Jasmine, embora umas duas vezes me chame de "Marshmallow", em vez de Marcelo. Jasmine explica que ele está assim contido porque a medicação fez efeito.

Às sete já estamos a caminho. Subimos o outeiro onde Jasmine está construindo sua casa-barra-estúdio, descemos pelo outro lado e seguimos novamente floresta acima, pela montanha que Jasmine chama de morro. Aqui há uma trilha que seguimos e da qual vejo grupos de árvores. Jasmine me diz que são os bordos.

— Há uns cinquenta nesse morro, dos quais tiramos a seiva. O xarope que você pôs na panqueca hoje de manhã veio de um deles.

Namu para e levanta as orelhas. Jasmine para também. E eu paro depois dela.

— Escute. Você está conseguindo ouvir? — pergunta.

Ouço estalidos.

— Pessoas caçando. É ilegal caçar em agosto, mas ainda assim tem gente que faz.

— O que eles caçam?

— Veados do rabo branco.

— Com armas de fogo.

— Isso.

— Jasmine já caçou?

— Já.

— E matou um veado com uma espingarda?

— Isso.

É uma maneira de ver Jasmine como eu nunca tinha visto antes. Eu me pergunto quantas novas maneiras de ver Jasmine haverá durante a viagem.

— Às vezes, a carne do veado dura o inverno todo.

Compreendo que isso é sua maneira de explicar por que ela caça.

Andamos por mais de uma hora. Ela vai puxando Chunabum e eu vou segurando a estrutura de alumínio.

— Veja.

Ao longe, ocultas no meio do morro, há uma dúzia de finas e altas árvores brancas. As folhas verdes do topo se agitam pela brisa que não se pode sentir no chão, mas que deve bater lá em cima.

— Bétulas. Não são lindas? São as minhas favoritas. Nem sei por quê. Esses troncos brancos no meio da floresta marrom e verde. E no outono, as folhas fazem um tilintar.

— É aqui que Jasmine... onde *você* tem ideias para *sua* música.

— Há tantos ruídos. O vento cria ruídos diferentes dependendo das árvores por onde passa. Há ruídos que a terra faz. E espere até você chegar à água. E tem os animais também. E às vezes tudo junto.

Ouço os estalidos de novo.

— E espingardas — digo.

— É, espingardas. Imagino que eu deva incluir também esse som.

A lembrança de Wendell socando meu peito vem a minha cabeça de repente. Essa é outra experiência inesperada, o prazer de imaginar como vou dizer a Wendell que não chamarei Jasmine para passear de barco. Como definir isso?

— Isso é um falcão de rabo vermelho.

Subimos ao topo da montanha. Acima de nós, um falcão faz círculos e sobe, mergulha e se inclina, sem um único movimento das asas.

— Ele está procurando um coelho. Há montes deles no vale lá embaixo.

— Nós vamos subir a montanha de novo?

— O morro — Jasmine me corrige.

O Lago Escondido, ela me explica, é não somente escondido, mas também secreto. Não há trilhas para o lago, então as pessoas têm que caminhar abrindo o caminho no mato. Até pouco tempo atrás, somente os mais velhos como Amos sabiam de sua existência.

Estamos no meio da descida da segunda montanha quando subitamente vemos o lago. Paramos como que atordoados pelo brilho repentino. Da lateral da montanha posso ver a circunferência completa. Aqui e ali, pelos lados, vejo as cabanas de pesca. São pequenas estruturas de madeira, e não entendo como uma pessoa pode se deitar e dormir ali dentro.

— Está vendo aquela pintada de azul cheia de estrelas brancas? É a do Amos.

— Como as pessoas dormem?

— Nas cabanas mal cabe um berço. No inverno, eles arrastam as cabanas até o meio do lago gelado, fazem um buraco no gelo para pescar e ficam lá como adolescentes.

— Mas e o frio?

— Está vendo isso? — ela toca uma algibeira nos arreios de Chunabum. — Aqui tem carvão para o fogãozinho que aquece Amos durante a noite. Durante o dia ele segura o frio na marra. Sempre que venho trago provisões. Você consegue imaginar essa excursão que nós fizemos no inverno? Amos arruma alguém para tomar conta dos animais, calça seus sapatos de neve e vai embora. Uns dois anos atrás houve uma guerra civil a propósito de geradores. Os pescadores mais jovens queriam trazer geradores de maneira que eles pudessem assistir à TV e ter todos os confortos de casa. Mas os geradores eram barulhentos e fedorentos. Essa paz acabaria. Você precisava vê-lo. Precisei segurar Amos para ele não vir para cá com sua espingarda.

— E aí?

— Até agora, os que queriam os confortos da modernidade cederam, por respeito e talvez um pouco de medo da velha-guarda. Mas quando não tiver mais velha-guarda, os geradores vão voltar a bordo de carros de neve.

Chegamos à cabana de Amos e descarregamos as provisões. Há sacos de arroz e latas de carne de porco e feijão e carvão para o fogãozinho de ferro que fica conectado a uma chaminé preta que sai pelo telhado.

Aí Jasmine desdobra a barraca. Escolhemos um lugar não longe da beira do lago com a frente da barraca dando para a água. É uma barraca em forma de triângulo, grande no meio o suficiente para uma pessoa ficar de pé. Eu me dou conta pela primeira vez que Jasmine e eu vamos dormir lado a lado. Nunca dormi com ninguém a não ser com Yolanda, quando fomos para a Espanha, e cada um tinha uma cama de solteiro no quarto do hotel. Mas isso é diferente. Isso me deixa nervoso.

— Puxe a estaca do seu lado — grita ela para mim.

Meu nervosismo me faz lembrar de Adão e Eva quando eles perceberam que estavam nus depois de comer a maçã.

— Em que você está pensando? Largue disso. Depois que terminarmos de arrumar o acampamento, vou pegar a canoa para pescar no lago. O que você quer fazer?

— Marcelo veio para Vermont para ponderar, lembre-se.

— Bom, você chegou. Você pode ficar aqui ou vir comigo na canoa. De qualquer maneira, silêncio não vai faltar.

— Jasmine não vai falar.

— Você vai à frente e eu, atrás, pescando. Você não vai nem se lembrar que estou lá.

Remamos, ou melhor, Jasmine rema até perto da margem, onde a sombra das árvores alcança a água.

— Abaixe-se — diz ela. Ponho rapidamente minha cabeça para baixo e passamos a deslizar por um espaço tão estreito que somente uma canoa fina como a nossa poderia caber ali, e nos vemos no que parece um lago ainda mais escondido todo rodeado de arbustos de flores brancas, amarelas e vermelhas. Quando chegamos ao centro desse esconderijo aquático, ouço um som de batida na água e a canoa para. Viro a cabeça e Jasmine sussurra, "a âncora". E ela leva o indicador aos lábios.

Ajeito-me no chão da canoa e escuto. Escuto o chiado da linha de pescar de Jasmine. Escuto as batidas da água. Escuto o zunido dos insetos, o sopro do vento por entre as árvores, as ondas do lago e de vez em quando o som agudo de um grande pássaro, um som de dor.

Como Ixtel se tornou real para mim? O mundo é cheio de Ixtels a quem eu poderia ajudar sem ferir meu pai. Por que ela? Como aconteceu de o sofrimento *dela* me tocar? Pai. Sinto-me ligado a ela por intermédio das ações de meu pai. Sinto o dever de corrigir os erros do meu pai. Mas por quê? O bem-estar do meu pai não deveria vir antes? Seu bem-estar é meu bem-estar. Como se pode medir o amor pelo pai contra o anseio de ajudar alguém necessitado?

Acho que o certo deve ser feito acima de tudo. Essa ausência de dúvida faz com que eu me sinta desumano. Mas dessa vez não é simplesmente algo da minha cabeça. Ouço a nota certa. Reconheço a nota errada. Talvez a ação correta seja um lago como esse, verde e calmo e profundo.

Anoitece agora. Jasmine dividiu em dois o único peixe que pegou e pôs os pedaços em um prato com farinha. Ela está fritando o peixe numa frigideira que encontrou na cabana de Amos. Estou pensando no tempo e como as horas do dia passaram rapidamente.

— Sabe que, enquanto estávamos lá fora na canoa, você ficou sentado imóvel por quase duas horas? Quer dizer: você nem se coçou. Eu não podia ver seus olhos de onde estava, mas por um tempo fiquei achando que você tinha adormecido sentado.

— Não, eu não dormi.

— O que passa na sua cabeça quando você fica quieto desse jeito? Você estava pensando no que vai fazer quando voltar?

— Jasmine também estava quieta. Você não falou comigo.

— Eu estava jogando minha linha de um jeito ou de outro, tentando fisgar o único peixe que havia naquele lago. Por um tempinho, sentei no chão da canoa com as costas contra o assento e fechei meus olhos.

O peixe está pronto. Ela põe o meu pedaço em um prato de latão e pega uma colherada de milho de uma lata que havia aberto antes.

— Jantar — diz ela. — Se não fosse isso, seria porco com feijão.

— Será que Jasmine... Você quer fazer uma oração? — pergunto.

— Tudo bem — ela põe o prato nos joelhos. Eu também ponho e fecho os olhos. — Obrigada por este lugar. Obrigada por este peixe.

Abro meus olhos e vejo-a comendo.

— O que foi? Por que você está tão espantado?

— Suas orações são mais curtas do que as minhas.

— Tudo bem — ela fecha os olhos. — Obrigada pela companhia — ela os abre de novo. — Acho que agora cobrimos todos os assuntos, certo? Coma. Você tem que comer truta enquanto ela está quente, senão ela não fica saborosa.

Depois de mastigar uns pedaços, Jasmine diz:

— Mas você não respondeu à minha pergunta. Lá no lago, quando você ficou quieto durante aquele tempo todo, o que estava acontecendo?

— A maior parte do tempo fiquei repassando em minha mente tudo que aconteceu desde que encontrei a fotografia de Ixtel. Essas imagens do que aconteceu foram como notas musicais. Algumas soavam bem, outras, não. Gosto do som que fizeram quando procuramos e encontramos Jerry García. Parecia que tudo conspirava para que ajudássemos Ixtel. Foi nisso que pensei a maior parte do tempo, depois pensei na minha música interior e fui procurá-la.

— O que é isso, sua música interior?

— Desde os seis anos de idade, talvez até antes, mas minha primeira lembrança é dessa época, posso ouvir uma música, só que não é bem ouvir e não é bem música, é como se fosse. Jasmine sente emoções quando ouve um certo tipo de música?

— Sinto.

— Imagine sentir as emoções causadas pela música sem o som da música, mas sabendo que a música está lá. Só que as emoções que você sente são sempre boas, ternura e carinho, tudo de uma vez. Chamo de música porque é a melhor definição que encontrei para isso. Eu costumava ouvi-la sempre que queria. Bastava procurar que eu a encontrava, só que era mais esperar do que procurar. Agora ficou difícil encontrá-la. Praticamente acabou, eu diria. Tinha a esperança de que pelo menos enquanto eu estivesse aqui ela viesse.

— E?

Balanço a cabeça para indicar que nada de MI. Então eu digo:

— Encontrei a memória da música que eu costumava ouvir, mas depois até isso foi embora e fiquei ouvindo os sons que o lago fazia. E o som de Jasmine tentando pescar também.

Ela abaixa o prato. Seu peixe está esfriando. O meu também. É difícil falar de MI e comer ao mesmo tempo. Talvez também seja difícil para Jasmine me ouvir falar de MI e comer ao mesmo tempo.

— Imagino como essa música devia ser bonita. Você devia querer ouvi-la o tempo todo.

— Quando Marcelo era pequeno, era difícil sair dela. Felizmente, eu só conseguia ouvi-la quando a procurava. Mas era fácil encontrar.

Ficamos calados, olhando para o peixe que restou. Jasmine pega o prato dela e depois o abaixa de novo.

— Quer saber minha opinião?

— Quero.

— Acho que, o que quer que fosse que você estava fazendo lá no lago, procurando pela música ou tentando lembrá-la, como você diz, é o máximo que qualquer um de nós pode sonhar fazer. Essa habilidade que você tinha antes, isso não era deste mundo. Era um dom especial, não sei. E se for impossível ter isso e ser uma pessoa normal ao mesmo tempo? Você não escuta mais a música, mas agora você é de carne e osso como... eu, por exemplo. Agora você tem que prestar atenção e escutar, ver se consegue ouvir alguma coisa. Isso que estou dizendo faz sentido? Aqui eu fico um pouco fora do meu elemento.

Sentamos com o fogo estalando a nossa frente. As palavras de Jasmine soam lentas em minha mente como se fossem elas mesmas notas de uma peça de música. Ela se levanta devagar, pega os pratos e leva-os para o lago.

Quando volta, ela olha para a noite lá em cima.

— Está claro e nem tão frio. Poderíamos dormir aqui fora. Assim poderemos olhar as estrelas. Uau! Você viu aquilo? Foi a mais gigantesca estrela cadente que já vi. Ia de uma ponta do céu a outra.

Ela está removendo pedras e gravetos de uma área em frente a nossa barraca. Depois ela tira os sacos de dormir. Desenrola o dela. Meu coração começa a bater forte. A área em frente à barraca é pequena. Não há outro lugar para pôr o meu saco de dormir a não ser ao lado dela. Jasmine está batendo seu saco de dormir. Agora está abrindo o zíper. Estou em pé, paralisado, meu coração como chumbo.

— Você vai dormir em pé que nem Chunabum? — Jasmine está falando comigo, finalmente percebo.

Agarro umas palavras que estão passando pela minha cabeça:

— Onde. Saco de dormir.

— Acho que aqui é o melhor lugar — ela aponta o chão ao lado de onde está deitada. Eu me ajoelho e começo a desenrolar meu saco de dormir no ponto que ela indicou.

— Preciso ir ao banheiro.

Fico em pé de novo. Jasmine está deitada sobre seu saco de dormir, os braços atrás da cabeça, olhando as estrelas. Ela me passa a lanterna:

— Você sabe como é que se faz, não?

Estou tão nervoso que só percebo a gozação quando já estou tentando encontrar um lugar adequado.

— Não vá muito longe — ouço-a gritar. — É pantanoso ali atrás.

— Só vou fazer número um — grito de volta.

— Fico muito grata.

Quando volto, vejo Namu em cima do meu saco de dormir. Jasmine está de olhos fechados. É possível que ela tenha adormecido tão rapidamente? Entro na barraca atrás da minha mochila. Será que devo vestir o pijama que eu trouxe? Jasmine está de short e camiseta e tudo indica que vai dormir assim. Deixo o pijama dentro da mochila.

— E agora? — Jasmine pergunta.

— Preciso encontrar o lenço de papel para limpar minhas mãos.

— Boa-noite, Namu — ouço-a dizer. — Tome conta do seu dono bobinho.

Demoro o máximo para limpar as mãos. Agora acho gozado que eu tenha ficado tão nervoso com a ideia de dormir junto de Jasmine. O que está acontecendo? Ontem, Jonah me perguntou se eu me sentia sexualmente atraído por Jasmine, e essa noção me pareceu chocante. E agora isso. Toco meu abdome e sinto uma comichão. Então é essa a sensação de "borboletas no estômago". O que soltou essas borboletas lá dentro? A primeira e a segunda surgiram quando Jasmine falou sobre MI e como eu podia ser de carne e osso feito ela, e depois outras mil bateram asas quando ela apontou o lugar onde dormiríamos juntos. Não são desagradáveis, essas borboletas. Suas pequenas asas estão me empurrando para fora, fazendo cócegas pela antecipação de dormir junto de Jasmine.

Afasto Namu de maneira que ele fique a meus pés. Ele fica metade no meu saco de dormir, metade no de Jasmine. Descalço as botas e entro no saco inteiramente vestido. Estou olhando para o céu da noite. As estrelas parecem pequenos alfinetes em um teto escuro através do qual se pode ver o brilho que existe do outro lado. Fico deitado de olhos abertos, ouvindo a respiração de Jasmine. E aí ouço sua voz.

— Ontem, quando estava conversando com Jonah, você disse que estavam falando de peito aberto. O que você quis dizer com isso? Não precisa me contar se não quiser.

— Falávamos de amor.

— Ah, meu Deus.

— Ele te ama.

— Eu quero matá-lo.

— Mas ele não acredita que você um dia possa amá-lo.

— Eu o amo. Mas não dessa maneira. Ele é como um irmão mais velho.

— O que quer dizer amar alguém "dessa maneira"? É isso que Marcelo não compreende.

— Essa coisa do amor é difícil de entender, não é? — diz ela. — Você não é o único que tem problemas com isso.

— Jasmine também?

— Às vezes... — ela hesita — às vezes as pessoas se ferem e ferem as outras em nome do que acham ser o amor. Erros a granel são cometidos assim.

— Granel — gosto dessa palavra.

— É fácil errar. Quero dizer, é tão fácil a gente se perder. Você pode saber o que deve fazer da vida, e como fazer e aí, *bam*, aparece alguém e você descaminha e acaba no caminho errado, ou no lugar errado.

Ela se cala, como se suas palavras tivessem feito com que se lembrasse de algo.

— Isso é amor?

— Não sei. Como pode ser amor, se você acaba infeliz?

— É possível que eu não seja capaz de amar.

Ouço-a virar a cabeça para me olhar.

— Como você pode dizer isso? Veja como se sentiu quando viu a fotografia de Ixtel, a vontade de ajudá-la. Isso é amor.

— Mas eu não a amo "dessa maneira", como diz Jasmine. Amar alguém "dessa maneira", com o desejo que alguém como Wendell sente, isso não me parece possível.

— Graças a Deus. Wendell pertence à casta mais baixa da espécie humana, que fica abaixo da casta de muitos animais.

— E todos os sinais que uma pessoa faz para indicar que quer você "dessa maneira". Eu não conheço isso.

— Você aprenderá.

— Como agora. Não sei se o fato de estarmos dormindo juntos significa que vamos ter uma relação sexual. Como uma pessoa descobre a hora de ter sexo com outra? Supondo que Jasmine gostaria de fazer sexo. Como isso funciona?

Jasmine está rindo:

— Não sei. Conhecendo você, provavelmente a gente iria conversar e depois fazer uma lista. Ou então talvez passássemos por cima disso, e eu pularia em cima de você.

— Lembra do primeiro dia no escritório, você recomendou a Marcelo que ficasse longe de Martha porque ela poderia pular em cima de mim.

— E ela pulou?

— Jasmine, lembrei de outra pergunta.

— Ah, não.

— Se Jasmine e Jonah estivessem acampando, vocês dormiriam juntos um do outro?

— Hum. Estou sabendo aonde você quer chegar. Acho que devo dizer que não. Não dormiríamos assim — ela se alonga e me cutuca no peito com o antebraço.

— Então por que com Marcelo?

— Não sei. Você é sempre tão perguntador? Acho legal, só isso — ela se levanta.

— Talvez Jasmine não veja Marcelo como um homem.

— Não. Não é isso. De maneira alguma.

Ela abre seu saco de dormir e se enfia dentro. A conversa acabou. Em seguida, ela sai do saco de dormir, vira de lado e olha para mim. A conversa não acabou. Ela tem mais a dizer.

— Estou feliz porque você veio. Queria que você visse esse lugar — ela parece ter dificuldade para falar.

— Você queria que Marcelo pensasse no memorando e nas consequências de fazer algo com ele.

— Não só isso. Queria que você tivesse uma imagem deste lugar na sua mente, para que soubesse que isso existe. As pessoas acham que este lugar é perfeito. Viver uma vida simples perto da terra e todo esse papo. Existem pessoas mesquinhas e alcoólatras e contas de hospital para pagar e deprimidos a granel. Mas alguns de nós vivemos bem aqui, você sabe, a despeito de tudo. É uma vida mais simples que aquela no escritório. Mais silêncio, acho.

"Seja como for, queria que você visse. Você sempre será bem-vindo aqui. Pode vir e ficar por alguns dias ou pela... pelo tempo que quiser. Amos gosta de você, deu para ver. E você não me incomoda muito."

Ela olha para mim por um breve segundo e fecha os olhos.

Fico acordado ouvindo-a cair no sono, sentindo como é não se sentir só.

CAPÍTULO 25

Estou sentado no parque em frente à firma passando em minha mente as cenas de nosso acampamento. De vez em quando, me pego rindo alto. Sempre que nossa família saía de viagem, toda noite nos perguntávamos qual tinha sido o ponto alto do dia. "Marcelo, Marcelo, o que você diria? Qual foi o grande momento de nosso dia?" Era uma espécie de musiquinha que cantávamos um para o outro.

Então eu sento aqui, vendo tudo acontecer, sem deixar de fora qualquer detalhe. "Marcelo, o que você diria?", eu me pergunto. "É tão difícil apontar um momento. Eu tenho mesmo que escolher?" Outra parte de mim responde: "Sim, tem que escolher." Interrompo o diálogo porque eu sei muito bem, sem a menor sombra de dúvida, que o momento mais alto foi estar junto a Jasmine sob um milhão de estrelas.

É nisso que estou pensando quando noto que Wendell está se sentando perto de mim. Parece até que surgiu do nada. Wendell pega um cigarro, acende e traga profundamente.

— Fumar faz mal — digo a ele.

— Eu sei — responde Wendell. Ele dá umas tragadas antes de jogar o cigarro fora. — Como vai a coisa com Jasmine? — pergunta.

Sinto meu coração se acelerar. Chegou a hora de eu lhe dizer. Não terei prazer algum fazendo isso. Respiro fundo e digo, esforçando-me para olhá-lo nos olhos.

— Não vou convidar Jasmine para sair de barco com você.

Eu disse. Saiu. Olho para a cara de Wendell e vejo-o rir.

— Ah, é? Que surpresa. Na verdade, eu estava perguntando como ia a coisa entre você e Jasmine.

— Não é o que você está pensando. Entre Jasmine e mim. Somos amigos. Como você e eu já fomos.

— Piiff — Wendell faz um barulho de ar que sai de um pneu. — Soube que você foi acampar com ela. Como foi isso? Você a comeu?

— Tenho que voltar para o trabalho — digo, começando a me levantar.

— Sente-se — há raiva na voz de Wendell. Depois, mais manso: — Quero lhe dar uma coisa.

Olho para as mãos de Wendell, mas elas estão vazias.

— É a dádiva da verdade.

Sento-me de novo. Estou confuso. Espero que Wendell comece, mas ele está absorto olhando para um pombo que vem se aproximando de uma batata frita jogada perto de seu sapato. Wendell move o pé, abrindo caminho para o pombo se aproximar. Quando o pombo pula para perto da batata, Wendell dá um chute no pássaro, que vai catapultado pelo ar. O pombo atordoado dá uns passos bambos e sai voando. Olho para Wendell abismado. Nunca tinha visto alguém maltratar um animal.

Wendell senta ereto e gira o corpo para me encarar:

— Você tem coragem para lidar com a verdade, toda a verdade, nada mais do que a verdade?

— Sim — respondo nervosamente.

— Você se lembra da conversa que tivemos no clube? Você sabe, quando lhe falei sobre seu pai e o meu e a aliança entre eles.

— Lembro.

— E conversamos sobre o equilíbrio de poder que havia entre nossas famílias.

— Sim.

— Você se lembra quando eu disse que havia maneiras, maneiras simples, de perturbar esse equilíbrio. Um erro poderia ser feito por um dos sócios, e aí o outro teria mais poder.

— Você disse isso.

— O que vejo acontecendo agora é que o equilíbrio de poder foi perturbado. Você o perturbou. O equilíbrio existia apenas porque eu fiquei seu amigo. E o que você faz? Penso que você é um mongol inocente, e o tempo todo você está atrás de Jasmine. Não posso acreditar. Não posso acreditar que Jasmine prefira...

Lembro da conversa que tive com meu pai na primeira viagem de trem para o trabalho. *Ele queria que eu e todo mundo soubéssemos que meu filho é...*

— Não é verdade que eu estava atrás de Jasmine o tempo todo — ouço minhas palavras, mas elas não soam muito convincentes.

— Quero lhe dar isto — ele me entrega um pedaço de papel dobrado. — Não, não abra isso agora, por muito que eu apreciasse observá-lo lendo isso. Como parte do serviço que eu estava fazendo, fui verificar uns arquivos que os advogados mantêm em suas salas. Encontrei isso em um dos arquivos pessoais do seu pai junto com outros documentos. Quando li, pensei: "O que vou fazer com isto aqui? Se mostrar a meu pai, o equilíbrio de poder será afetado." Aí você apareceu e pensei comigo mesmo: "Não quero machucar esse garoto. Ele é tão ingênuo." Mas agora está na hora. Você quebrou a aliança. Portanto, está pronto para a dádiva da verdade. Isso é seu, para fazer como bem entender.

Wendell vai embora. Desdobro o papel e reconheço a letra de Jasmine.

Caro Dr. Sandoval:

Sei que o senhor gostaria que eu o chamasse de Arturo, mas nesta carta quero chamá-lo de Dr. Sandoval. Não sei o que aconteceu na última sexta-feira na festa de Natal. Eu não deveria ter bebido aquelas margaritas. Nunca tomo bebida pesada. Principalmente, quando o senhor se aproximou de mim e me perguntou se eu o encontraria no escritório porque tinha um presente para me dar, eu deveria ter dito não. "Obrigada, mas isso não é uma boa ideia." Gostaria de dizer que, honestamente, pensei que o senhor tivesse um presente para mim, mas a verdade é que de alguma maneira eu sabia o que iria acontecer e, ainda assim, fui. Uma parte de mim estava com medo de dizer não a meu chefe, mas dizer não para quem quer que seja nunca foi um problema para mim.

Não tenho ideia de como aconteceu. Digo a mim mesma que estava só e precisava me sentir perto de alguém. Meu irmão morreu há alguns meses. Estou com saudade de casa. Mas tudo isso é desculpa. Nunca deveria ter acontecido. Foi errado. Não acho que esteja certo que eu continue a trabalhar aqui, então, se estiver tudo bem para o senhor, gostaria de permanecer apenas o suficiente para eu encontrar um novo emprego. De outra maneira, por favor, considere esta carta meu aviso prévio de duas semanas.

Jasmine

Li a carta mais uma vez. E uma terceira vez. Depois, eu a li de novo até que o sentido da carta finalmente penetrasse minha resistência a acreditar. Procuro em cada frase seu significado, o que cada frase diz sobre meu pai e... sobre Jasmine. Vejo-o convidando-a a subir para pegar o presente. Vejo-o enganando-a da mesma maneira como Wendell faria para atraí-la para o barco. Depois estão os dois na sala de Arturo. O que aconteceu? Arturo e Jasmine tiveram uma relação sexual na sala dele. Não é essa a única interpretação possível da carta? Como pode haver outra interpretação? Vejo-o usando Jasmine. Ou será que havia amor da parte dele? Mas como pode haver amor quando se mente, quando uma pessoa se aproveita de outra que bebeu ou está se sentindo sozinha? Como pode haver amor se você prometeu amor a Aurora?

Estou de pé. Não me lembro quando me levantei ou se estive falando alto sozinho. Meu impulso neste momento é levar o memorando da Vidromek para Jerry. "Aqui, Jerry. Meu pai vai ter o que merece." Mas eu me sento de novo. Por mais que eu esteja revoltado e desapontado, existe uma parte de mim que quer esperar. Quando voltei do acampamento, eu sabia minhas razões para entregar o memorando a Jerry. Se lhe entrego agora o documento, será por vingança. Não quero agir por vingança. Existe algo que não é certo nisso.

E há essa outra emoção que estou sentindo. Não tenho um nome para ela. Está centrada em Jasmine. *Dizer não para quem quer que seja não é um problema para mim*. Machuca saber que ela não disse não. Machuca pensar que poderia haver algum amor por ele, apesar do álcool e da solidão. Machuca pensar que talvez ainda haja amor por ele. É isso o ciúme? Recordo como fiquei deitado ao lado de Jasmine, ouvindo sua respiração enquanto ela adormecia, minhas primeiríssimas borboletas de desejo dançando em meu abdome, e a recordação me entristece, como se tudo que senti fosse por uma pessoa diferente, uma pessoa que inventei. A verdadeira Jasmine é a que não conseguiu dizer não a meu pai.

CAPÍTULO 26

— O que está se passando nessa sua cabeça? — Aurora me pergunta a caminho do Templo Emanuel.

— Por quê?

— Não sei. Você não disse uma única palavra desde que chegou do trabalho ontem. Recusou-se a descer para o jantar. Às quatro, estava de pé passeando com Namu. Não quis ir para o trabalho hoje. Praticamente, tive que arrastá-lo da casa da árvore para vir comigo visitar Hesch. Sei que não foi o acampamento porque você estava feliz quando chegou. Aconteceu alguma coisa com seu pai no trabalho ontem? Por que você está tão calado?

— Marcelo está sempre calado.

— É verdade. Mas agora é um calado diferente. Você está me lembrando...

— Joseph. Logo antes de morrer — termino o pensamento dela.

— Como você sabe?

— Eu sei.

— Mas o calado de Joseph não era um calado ruim. Acho que não.

— Ele estava esperando.

— Esperando o quê?

— A música.

Ficamos em silêncio por alguns minutos.

A MI acabou. Nunca mais vai voltar. Era um produto temporário de meu cérebro, como meu interesse especial. Estou perdido. Não há como saber o que fazer com relação a Ixtel, a meu pai, a Jasmine. Não posso contar isso a Aurora. Ao contrário, digo a ela:

— Aurora está dando demais uma de mãe.

— Já nem me lembro mais desde quando você não vê a Hesch. É bom passar um tempo com alguém que pensa na mesma sintonia que você.

— Aurora pensa na mesma sintonia que eu.

— Não. Seus interesses religiosos vão muito além de mim. Além disso, você precisa falar sobre eles.

— A religião de Aurora é como o orvalho da manhã. Ninguém sabe de onde vem. Simplesmente existe.

— Bobagem. Não sou religiosa nem como o orvalho da manhã, nem como qualquer outra coisa. O escritório de advocacia transformou-o em poeta agora?

— Isso é da Bíblia.

— Qual livro e qual versículo?

— O quê?

— Essa frase sobre o orvalho na flor, em que parte da Bíblia está?

— Não lembro.

— Você agora deu para se esquecer das referências da Bíblia? Eu sabia que havia algo de errado com você. Você não tem ideia de como estou feliz por ter insistido para que você viesse conversar com Hesch. Não sei por que você resistiu tanto. Você sempre gostou de visitá-la.

É verdade, acho eu. Conversar com a rabina sempre foi uma de minhas atividades favoritas. Mas agora estou com medo.

Aurora me deixa no estacionamento de trás do Templo Emanuel. Estou subindo as escadas da entrada dos fundos quando ouço a voz da rabina.

— Estou aqui!

Ela está na ponta de trás do estacionamento segurando uma sacola de lixo verde. Ando em sua direção, levando o livro de Abraham Joshua Heschel que ela me emprestou.

— Olhe isso — ela diz quando estou suficientemente perto para ouvir sua voz num tom normal. Ela segura uma lata vazia de Bud Light para que eu veja. — A polícia me disse que a garotada volta aqui à noite para beber e transar. Você acredita nisso? No estacionamento de um templo! Não existe mais nada sagrado? — com seus óculos de sol verde fluorescente, gigantes, ela parece uma das rãs amazônicas que Yolanda costumava criar no viveiro. Ela dá um sorriso resplandecente: — Como vai meu jovem *mensch*?

— Trouxe de volta seu livro — entrego-lhe o exemplar. Noto uma garrafa de cerveja meio enterrada nas folhas e curvo-me para pegá-la.

— Obrigada — ela pega primeiro o livro e o deposita em uma de duas cadeiras de jardim esfarrapadas. Depois, pega cuidadosamente a lata da minha mão com seus dedos enluvados de amarelo. — Não pode ser um de nossos garotos. Nenhum jovem judeu temente a Deus beberia isso. Quando eu achar uma garrafa de vodca, vou começar a me preocupar — ela aperta a sacola de lixo e aponta para as velhas cadeiras de jardim. — Vamos sentar do lado de fora. Está liiinndo hoje.

Estamos no meio de agosto. As folhas dos carvalhos, de um verde-escuro, já cresceram tudo que tinham para crescer. A rabina Heschel espera que eu me sente e posiciona a cadeira em um ângulo que não lhe permite me olhar diretamente no rosto. Depois respira fundo e dobra as mãos no colo.

Lembro de visitas à rabina em que não mais do que *oi* e *até logo* foram ditos. Era uma das coisas de que eu mais gostava nela. Eu não tinha que pensar em algo para dizer quando estava com ela. Agora o silêncio está desconfortável.

Não sei quanto tempo passa até ela dizer:

— Você tem lembrado ultimamente?

Essa é uma pergunta à qual não quero responder. Decido contrapô-la com outra pergunta:

— Aurora acredita em Deus?

— Você já perguntou a ela?

— Uma vez — respondo. — Ela respondeu com uma pergunta, como a rabina gosta de fazer. Ela disse: "Que diferença faz se eu acredito ou não?"

— E o que você acha que ela quis dizer?

— Diga-me você o que acha.

Ela suspira. Vejo suas mãos apertando o braço da cadeira.

— Aurora acredita em Deus à sua maneira — ela fala tão baixo que mal a ouço.

— Eu sei por que Aurora não gosta de conversar sobre religião.

— Diga-me então.

— Havia uma menininha no Santa Elizabeth uma vez, que morreu porque os pais se recusaram a consentir uma transfusão de sangue. A religião deles proibia.

— É, eu lembro.

— Aurora ficou muito brava.

— E triste.

— Os pais da menininha acreditavam estar seguindo as ordens de Deus.

— A religião deles lhes dizia isso, sim.

— Eles estavam errados? Os pais? Sei que Aurora acha que eles estavam errados. O que pensa a rabina?

A rabina Heschel tira os óculos de sol e os pendura do lado da cadeira.

— Acho que nós, e aí eu digo todos nós, cada um de nós que trabalha com religião, fizemos uma trapalhada em grande estilo.

— Não é possível saber o que Deus quer de nós.

— Vamos apenas dizer que, porque somos humanos, existe um elemento de incerteza na interpretação de Sua vontade.

— As pessoas matam umas às outras e acham que Deus lhes pediu que fizessem isso.

— É verdade.

Ambos olhamos para cima na direção do piado duplo de um tordo: fi-fiu, fi-fiu, fi-fiu. Vejo inchar o peito ocre do tordo com o ar inalado antes de ele soltar o piado.

— Eu não lembro mais — digo a ela. É bom pôr as palavras para fora.

A rabina Heschel permanece impávida, como se fosse natural que um dia, de repente, eu parasse de orar ou lembrar. Ela espera um pouco antes de falar de novo.

— Um dia depois que Lucy morreu, a menininha cujos pais não autorizaram a transfusão, Aurora se levantou de manhã e foi trabalhar. Arduamente, ela tentara fazer com que o hospital combatesse a decisão dos pais. Ao final, um juiz decidiu a favor do hospital, mas aí já era tarde demais.

— Era.

A rabina Heschel ri uma risada curta, triste. E depois diz:

—Você acha que Deus se importa a mínima se Aurora acredita ou não Nele? Ela não precisa acreditar em Deus, nem mesmo se lembrar Dele para fazer a Sua obra. Seu credo está em suas ações, e tudo bem assim.

— Deus está com ela como o orvalho da manhã.

— Ideias sobre Ele não são o que Ele quer. Ele quer ações. Mas isso não quer dizer que ela ache que tem que ser assim para todo mundo. Eu sou a melhor amiga de Aurora, e minha cabeça gira em torno de conversas sobre Deus dia e noite. Eu acredito que o Deus Único, bendito seja, nos ajuda a conhecer Sua vontade por intermédio das palavras de Seus homens e mulheres consagrados e por meio dos acontecimentos da história, porque Ele sabe que nós precisamos de toda ajuda possível. E precisamos lembrar as palavras sagradas e os acontecimentos históricos o máximo possível, porque é de nossa natureza esquecer. Isso é parte da minha tradição. E, olhe, Aurora traz você aqui para conversar sobre Deus comigo, embora eu ache que ela faça isso só para garantir que eu permaneça humilde, que é o que as boas amigas fazem.

—Você sabe onde na Bíblia se diz que Deus chega a nós como o orvalho da manhã?

— Não há nada que diga que Deus Pai chega a nós como o orvalho da manhã — afirma ela com absoluta certeza. — Há algo em algum lugar sobre Seus favores chegarem a nós como o orvalho da manhã.

— Não consigo lembrar onde.

— É um verso de um poema de um de seus místicos. Boa e velha Metchild. Você deveria saber, foi você que me apresentou a ela.

— O amor de Deus desce sobre nós como o orvalho sobre a flor — lembro de repente as palavras. — Mas Metchild estava apenas repetindo uma imagem da Bíblia hebraica.

— Amor, favores, Deus, são belas imagens de qualquer maneira. Não me surpreende que alguém de nosso povo as tenha criado.

Ela sobe e desce com as sobrancelhas rapidamente. Um gesto cuja intenção é imitar Groucho Marx, um dos comediantes prediletos da rabina.

— Não tenho mais interesse na Bíblia — afirmo.

— E nos outros livros sagrados?

— Também não.

— Por quê?

Reflito antes de responder:

— Johnny é um garoto de Paterson. Ele e eu entramos para Paterson ao mesmo tempo. O interesse especial de Johnny é o beisebol. É obcecado com fatos e estatísticas de beisebol. "Em qual jogo Babe Ruth marcou seu quadricentésimo home run e quem arremessou?" Johnny vai lhe dizer. Sempre achei que era um interesse especial idiota. Qual a vantagem de saber esse tipo de coisa?

Paro de falar.

— E agora você acha que ler a Bíblia e seus outros livros é exatamente igual ao interesse especial de Johnny.

— É exatamente a mesma coisa. Ele pode lhe falar sobre a ocasião em que Babe Ruth completou um home run e eu posso lhe falar sobre Ruth, a moabita.

— Sou obrigada a discordar. Parece-me que você lê a Bíblia por razões diferentes daquelas que movem Johnny a estudar livros de beisebol. Você não está simplesmente memorizando, está buscando, ouvindo, respondendo até. A história de

Ruth, a moabita, ensinou-lhe algo sobre como viver. A Bíblia está viva para você de uma maneira que as estatísticas de beisebol não estão para Johnny. A Bíblia e seus livros sagrados lembram a você do que lembrar. Era assim que você costumava rezar, certo? Você decorava as palavras de seus livros sagrados e depois as lembrava, e assim fazendo trazia à vida o mistério e a realidade por trás das palavras.

— Johnny também lembra. Seus momentos mais felizes são quando está lembrando seu beisebol. Não tem diferença.

Ouço-a suspirar novamente. O tordo agora está no meio do estacionamento saltitando freneticamente para lá e para cá.

— Aconteceu alguma coisa no escritório de advocacia.

— Aconteceu.

— Você descobriu algo sobre o mundo em que nós vivemos, alguma complicação que o puxa em direções diferentes.

Meneio a cabeça.

— Você está perdido, não sabe o que fazer. Perdeu os referenciais nos quais costumava se apoiar.

Meneio a cabeça.

A rabina Heschel alonga os pés, olha para cima e fecha os olhos na direção do sol.

— Já lhe contei como me tornei rabina?

— Não.

— Meu cérebro se contorceu todo por causa dessa decisão.

Volto-me a tempo de vê-la sorrir.

— Era o Todo-Poderoso me chamando, ou seria eu mesma querendo simplesmente passar por cima dos machos, inclusive aqueles da minha família mais próxima, que acreditavam que esse negócio de Deus não era negócio de mulher? O que meu pai mais queria era que eu fosse advogada.

Tento imaginar a rabina Heschel com seus óculos verde neon, sentada atrás da imaculada mesa de vidro de Stephen Holmes. A imagem me faz rir por dentro.

— O quê? Você acha que eu não daria uma boa advogada?

— Acho que não. O cérebro da rabina é poderoso demais.

— Foi exatamente o que pensei. Eu poderia ser advogada, mas aí aquela ampla pastagem verde do meu cérebro ficaria ociosa. Que desperdício, não? Eu teria que encontrar um trabalho que utilizasse minha esmagadora capacidade intelectual — ela levanta os sacos verdes de lixo e joga dentro as latas de cerveja.

Sorrio.

Ela continua:

— Acho que seu cérebro é como o meu. Nunca soube com certeza se ir para o seminário era o que Deus queria que eu fizesse. "Com certeza", eu costumava me queixar, "para Moisés você apareceu como um arbusto em fogo, enquanto para mim aparece como hemorroidas em fogo." Eu sabia que ir para o seminário era o que o Senhor queria de mim no final das contas, quando o fogo estivesse, se não extinto, pelo menos suportável.

— Em fogo — sei exatamente do que ela está falando.

— O amor de Deus desce sobre mim como o orvalho sobre a flor, louvado seja, mas às vezes nós nos arrastamos ao longo de nossas vidas confortáveis e *bam*, Ele desce sobre nós como um jorro de gasolina... E depois Ele acende um fósforo. Por que será que estou achando que você passou todos esses anos banhado em gasolina e que agora Ele lhe ateou fogo?

Ixtel foi o fósforo, digo a mim mesmo.

Ela espera para que eu responda. Depois de um tempo, diz:

— Descobri o que Deus queria de mim porque a urgência de fazê-lo tornou-se dolorosa demais para que eu pudesse ignorar. Fui para o seminário para finalmente poder dormir.

— A urgência Urge.

— Uma ótima palavra, não é? Parece que um pedaço de *gefilte fish* agarrou na sua garganta, e você tenta tirá-lo tossindo e engolindo. Urrrge. Uuurgu — ela imita uma pessoa engasgando.

— "Urgência" e "urgente" têm a ver com urgir — digo.

— Assim como "re-gurgi-tar" — retruca, de gozação.

— A urgência que a rabina tinha... tem... ainda tem... é um anseio, "como um cervo que anseia pela água corrente do riacho".

O olhar da rabina Heschel fica mais suave. Ela vira o rosto e se concentra no trabalho sistemático de um pica-pau.

— Eu precisava ouvir isso — diz, ainda sem me olhar.

Senta-se ereta, suas costas rentes às costas da cadeira.

— Só que nosso anseio por ele, o grande anseio, o anseio com A maiúsculo, às vezes se confunde com centenas de outros pequenos anseios, alguns deles sem grande problema, outros nem tanto. Para a maioria de nós, o grande anseio fica oculto sob uma montanha de tolices e egoísmo.

Penso em Jasmine, Arturo, Oak Ridge High.

A rabina continua:

— Ele está urgindo que você faça algo que pode doer, não é isso?

Faço que sim com a cabeça.

— Não sei o que faria se achasse que Deus estava me pedindo para fazer algo com consequências dolorosas, algo que exigisse coragem e sacrifício. Não que Ele não peça, eu apenas tenho medo. Nos dias de hoje, só o que Ele pede são ações que exigem coragem. Sei que Ele precisa que eu faça algo com maior valor de choque, como o que os profetas faziam, despertando as pessoas do estupor confortável. Eu pregaria para elas, nua como Oseias. Mas olhe para mim. Você acha que alguém prestaria atenção? "Desperte, desperte", eu diria, pulando em volta vestida com minha roupa de aniversário. "Você está preocupado com a compra de uma Mercedes nova, ou se Fulano de Tal está sentado mais perto do Tabernáculo, e o tempo todo Deus está implorando por sua ajuda. É urgente! Ele urge que você desperte. As urgências que você tem, seus anseios, são obra Dele, mas você está misturando todos os sinais. Você pensa que Ele pede que você seja um grande sucesso no campo em que você deposita suas ambições, mas não é nada disso que Ele quer."

Ela então para de falar e faz um esforço concentrado para se acalmar. Recomeça com um tom mais tranquilo, mais íntimo.

— Se eu afirmasse que Deus fala conosco por meio de nossas urgências apenas quando elas são seguras e convenientes e totalmente civilizadas e não machucam ninguém, que sentido teria isso? Se lhe dissesse que não há problema com seus anseios desde que eles fiquem dentro das normas do que nosso mundo considera normal, eu estaria indo contra toda a minha tradição. Meu povo *descobriu* as urgências divinas, pelo amor de Deus. E não eram urgenciazinhas menores. Eram urgências dilaceradas, de abdicação, de doação, de entrega e sacrifício. Não sem batebocas e regateio, garanto a você, mas no final das contas urgências da pior espécie, do tipo que exige tudo.

A rabina abre bem os olhos, e vejo suas pupilas escurecerem quando ela começa a falar novamente.

— Será que acho que estão erradas as pessoas que deixam seus filhos morrerem ou que se explodem em nome de Deus? Sim, eu acho. Elas começam certas e acabam erradas. Começam santas e acabam demoníacas. Será que o desejo de fazer justiça é do mesmo tipo do fogo interior que faz as pessoas negarem transfusão a seus filhos moribundos, ou que faz com que se explodam, ou busquem vingança? O que posso lhe dizer? Tenho que dizer que essencialmente é. É a mesma seiva que vem do solo, sobe pelas raízes, segue tronco acima até alcançar as ramas. E aí escolhe. Se a seiva chega a um ramo, isso é bom e a árvore frutifica. Frutos bons, bonitos e nutritivos. Se a seiva chega a outro, isso é mau e não há frutos, a não ser pelo figo seco e sem uso. Mas a seiva, a seiva é a mesma, os frutos é que são diferentes.

Sinto-a me estudando, como se quisesse ler meus pensamentos.

— Seu fogo. O fogo em que você se encontra. Você tem que se assegurar que vá pelo ramo certo. Cabe a você.

— O fogo dói.

— Dói. Não tem como escapar.

— E há raiva e vingança no fogo. O fogo quer ferir os trapaceiros e os que infligem sofrimento.

— É assim. Mas as urgências Dele são sempre em direção à vida e mais vida e perdão e mais perdão. E o que vem Dele é como aquelas suculentas romãs que eu vi em Israel: sem graça por fora, mas por dentro plenas de rubis cheios de luz, que são doces e preciosos, que saciam e alimentam. Como aquelas palavras de Miqueias, simples, mas incrivelmente ricas: "O que o Senhor pede de você, além de que faça justiça, ame a gentileza e caminhe humildemente ao lado de seu Deus?"

Como é possível ser gentil com Arturo depois de sua trapaça, de sua incrível falta de gentileza? E Jasmine? Digo a mim mesmo que não há nada do que perdoar-lhe, e ainda assim permanece o sentimento de ter sido ferido por ela. Parece resistir ao perdão.

Mas posso fazer justiça por Ixtel.

Vemos o carro de Aurora parar no estacionamento. A rabina Heschel põe sua mão no meu braço.

— Marcelo, antes de você ir, deixe-me fazer o papel da rabina uma vez na vida dizendo-lhe o seguinte: esse negócio de tentar descobrir a vontade do Senhor é muito confuso. Confuso e doloroso, um negócio que nunca fica claro. Mas lá no fundo de nossos desejos e confusões conflitantes existe a noção do que é certo e do que é errado. O que mais podemos fazer senão confiar e contar com essa noção? O que mais podemos fazer além de confiar que Ele esteja na origem do que sentimos e esperar que Ele esteja ao final da trilha que queremos seguir? Confie na sua noção de que você está trilhando a direção correta porque, no fim das contas, isso e a capacidade de diferenciar entre o figo seco e a romã são tudo o que temos.

Estamos os dois olhando para Aurora. Ela salta do carro, acena, dá alguns passos em nossa direção e para. Agora está tentando remover pedaços de uma goma grudenta da sola branca de seu sapato.

— E se fazer a vontade de Deus machucar as pessoas que a gente ama?

— Ufa — ela respira fundo e há uma expressão de força em seu rosto, como se, por baixo de seu jeitão atrapalhado, existisse alguém capaz de provocar medo quando necessário. — Olhe para mim.

Olho para ela, que diz:

— Confie Nele. Ele saberá usar as consequências dolorosas para Seus próprios fins. Há algo mais que eu possa lhe dizer?

— Não.

— Como você vai saber o que fazer?

— A rabina me ajudou. E...

— Sim?

Lembro da conversa que Jasmine e eu tivemos na cafeteria:

— A nota certa soa certa, e a nota errada soa errada.

— Boa — diz ela. — Olhe só.

Abre o livro de Abraham Joshua Heschel, folheia as páginas e lê:

— Nosso esforço é nada mais do que o contraponto da música de Sua vontade.

— E se eu não ouvir a música? — pergunto.

— Isso é a fé, não é? Seguir a música quando não a ouvimos.

Ela aperta meu abraço e ri para mim. Então a rabina Heschel sinaliza para Aurora que finalmente terminamos.

CAPÍTULO 27

A segunda ida ao escritório de Jerry García fica bem mais fácil do que a primeira. Agora sei qual lado é leste e qual é oeste. É de manhã cedo, mas já tem gente esperando por ele. Encontro uma cadeira e me sento à parte. Não disse a ninguém no escritório o que iria fazer. Não fui ontem. Eles imaginarão que não irei hoje também.

Quando abre a porta para deixar uma jovem sair, Jerry García me vê. Ele diz algo em espanhol para um homem idoso e pede que eu entre.

— Quer sentar?

— Não — digo, tirando a mochila das costas.

— Marcelo — ele faz um movimento para que eu deixe de olhar dentro da mochila. — Você encontrou algo que pode ajudar Ixtel.

— Encontrei.

— E você pesou todas as consequências.

— Pesei.

— Você tem certeza? Não o estou forçando a fazer coisa alguma. Isso é algo que você decidiu sozinho. Você pode sair desse escritório agora sem qualquer problema e absolutamente sem me aborrecer. Você está entendendo?

— Estou entendendo — respondo, olhando diretamente para ele. — Encontrei um memorando do chefe do controle de qualidade para o presidente da Vidromek dizendo que os para-brisas apresentavam defeito.

— Eu sei.

— Sabe?

— Eu sabia que um memorando com os resultados dos testes tinha que estar em algum lugar. É procedimento-padrão que o chefe do controle de qualidade envie ao presidente da firma os resultados dos testes. Mas quando outros escritórios de advocacia pediram o memorando, a resposta que voltou era de que tinham perdido o documento.

— Eu o tenho aqui.

— Não me dê nada. Quero poder dizer que você nunca me deu nada. Dê somente uma deixa. Algo que os faça saber que eu sei da existência do memorando. Você disse que era um memorando do chefe do controle de qualidade para o presidente da Vidromek. Qual é a data do memorando?

Eu leio: "21 de junho de 2005."

— Basta.

Pus o memorando na mochila e me aprontei para sair.

— O que vai acontecer com você?

— Vou terminar meu último ano numa escola pública. Paterson acabou. Treinar os pôneis também acabou.

— Vai ser duro.

— Vai. Mas dá para encarar. O que vai acontecer com Arturo?

— Por quê? Você gostaria que algo acontecesse com ele? Espero que você não esteja fazendo isso por estar zangado com seu pai ou alguma coisa do gênero.

— Não. Tenho certeza de que o motivo não é esse.

— Não que me importe. Quer dizer, você pode ter as razões que quiser. Ouça, vou tentar fazer isso de maneira a causar o mínimo possível de mal para você e seu pai. Mas não dou qualquer garantia. Depende do seu pai, de ele estar disposto a negociar comigo. Se ele quiser jogar duro, eu vou fazer o mesmo. Mas tenho que lhe dizer: eu gostaria de foder com a vida do Stephen Holmes e daquele bundão do filho dele, como é mesmo o nome?

— Wendell — respondo, lembrando da conversa telefônica com Yolanda no meu primeiro dia de trabalho, parece que foi há milênios.

— Uns merdinhas. Vou tentar me controlar. Ei, eu acabo de me lembrar de uma coisa. Tenho que visitar as Irmãs no final desta semana. Você gostaria de vir comigo?

— Não sei.

— Duas horas. É só o que leva. Vou telefonar para o escritório, porque de repente você pode querer vir.

Ele estende a mão e eu a aperto.

Do lado de fora do escritório de Jerry García, eu respiro fundo. A memória do Lago Escondido me vem à mente, suas águas verdes e calmas e profundas.

CAPÍTULO 28

Estou agrupando arquivos da sala de Wendell. Julie quer que eu os ache e copie. Cheguei tarde, depois da primeira rodada do correio, e consegui evitar um encontro com Jasmine.

Wendell se põe em pé a minha frente. Está vermelho de ódio.

— Você já fodeu alguém, Gump?

Não é absolutamente da conta de Wendell, mas mesmo assim eu respondo:

— Não.

— Bem, agora você nos fodeu em grande estilo. E, quando digo "nos fodeu", estou me referindo a todo mundo na Sandoval & Holmes, você inclusive.

Não respondo.

— Esse sujeito Jerry García liga para meu pai hoje de manhã e diz que quer um documento datado de 21 de junho de 2005 enviado pelo chefe do controle de qualidade ao presidente da Vidromek. Agora, como ele poderia saber a respeito desse memorando?

Visualizo Jerry García e Stephen Holmes conversando, cada um em seu escritório. Stephen Holmes pensando que Jerry

García não tem a menor importância e de repente tendo que lhe dar atenção. Depois imagino Jerry García naqueles jogos de pôquer da escola de direito, todo mundo pensando que é um idiota até ele mostrar suas cartas.

— Eu vou lhe dizer como é que ele sabe.

Ele tira do bolso um pedaço de papel. Abre na minha frente e eu reconheço o memorando da Vidromek.

— Sabe onde eu encontrei isso? Quando esse García ligou, eu vi na hora que tinha que ser você. Bastou olhar na sua mochila, e estava lá.

Eu me dou conta que esqueci a mochila na sala do Robert Steely, onde estava sentado.

— Isso é particular.

— Você quer saber o que é particular? Esse memorando é particular. Onde você o encontrou?

— Encontrei nos arquivos da Vidromek que você me deu como primeira tarefa — eu minto. Mas tenho enorme prazer em observar Wendell assustado. Wendell pensa que é culpa dele o documento ter parado nos arquivos gerais. Por mais que eu não tenha claro o que sentir com relação à Jasmine, estou feliz porque Wendell não desconfia dela.

— Esse cara, Jerry García, é peso leve. Com uma graninha, meu pai faz com que ele suma. Estamos preocupados é com os grandes escritórios, se eles descobrirem que fizemos um acordo. Vão saber que estamos vulneráveis e vão nos bater com força.

— Não estava certo ocultar o memorando.

— Você sabe alguma merda? Hein? Veja isso aqui — ele aponta o segundo nome do memorando: *Lic. Jorge Baltazar.* — Esse "lic" quer dizer *licenciado*, advogado em espanhol. Por orientação do meu pai, toda correspondência e memorandos para o presidente da firma passam por esse cara, provavelmente um garoto que arquiva papelada o dia todo, mas ainda assim um advogado. Todos os memorandos para o presidente tinham que ser endereçados também a ele. Sabe por quê?

Faço que não com a cabeça.

— Não, não sabe, eu não achei que você soubesse. É por isso que, quando alguém como você recebe diretrizes para a realização de uma tarefa, supõe-se que as siga. O sistema foi montado com o Baltazar de maneira a proteger os documentos por um privilégio advogado-cliente. Você sabe o que é isso?

De novo, nego com a cabeça.

— Um documento protegido por privilégio advogado-cliente não tem que ser mostrado ao outro lado mesmo que solicitado no contencioso. A lei permite isso para que advogado e cliente possam se comunicar com toda liberdade. Agora, vou soletrar isso para você: esse memorando não tinha que ser entregue ao Jerry García ou a quem quer que fosse. As regras do processo civil nos permitiam guardá-lo. Sim, talvez uma cópia dele estivesse nos arquivos gerais. Mas eu tinha outra cópia em um arquivo com todos os documentos que não eram para ser mostrados porque estavam protegidos pelo privilégio advogado-cliente.

Por alguns minutos, penso que talvez eu tenha errado indo ver Jerry García. Tento pegar qualquer coisa que Wendell tenha dito de maneira que eu possa responder.

— Mas... você disse... esse privilégio é para proteger a comunicação entre o advogado e seu cliente.. mas... aqui não houve comunicação. O advogado não comunicou coisa alguma. O memorando era do engenheiro ao presidente da companhia — e aí eu vejo um raio de luz. — O arranjo criado por Stephen Holmes era uma maneira de escapar da lei.

— Você é um retardado equivocado.

Será possível que esse seja o Wendell que eu queria como amigo? Isso tudo estava dentro dele o tempo todo? Sinto seu ódio por mim. Penso que Wendell tem muito a perder, talvez mais do que eu tenha. Talvez ele perca seu carro e seu barco e até as mulheres.

— Em que mundo você vive? Você é um idiota. Um imbecil.

Sorrio.

— Qual é a graça?

— É engraçado que na sua raiva você esteja me tratando como se eu fosse normal. Não há nada no que está me dizendo que você não dissesse a alguém que fosse normal por sua definição.

Wendell pega uma pele na parte de trás do seu pescoço e a puxa.

— Inferno, que me importa? Tenho mais três semanas nesse lixo e depois estou fora. Seu pai quer falar com você.

Levanto-me.

— Você pensou na aliança quando encontrou o memorando?

— Sim.

— Mas foi em frente e o entregou a Jerry García. Por quê? Por que você fez isso?

— Encontrei também a fotografia da garota que Jerry García representa. O nome dela é Ixtel.

— A garota.

Vejo Wendell recordando a fotografia de Ixtel em sua mente e talvez a jogando no lixo. Por um minuto, tenho a impressão de que ele vai concordar comigo de que fiz a coisa certa. Mas ele não é capaz.

— Bem, você fez o que achou que devia fazer — diz ele num desabafo. — Agora você terá que pagar a conta.

— Pagar a conta.

— A conta. Todos nós vamos pagar a conta pelo que você fez. O tamanho da conta ainda vamos ver. Eles estão todos lá dentro tentando descobrir como fazer essa conta ficar a menor possível, mas vai haver uma conta. Mas, estou pensando, qual vai ser a sua conta? Ah, claro, você não vai conseguir voltar para sua escola de retardados como queria, mas... Não sei, não me parece o suficiente, comparado com o que o resto de nós tem a perder. Então eu pensei que talvez devesse mandar para sua mãe uma cópia daquela cartinha que Jasmine escreveu. O que você acha?

Sei que ele está esperando que eu mostre medo. E está lá, o medo. Tenho medo de que Aurora sofra vendo a carta. Mas para mim não é difícil esconder o medo, de modo que saio sem qualquer expressão em meu rosto.

Vou para a sala de Arturo, que permanece olhando os papéis a sua frente enquanto me ponho diante dele. Depois do que parece um longo tempo, ele levanta os olhos.

— Acabei de desligar o telefone com Jerry García.

— Sim.

— Ele concordou em desaparecer.

Começo a abrir e fechar as mãos, mas consigo me controlar.

— É claro — Arturo está sentado ereto em sua cadeira de couro, os olhos sem piscar, fixados em mim —, ele agora quer setenta e cinco mil dólares. "Todo mundo precisa viver", diz ele. Você sabe o que você fez? — sua voz começa a tremer.

— Sei.

— Quando ele telefonou a primeira vez para Stephen, García não disse nada a seu respeito. Apenas perguntou pelo memorando de 21 de junho de 2005. Wendell descobriu que foi você.

— Você sabia da existência do memorando.

— Eu sei de tudo que acontece no escritório. Stephen e eu não temos segredos um para o outro.

Sinto recriminação na voz de meu pai. Ao contrário de Stephen Holmes, seu próprio filho tem segredos para ele. Mas aí, de novo, Arturo também tem seus segredos. Olho em volta no escritório e imagino Arturo e Jasmine naquela noite da festa de Natal e me pergunto onde eles fizeram sexo e como. Algo muito pesado desce e se instala em mim, se instala em cada canto da sala. Ponho a mão no bolso e toco a carta de Jasmine. Quero puxá-la e jogá-la sobre Arturo, mas paro antes disso.

— Você tem algo a dizer?

— Não.

— Sei que você acha que estávamos fazendo algo errado não entregando aquele memorando a García. Sinto muito pela menina. Mas estávamos fazendo o que a lei nos permitia fazer. Estávamos representando nosso cliente zelosamente, usando toda argumentação razoável em apoio a seu caso. Existe uma razoável argumentação de que um documento, uma vez visto pelo conselho, entra em regime de proteção pelo privilégio advogado-cliente. Temos o direito de usar esse argumento em favor de nosso cliente. E o memorando por si só não é prova de responsabilidade. O engenheiro que o escreveu pode ter errado, ou talvez ele tivesse uma bronca do patrão e quisesse se vingar, ou quem sabe os para-brisas não estivessem bem-instalados, e o pessoal que fez a instalação seria o culpado, e não a Vidromek. Você... você... você simplesmente se atribuiu a responsabilidade de decidir o que era certo e o que era errado. Quem lhe deu essa autoridade? — ele para. — Por que você não veio falar comigo?

— O que Arturo teria feito?

— Teríamos conversado. Eu lhe diria como funciona a lei. Talvez nós pudéssemos ter feito uma doação pessoal a esse lugar onde a menina vive. Você não confiava em mim?

Não sei o que dizer. Por que não fui a ele quando encontrei a fotografia de Ixtel? Tenho dúvidas dentro de mim.

— Se eu tivesse vindo conversar, você daria a Jerry García o que ele estava pedindo?

— Não. Claro que não. Isso seria admitir que a Vidromek era a responsável.

— Mas você estava disposto a dar ao homem da academia o que ele pediu. Você disse a ele que convenceria a Vidromek a pagar em troca de um pequeno bônus. Por que ele é diferente de Jerry García? Por que os clientes dele são diferentes de Ixtel? Que pequeno bônus é esse que faz tanta diferença?

Vejo em seu rosto uma expressão momentânea de choque. Como se meu pai tivesse de repente descoberto que tenho um cérebro.

— Merda, Marcelo! O mundo não é só preto e branco. Existem regras que você desconhece. Regras que preciso seguir para sobreviver. Essas são as regras do jogo que eu jogo, do sistema em que vivo! O sistema que põe comida em sua mesa e que o deixa viver numa casa em cima da árvore e que paga uma escola particular especial para você — ele levanta a voz e se levanta tudo, ao mesmo tempo. — E essas eram as regras que você deveria obedecer este verão. Você não obedeceu! Uma tarefa lhe foi dada, e você não a concluiu. Você sabe o que você fez?

— Eu sei — respondo. — Eu sabia o que aconteceria a todos nós. Marcelo não conseguiu obedecer às regras do mundo real. Ele sabe. Ele vai passar o próximo ano em Oak Ridge High. Ele sabe. Ele sabe. Ele sabia que isso aconteceria antes de falar com Jerry García. Ele pensou em tudo. Tudo que aconteceria. E ainda assim fez. E ainda assim faria de novo.

Agora ele está calado. Vejo suas mãos abrindo e fechando como eu faço quando não encontro palavras para o que quero dizer. Eu espero e espero e então ele diz:

— Sabe do que mais? Faltam poucas semanas para acabar o verão. Por que não acabamos esse trabalho de férias no final desta semana? Use os próximos dois dias para terminar o que você estava fazendo. Aí você poderá usar o resto do verão para se aprontar para Oak Ridge. Compre os livros que você vai precisar. Contrate umas aulas particulares para acelerar seu processo.

Ele volta a se sentar em sua cadeira e baixa a cabeça para olhar o documento que está a sua frente.

Eu me viro e dou dois passos em direção à porta. Paro. Sinto a carta de Jasmine dobrada no bolso da camisa. Lembro das palavras da rabina Heschel. *Confie Nele. Ele saberá usar as consequências dolorosas para Seus próprios fins.* Então me viro de novo, ando até a beira da mesa e estendo minha mão com a carta de Jasmine para ele.

— O que é isso? — ele pergunta antes de pegá-la.

— Wendell me deu isso. Ele chamou esse papel de "a dádiva da verdade". Acho que você deveria ficar com ele.

Ele pega o papel da minha mão. Espero que ele comece a ler antes de sair da sala.

CAPÍTULO 29

Saímos da Interestadual quando vemos os sinais para Lawrence. À medida que serpenteamos pelas ruas, começo a ver mais e mais sinalização em espanhol, nas lojas, nos restaurantes. A pele das pessoas é castanha ou negra. Paramos em frente a um prédio verde de três andares. Todas as janelas estão abertas e no andar de cima vejo uma cortina branca flutuando sobre a rua como uma bandeira.

— Chegamos — diz Jerry. — O lugar é aqui.

Saímos do carro e andamos até a porta. Agora estou com essa sensação de constrangimento. O que vou dizer a Ixtel? Por que estou aqui? Pela porta de proteção, ouço alguém chorando. Jerry García toca a campainha e alguns minutos depois a porta se abre.

— Gerónimo! — diz uma voz de mulher. — Entre, entre.

É uma mulher grande com um cabelo branco arrepiado que imediatamente me traz à mente a ideia de uma versão mais escura e mais fortona da rabina Heschel.

— E esse é Marcelo?

— Eu trouxe algumas coisas — diz Jerry a ela voltando para seu carro.

— Eu trago limonada — a mulher segura minha mão e me puxa para dentro. Antes que eu perceba o que está acontecendo, ela me abraça e me segura com força contra seu corpo grande e macio. — Obrigada por tudo que você fez — ouço-a dizer. — Meu nome é irmã Juana. Falo inglês mal com você, ok?

— OK — consigo dizer. Ainda estou sem ar por causa do abraço. Ela me leva ao longo do corredor na direção do choro.

— Vamos entrar aqui — diz irmã Juana. Entramos por uma porta oposta ao quarto de onde vem o choro. A sala em que entramos está cheia pela metade de cadeiras dobráveis. Em um canto, um aparelho de TV foi puxado de lado, e há uma mesa coberta por uma toalha branca bordada com flores azuis, cor de laranja, cor-de-rosa e verdes. Tem uma cruz no centro da mesa ao lado de uma vela em um copo vermelho. — Aos domingos, fazemos a missa aqui — ela explica.

— Você é padre — eu digo. Imediatamente, me dou conta de que não existem mulheres padres.

— Não, não padre. *Díos mio, no!* — ela ri. — Padre Antonio vem aos domingos dizer a missa. Sente-se, por favor.

Assim que ela se senta, ouvimos o barulho de vidro quebrado. Ela se levanta e diz:

— Volto já. Aqui, vou ligar o ventilador para você.

Ela vai até um ventilador alto, enferrujado, em outro canto, e aperta um botão. Espera até ouvir as pás chacoalhando e sai da sala. Suas sandálias de plástico estalam quando ela anda.

Do corredor, ouço Jerry e a irmã Juana falando. Depois, à porta, ele inclina o corpo para dentro da sala a fim de falar comigo.

— Volto em vinte minutos. A irmã acabou de me dar um monte de tarefas — ele acena com um pedaço de papel e desaparece.

Fico sozinho por alguns minutos quando entra uma menina, que me vê e congela. Ela parece uma versão menor de Ixtel, só que o rosto dessa menina não foi machucado. Seu cabelo está amarrado em um rabo de cavalo, que cai pelo seu ombro.

— Ui! Você me assustou! — engasga ela.

— *Hola* — digo.

— Eu falo inglês — responde ela.

— Ah! Meu nome é Marcelo.

— Eu sou Maria — diz alegremente.

Agora percebo a perfeita semelhança com Ixtel.

— Você está procurando Ixtel?

— Estou.

— Ela está lá em cima. Vou chamá-la — diz. Em seguida pergunta:

— Você sabe consertar uma televisão? — e aponta para o aparelho com um cabide de casaco.

— Não.

— É a burra da antena — continua ela, sem prestar atenção para mim.

Escutamos um grito zangado, do quarto no outro lado do corredor. Maria enfia os dedos nos ouvidos e ri.

— Você é irmã de Ixtel? — pergunto quando ela destampa os ouvidos.

— Irmã de verdade, não. Ela é irmã de todo mundo.

— Você mora aqui?

Estou nervoso e vou falando meus pensamentos à medida que eles surgem em minha cabeça. Ela olha para mim:

— Você faz perguntas malucas. Vou dizer a Ixtel que o namorado dela está aqui.

Imagino que esteja de brincadeira. Ela sai da sala leve e rapidamente, como alguém que está feliz.

Em poucos minutos, eu verei Ixtel, penso. Não consigo me lembrar de nenhuma das coisas que ensaiei dizer a ela. Vou até o crucifixo de madeira e o toco. O Cristo pendurado nele é de bronze e sua cabeça não cai sobre o peito como na maioria dos crucifixos.

— Venha para fora, faz quente aqui — irmã Juana está à porta limpando as mãos em um avental branco.

Andamos pelo corredor iluminado por uma única lâmpada que balança do teto e saímos passando por uma porta de tela para os fundos da casa. Estamos em um jardim. Vejo pequenas árvores pesadas de tantas peras e outras maiores com flores cor-de-rosa e de lavanda. Praticamente todos os centímetros do pátio, à exceção dos caminhos de pedra que o cortam horizontal e verticalmente, estão cheios de rosas de diferentes cores. Irmã Juana segura no meu braço à medida que me guia para uma pequena fonte no meio do jardim onde há um banco de pedra. Vejo folhas de árvores mexendo ao mesmo tempo que sinto uma brisa refrescar meu rosto. O jardim é cercado por paredes de prédios, e me pergunto como uma brisa conseguiu passar e soprar.

Sentamos lado a lado no banco. Irmã Juana está respirando fundo como querendo que o perfume das rosas chegue à base de seu pulmão. No lado do jardim oposto àquele por onde entramos, tem outra porta. Não compreendo completamente a natureza desse lugar, que parece em parte uma cadeia, em parte uma igreja. Talvez eu devesse indagar a respeito, mas há algo sobre fazer perguntas que simplesmente me parece impróprio.

Depois de respirar fundo mais uma vez, irmã Juana fala.

— Essa casa já pertenceu a uma família rica. Quando a última filha morreu, ela deixou-a para nós. Uma casa grande. Agora, algumas noites, temos quarenta moças. Na época da família rica, eram apenas quatro pessoas que moravam aqui. Pai, mãe e duas filhas. E talvez cinco empregados — ela ri. — Imagine.

— Quarenta moças — falo alto, para mim mesmo.

— Eu, Ixtel, irmã Camila e irmã Guadalupe, e Maria, que você acabou de encontrar, somos, como dizer, permanentes. Há tantas e tantas moças mais aí fora, e nós só temos essas.

Ela olha para as paredes como se notasse pela primeira vez que a casa na verdade era pequena. Continua:

— Nós não força as moças a vir, elas têm que querer vir. Algumas vêm por alguns dias apenas e depois vão embora na busca de mais droga, mais abuso. Algumas como Ixtel não têm casa.

— As moças ficam felizes aqui? — não sei por que a pergunta surge em minha cabeça.

— Felizes? — é como se ela nunca tivesse ouvido essa palavra antes. — Aqui é lugar seguro, onde elas podem ficar seguras por um tempo. É tudo que a gente pode fazer.

Sinto a presença de Ixtel um segundo antes de a porta de tela se abrir.

— Ah, chegou nossa Ixtel — irmã Juana luta para se levantar.

Vejo Ixtel andar rapidamente em minha direção como se eu fosse uma pessoa que ela não encontrasse há muito tempo. Está vestindo calças cáqui e uma camisa de mangas curtas abotoada de alto a baixo. À medida que se aproxima, reconheço a delicadeza de traços em um lado do seu rosto: as sobrancelhas, os olhos, a testa, exatamente como na foto, mas também diferentes. Tento determinar o que há nela de diferente. Seu rosto está mais calmo. Os olhos que me atravessavam na fotografia agora estão mais suaves.

— Eu saio agora — irmã Juana diz quando Ixtel para a nossa frente.

Observamos Juana sair mancando, parando só uma vez para levantar uma rosa caída. Quando a vemos desaparecer dentro da casa, Ixtel senta-se no banco e espera por mim. De repente sinto medo de ter perdido a capacidade de falar.

— Você é Marcelo — diz ela, lembrando-me de quem sou.

— Marcelo — repito.

— Tudo bem você olhar para mim, eu não ligo.

Primeiro, eu não sei por que ela diz isso, mas depois entendo.

— Sempre tive problema para olhar as pessoas nos olhos. Não só a Ixtel.

— Você já me viu antes, de qualquer maneira. Na fotografia.

— Vi.

Uma pausa. Parece que já aconteceu tanta coisa desde que eu vi a fotografia pela primeira vez.

— Jerry contou a você que a cirurgia já está marcada?

— Não.

— Não? Então ele queria que eu lhe contasse. Primeiro, a cirurgia reconstrutora e depois, quando essa ficar boa, a parte cosmética que vai me fazer parecer uma estrela de cinema — ela sorri com um lado de sua boca. Está sentada à minha esquerda de maneira que vejo o lado bom de seu rosto quando olho para ela.

— Ixtel já é bonita — digo. Dessa vez é difícil manter os olhos sobre ela.

— Já aconteceu de alguém lhe fazer algo tão bom que você se sentiu mal porque não havia como agradecer? Você diz "obrigado", mas isso não parece o suficiente. É como estou me sentindo. Mas, de qualquer maneira, vou dizer. Obrigada.

Não sei o que dizer. Se "obrigada" não é suficiente, então "de nada" é menos ainda, mas digo de qualquer maneira.

— De nada.

Respiro fundo. A fragrância das rosas me faz lembrar Abba. Ela cultivava rosas em nosso quintal. Eu me dobro para olhar de perto uma rosa que é de uma cor que eu nunca tinha visto. Não é uma cor só, mas vários tons de branco e rosa e até violeta na borda das pétalas. As gotas de orvalho trazem Aurora a minha mente.

— As rosas estão cheias de orvalho — é só o que consigo dizer.

— Irmã Juana é a especialista em rosas. Ela mistura e casa as rosas tentando inventar uma nova cor. Ela tenta fazer com que a gente a ajude, mas ninguém quer. Mesmo de luvas, a gente se arranha toda com os espinhos.

— Minha avó gostava de rosas. Ela as plantava em todo o nosso quintal. Uma vez, quando eu era pequeno, ela me perguntou se eu queria ver algo especial. Ela trouxe um negócio da cozinha que parecia um conta-gotas gigante. Esqueci o nome do utensílio.

— Devia ser uma colher para gordura. Esse grande conta-gotas é uma colher para gordura.

— Uma colher para gordura? Não sabia.

— Acredite. Conheço esse negócio. Cozinhar é o que a gente mais faz por aqui.

— Abba, era assim que chamávamos minha avó, encheu a colher com água e açúcar e me fez sentar no meio das rosas. Ela me disse que se eu segurasse a colher bem firme à minha frente, apertando só o bastante para formar uma gota na ponta, um beija-flor viria comer ali.

— E veio?

— Veio. Depois de um tempinho, chegou um beija-flor. Era incrível ver um tão de perto. Suas asas se moviam com tanta rapidez que pareciam estar paradas.

— Legal. Você ficou parecido com aquele São Francisco — ela aponta para uma estátua de cimento escondida entre as roseiras. O pássaro de pedra sentado em seu ombro não tem cabeça.

Deve haver uma resposta adequada para eu dar a sua afirmação, mas em vez disso pergunto:

— Você é feliz aqui?

Ela olha para as rosas e depois para as paredes circundando o jardim.

— Aqui é um bom lugar. Não achava isso quando cheguei. Depois do acidente de carro, fiquei muito mal. Tinha quatorze anos e estava na rua por minha conta. Mesmo com o rosto assim, podia facilmente me vender. Acho que achavam legal transar com uma aberração. E havia as drogas. Há tantas maneiras de uma pessoa se machucar, se ela estiver a fim. Afinal, o Serviço Social me trouxe para cá. Eu odiei.

— Há quanto tempo você está aqui?

— Quase um ano. Quando fiz dezesseis, poderia ter ido embora. Mas fiquei. Olhe isso — ela aponta para as paredes que envolvem o jardim. — É como ser mandado para a clínica de reabilitação e ficar para sempre. Agora acho que aqui é o meu lugar. Devo estar louca. E as pessoas que vêm para cá não são anjos, isso com certeza. Elas são todas como eu quando cheguei. "Me tirem daqui. Quero me aplicar."

— Mas o que mudou em você? O que aconteceu? O que a transformou?

Ambos nos viramos para nos olhar ao mesmo tempo. Sinto que ela está se perguntando por que eu quero saber. Talvez ela veja que não estou perguntando apenas por curiosidade ou para puxar assunto. Estou perguntando porque eu quero encontrar o que ela encontrou.

— Pouco a pouco, não sei, o que estava me devorando foi embora.

— Mas como foi embora? O que você fez?

— Assim, no começo, eu tinha pena de mim mesma. Não piedade, ou algo assim, mas um dia parei de ter tanta raiva. "Você é só uma menina", disse a mim mesma. "Não é culpa sua que seus pais tenham morrido. Tudo bem você ter feito umas besteiras. Tudo bem ter raiva por causa do seu rosto e odiar todo mundo. Você é só uma menina. Eu a perdoo, menina, por todas as coisas ruins que você fez." Assim. Loucura, não é? Uma parte de você ser tão legal com a outra parte. Como se a parte boa do meu rosto dissesse coisas boas para a parte feia. Depois de um tempo, a parte boa e a parte feia pararam de se odiar. Houve paz dentro de mim, como se as diferentes partes tivessem desaparecido e houvesse apenas uma eu. Depois disso, vi como as outras meninas eram como eu e comecei a fazer a mesma coisa com elas. Eu via suas partes feias, e por aqui isso não é difícil, pode crer, e tentava ser boa com suas partes feias.

E aí isso tem a ver comigo. Não é possível que seja a primeira vez que eu perceba isso, mas é. *Todos nós temos partes feias.* Penso naquela vez, na cafeteria, quando Jasmine me perguntou o que a menina da fotografia estava me perguntando. Como podemos viver com tanto sofrimento? Vemos nossas partes feias, mas depois somos capazes de perdoar, amar a gentileza, andar com humildade.

— Todos nós temos partes feias — digo a mim mesmo, esquecendo por um momento que Ixtel está sentada junto a mim.

Ela dá uma risadinha que soa como uma tossida, por causa da forma de sua boca.

— Você diz isso como se fosse uma descoberta.

— Nunca soube disso como sei agora.

— Você tem? Quer dizer, partes feias — pergunta ela, me olhando intensamente.

Sinto o que deve ser vergonha pelo fato de ter de pensar muito antes de encontrar uma resposta.

— Não ver nenhuma parte feia em mim mesmo não é uma parte feia? Não querer perdoar as partes feias de alguém não é uma parte feia de si mesmo?

— É. Não entendi uma palavra do que você disse, mas é.

Ela ri de novo sua risada que parece uma tosse, e eu balanço para a frente e para trás no banco como sempre faço quando finalmente compreendo algo que estava obscuro.

— O que você vai fazer depois da cirurgia?

— O mesmo que agora. Perdi um ano da escola enquanto estive doidona. Preciso recuperar.

— Você quer ir para a universidade?

— Cara, isso está muito longe. Eu tenho antes que ficar limpa, terminar o ensino médio e ajudar as irmãs. Além disso, eu nunca fui tão inteligente assim, e com certeza as drogas não ajudaram.

Ouvimos a voz de Jerry García do outro lado da porta e nos levantamos ao mesmo tempo.

— Foi bom conhecer você — digo. Viro-me para olhá-la e estendo minha mão, mas ela não a pega.

— Posso dar um beijo? — pergunta.

Sem pensar, baixo minha cabeça do jeito que faço para Aurora, e ela beija minha testa.

— É meio beijo — diz ela. — Mas é tudo que tenho.

CAPÍTULO 30

Aurora me pega na estação de trem. Não pergunta por que estou chegando mais cedo. Ela sabe que fui despedido. Acha que meu silêncio é tristeza pelo fato de não ir mais para Paterson. Mas eu não chamaria o que estou sentindo de tristeza. É mais resolução.

Quando chegamos em casa e ela desliga o carro, Aurora me pergunta se quero falar sobre o assunto.

— Não agora — digo.

— Eu gostaria de ouvir de você sobre o que aconteceu.

— Arturo está certo. É melhor que eu vá para Oak Ridge High.

Vejo seus olhos me escaneando.

— Está tudo bem — digo. — Talvez eu possa trabalhar com os pôneis nos fins de semana.

— Você não está aborrecido?

— Não.

— Podemos conversar com seu pai.

— Oak Ridge High vai ser melhor. Não vou gostar de lá tanto quanto de Paterson, mas vai ser melhor.

— Por que a mudança?

— Aurora estava certa quando me disse que trabalhar no escritório de advocacia iria me fortalecer. Lembra? Gentil e forte, como Aurora. Oak Ridge vai me ajudar também.

— Ajudar em quê?

— Aurora já sabe. Isso não mudou.

Aurora quer me fazer mais perguntas, eu sei, mas abro a porta do carro e abraço Namu, que está esperando por mim para saudá-lo. Isso é para ela um sinal de que quero ficar sozinho. Aurora toca o topo da minha cabeça e entra na casa. Namu e eu saímos para um passeio e quando chegamos em casa tem um recado de Aurora embaixo da casa da árvore.

O jantar está em cima do fogão. Quando você quiser conversar, estou aqui.

Te amo,
Mãe

Da janela da casa da árvore, posso vê-la se movendo na cozinha, talvez preparando meu almoço para meu último dia de trabalho. Olho para ela e sinto algo torcido dentro de mim, como se meu coração fosse uma esponja cheia de amor sendo espremida. Amanhã ela vai acordar cedo e vestir seu uniforme bobo com smileys verdes e seguirá para dar conforto da melhor maneira possível a suas crianças moribundas.

Por que a mudança? Pensei na pergunta de Aurora enquanto Namu e eu caminhávamos nas trilhas dos cavalos atrás de nossa casa e penso agora ao sentar à minha mesa. Toda a dor que vi em Paterson é nada se comparada à dor que as pessoas infligem umas às outras no mundo real. Tudo que consigo pensar agora é que, para mim, não é certo permanecer alheio a essa dor, inclusive a dor que eu inflijo aos outros. A pergunta é se é possível viver sem se deixar anestesiar por essa dor ou tampouco sem ser esmagado por ela?

Vejo a luz da cozinha se apagar e imagino Aurora subindo as escadas. Penso que talvez eu deva voltar para meu quarto na casa. Nunca pensei em Aurora como uma pessoa solitária, mas por que ela não o seria? Como será viver com um filho que se contenta perfeitamente em viver sozinho, sem o menor desejo ou necessidade de se comunicar; uma filha distante; um marido que trabalha o tempo todo? O que acontecerá se Wendell mandar uma cópia da carta de Jasmine para Aurora? Não sei. Teremos todos que descobrir isso juntos.

Fiel. Fi-el. Cheio de fé. Se a carta vier, isso ajudará Arturo e Aurora a permanecerem fiéis um ao outro, se eu continuar cheio de fé? Meu pai. Será que suas partes feias são mais feias do que as minhas?

Há tanto a fazer. Planos. Preparativos. Oak Ridge High vai ser difícil. Por melhor que seja Paterson, sei que estávamos atrás dos alunos das escolas públicas em muitas matérias. Os alunos das escolas públicas estudam para passar em testes padronizados. Nós estudávamos o que era necessário aprender. Precisarei aprender a maneira como eles aprendem, e isso significa dar duas vezes mais duro do que um estudante qualquer. Isso significa fazer contato com garotos com quem não tenho nada em comum. Mas dá para fazer. Eu vou conseguir. Ir para Oak Ridge High vai me ajudar.

Ajudar em quê?, Aurora perguntou. Perdi a oportunidade de lhe dizer que me ajudará a ser como ela. Que a maneira dela de ser gentil e forte com as crianças será a minha maneira também. A estrada parece tão longa. Outro ano de ensino médio, depois a universidade, depois um diploma em enfermagem e depois o trabalho, fazer o que posso para diminuir o sofrimento no mundo. Mas onde? Deve haver um lugar para mim.

Penso em Vermont. As estrelas lá pareciam mais perto da Terra. Vou para minha mesa e ligo meu laptop. Tenho uma pesquisa para fazer.

CAPÍTULO 31

A primeira coisa que vejo ao entrar na sala de Robert Steely é um envelope com meu nome. Reconheço a letra. É de Arturo. Sento e o seguro em minhas mãos. Há uma parte de mim que não o quer abrir. Quero atravessar o dia com a mesma resolução de ontem. Ponho o envelope na mesa. Depois o apanho e o abro com uma faca para abrir cartas que acho na gaveta superior da mesa. Leio:

Marcelo,

Sinto que é necessário responder ao bilhete que você me deu ontem. Primeiro de tudo, não me compreenda mal. Ainda acho que entregar o memorando da Vidromek a Jerry García foi equivocado. Estou tratando o bilhete de Jasmine como outro assunto.

Existem certas fronteiras que precisam ser mantidas entre um empregador e uma empregada, entre um homem mais velho e uma mulher mais jovem, entre um homem e uma mulher sob a influência do álcool, entre um homem casado e outra mulher. Um ano atrás, na festa de Natal, eu cruzei todas essas fronteiras. Gostaria de lhe dizer que reconheci o erro assim que ele ocorreu, mas o fato é que sempre considerei os acontecimentos daquela noite uma transgressão menor. Foi somente ontem, quando li o bilhete de Jasmine da maneira que você o leria, que reconheci a extensão da minha falta de discernimento.

Espero que você compreenda a natureza e a razão desta carta.

Seu pai

Ainda estou com a carta na mão, quando ouço Jasmine dizer:

— Soube que você foi despedido.

Ela está à porta do escritório, de braços cruzados.

Dobro a carta de Arturo.

— Fui despedido — repito.

— Você ia me contar, ou ia sair sem dizer nada? Se eu não tivesse ido a seu pai para que ele assinasse um cheque, não teria sabido de nada. Por que você não me disse nada? E onde você tem se escondido? Desde que voltamos do acampamento, pouco vi você.

Nunca me ocorreu que ela poderia ficar aborrecida, mas ficou.

— O que meu pai lhe disse?

— Ele me disse o que você fez. E isso é outra coisa. Por que você não dividiu comigo o que iria fazer?

— Talvez você contasse a meu pai.

— É isso que você acha? Já se esqueceu quem lhe deu o memorando?

Não sei por que eu disse isso. Estou confuso, não sei como falar com Jasmine.

— Então você vai para Oak Ridge High?

— Tenho três semanas. Vou aproveitar o tempo para me preparar.

— Você vai ficar legal?

Dou de ombros. Isso quer dizer: *vou sobreviver.* Depois pergunto:

— Arturo está zangado?

Ela levanta as sobrancelhas como dizendo *você não tem ideia.*

— Estão todos lá se esfalfando para descobrir uma maneira de resgatar o contencioso da Vidromek do desastre total. É bom ver o Holmesy andando para lá e para cá como se estivesse com cólicas e sem banheiro à vista. Acho que seu pai está curtindo o fato de o filho dele ser responsável pelo estado miserável de Holmesy.

— Talvez o escritório feche e todo mundo perca seus empregos.

— Não, eles vão dar um jeito. De repente, baixou em suas cabeças que a melhor estratégia é fazer a Vidromek gastar um dinheiro extra fazendo para-brisas seguros.

— Estou com os CDs que você me emprestou — digo. Ouço um fio de frieza em minha voz.

Vejo-a virar a cabeça para o lado tentando descobrir se há algo de errado. Então eu digo:

— Estou sabendo sobre você e meu pai... na festa de Natal. Wendell encontrou seu bilhete nos arquivos do meu pai e me deu. Wendell disse que era a dádiva da verdade.

— Meu Deus — diz Jasmine. Puxa uma cadeira e cai sobre ela. — A dádiva da verdade.

Ela se segura com as duas mãos nos lados da cadeira como se pudesse cair a qualquer momento. No breve segundo em que vislumbro seu rosto, vejo a cor indo embora. Imediatamente, sei que minhas palavras a feriram.

— Há algo em particular que você queira saber sobre isso? — seu tom é contido, desanimado. Acabou o calor que ela trouxera para a sala.

Na noite passada, decidi que não falaria sobre isso, nunca diria a ela o que quer que fosse. Decidi que não me cabia julgá-la. Como aconteceu que minha resolução deu para trás? O que mais está fervendo dentro de mim sem que eu perceba?

— Meu pai... — começo a dizer, mas sem ter a menor ideia de como terminar a frase.

— É um homem — diz Jasmine. — Ele me contratou, nós trabalhamos juntos. Senti grande atração por ele. Ele notou, suponho. Homens como seu pai notam essas coisas. Aí aconteceu a festa de Natal. Eu estava em Boston fazia apenas uns dois meses. Tomei umas. Seu pai se chegou e me disse que tinha um presentinho para mim. Que estava na sala dele. Eu sabia que não deveria ir. Ele disse coisas que me lisonjearam, que me fizeram me sentir menos só. Nós nos beijamos. No dia seguinte, escrevi aquele bilhete para ele. Parece que estou tentando me desculpar. Não estou. Eu sei que não lhe devo uma explicação, mas foi isso que aconteceu.

— Vocês se beijaram.

— Quando percebi o que estava acontecendo, o que estava para acontecer, saí correndo.

— Vocês se beijaram? Você fugiu? Ele forçou-a?

— Não exatamente. Pode-se dizer que algo foi à força quando metade da gente diz não, e a outra metade diz sim? Eu poderia ter parado. Eu não deveria ter deixado acontecer.

— Mas você tinha minha idade.

— Eu tinha dezoito anos. Bastante para consentir.

— Foi errado da parte dele.

— Foi errado, ponto final. Ele sabe. Eu sei. O assunto nunca mais veio à tona. Ele me procurou depois que recebeu o bilhete e pediu para que eu ficasse. Concordei sob a condição de que o assunto fosse esquecido, como se nunca tivesse acontecido, e que nossas relações fossem sempre estritamente profissionais. Ele concordou. Ele cumpriu sua palavra. Basta.

— Estou te ferindo agora — digo.

— Está — diz ela. — Não sei por que, mas está. Já que você mencionou, é bom mesmo que saiba. Mas a verdade é sempre melhor. "A dádiva da verdade", como diz Wendell — mas sua voz não soa como se Jasmine realmente acreditasse nisso.

— Você o ama? — é o que mais preciso saber, percebo então, a real motivação para eu ter revelado o que revelei.

— Não. É claro que não. O que eu fiz foi insano. Insanidade temporária. Senti um tesão infantil. O problema do tesão é que, depois que passa, você vê a bobeira total da coisa.

— Minha mãe nunca soube.

— Duvido muito que ele contasse a ela. Eu teria visto no rosto dela quando apanhei você em sua casa — Jasmine cobre o rosto brevemente com as mãos. — Se pudesse reconstituir aquela festa de Natal a partir do ponto em que seu pai e eu estávamos conversando no bar e ele me convidou a ir até sua sala, eu diria: "Não, muito obrigada, mas não" — ela se levanta. — Bem, acho que tenho que voltar para a minha salinha da correspondência e tentar terminar o dia.

— Belinda é melhor do que Marcelo? — pergunto.

— É — responde ela rapidamente. — Mais rápida, pelo menos.

— Isso é bom. No mundo real, rápido significa melhor.

— No mundo real — diz ela.

Há uma pausa e penso: *Não quero dizer adeus*. Ela faz uma pausa também. Será que ela também não quer dizer adeus? Quando ela se vira para ir embora, digo:

—Vi Ixtel ontem. Jerry García me levou.

Ela hesita por um momento antes de falar.

— Como ela estava?

— A cirurgia reconstrutora foi marcada. Depois, vai ter a cirurgia cosmética, para seu rosto ficar parecendo com o de uma estrela de cinema, como ela diz.

— Ela é uma menina bonita.

Jasmine espera que eu fale. Eu falo rápido, com medo de que ela vá embora.

— Ela vive o tempo todo com as Irmãs da Misericórdia. Conversamos sobre como ela encontrou um lugar ao qual pertence. Lembrei de quando você me disse que sua casa em Vermont era o lugar ao qual você pertencia.

— Posso? — ela aponta uma cadeira.

— Pode.

Ela não sabe como me faz feliz vê-la se sentar.

— Eu estava pensando naquela vez em que você me perguntou como se podia viver com tanto sofrimento. Lembra?

— Lembro.

— Pensei muito sobre isso. Não tenho uma resposta. Mas sua pergunta me deu a ideia de compor uma música. Eu começo sempre com um sentimento e o sentimento me leva a encontrar notas e um ritmo que combinem com o sentimento, e depois expando e respondo às notas iniciais. Depois de um tempão e muito trabalho chego a algo que não consigo desenvolver. O problema é que, quando chego a esse ponto, fico terrivelmente frustrada porque o produto final nunca reflete o sentimento com o qual comecei e certamente não é tão bonito quanto eu queria que fosse. Afinal, tenho que aceitar que isso é tudo que consigo. Não sou Keith Jarrett e jamais serei. Sou Jasmine. Então deixo assim, esperando que a música um dia faça alguém sentir o que senti — ela dá uma risada curta, nervosa, e antes que eu diga qualquer coisa continua: — Você deve estar pensando o que tudo isso tem a ver com Ixtel.

— Não. Vermont é o seu lugar.

Ela balança a cabeça afirmativamente:

— Você fez com que eu me perguntasse se a minha casa-barra-estúdio era apenas um esconderijo. Pensei nisso constantemente depois que você me fez a pergunta e depois que você começou a tentar ajudar a Ixtel. Percebi que, se eu iria morar lá, ali deveria ser o lugar onde eu realizaria mais completamente o meu interesse especial, como você chama.

— Você estava falando sério quando me disse que eu poderia ir para Vermont sempre que eu quisesse?

— Eu pareço uma pessoa que sai dizendo as coisas de brincadeira?

— Depois que eu me formar em Oak Ridge, é isso que quero fazer. Posso ajudar Amos com o trabalho da fazenda. Namu também pode ir.

— Você me vê em algum lugar nesse filme, ou são só você, Amos e Namu?

Eu rio:

— Vejo você também.

— Amos vai tirar seu couro.

— Eu aguento — e aí olho para ela. — Você está chorando — digo, surpreso.

Ela continua sem que pareça estar respondendo ao que eu disse.

— Você viu tanta coisa este verão. Coisas boas e ruins. É natural querer excluir as ruins.

— Não — eu sei o que ela vai dizer.

— Deixe-me terminar. O que quero dizer a você é que não existem esconderijos, em lugar algum.

— Não é por isso que quero ir para Vermont. Tem uma faculdade a uns sessenta quilômetros de sua casa que oferece um diploma em enfermagem com várias especializações. Fisioterapia é uma delas. Depois que eu me formar e me registrar como enfermeiro, eu poderia ter uns pôneis Haflinger e oferecer um tipo de terapia equestre para crianças autistas ou deficientes. Amos pode me ajudar a criar e tomar conta dos cavalos. Não será possível ter essa atividade como um emprego de tempo integral, então trabalharei também como enfermeiro, com crianças, assim como Aurora. Vermont será o lugar onde poderei desenvolver meus interesses especiais — e aí me lembro da citação de Abraham Joshua Heschel que a rabina Heschel leu para mim. — Vermont será o lugar onde Marcelo tocará seu contraponto.

— Tocará seu contraponto?

Ela pega a caixa com seus CDs, levanta-se e olha para os céus como se pedisse a ajuda de Deus.

— Vá com Deus — digo, tentando ser engraçado. Levanto-me também.

Ela não ri como eu esperava. Para e diz seriamente:

— Você já pesquisou isso tudo, faculdade, diploma em fisioterapia? Curso de enfermagem? Você realmente já refletiu sobre isso tudo?

— Claro.

— Quando?

— Ontem à noite.

— Tudo isso ontem à noite? — ela finge estar surpresa. Não sei se seu gesto significa que Jasmine acha que esse tipo de decisão precisa de mais tempo, ou que aprecia o fato de eu estar pesquisando maneiras de ficar perto dela.

— Não. Sim. Não só ontem à noite, também antes. Ontem à noite foi quando pensei pela primeira vez em Vermont. Mas sobre os pôneis e as crianças e a enfermagem, já vinha pensando antes.

Acho que ela quer que eu continue, que está gostando de ouvir os meus planos.

— Ainda faltam cinco anos para eu poder ser enfermeiro. Meu plano é trabalhar com as crianças no centro médico onde você levou o Amos. Não preciso esperar ter um diploma para fazer isso. Posso começar agora como voluntário. E quanto aos pôneis, vou arrumar um emprego em Paterson este ano trabalhando nos fins de semana, para ganhar experiência. Então, em Vermont, vou começar com um pônei. Depois compraremos outros e no final talvez a gente precise de um picadeiro fechado por causa do inverno. Já fiz uma lista. Você quer ver?

— Aham — vejo uma felicidade inequívoca iluminar seu rosto. Quando ela fala, diz o seguinte: — Você será sempre bem-vindo lá, não importa qual motivo o leve. Mas se for para ser seu lar, você precisa ter certeza de ir pela razão certa.

— Tem que ser a nota certa.

— É. No conjunto da obra.

— Mas como vou saber se a próxima nota é a certa?

— A nota certa soa certo.

E então ela me olha de outra maneira. É um olhar sério e terno que nunca vi antes e quero deixar meus olhos descansarem nos dela pelo tempo mais longo possível. Ela anda até onde estou e me beija suavemente na face.

E quando ela sai, eu ouço, ou lembro, não sei mais dizer, a mais linda das melodias.

NOTA DO AUTOR

Trinta e quatro anos atrás, durante meu primeiro ano em Spring Hill College, em Mobile, Alabama, eu arrumei um emprego de fim de semana no Departamento de Saúde Mental. Da noite de sexta-feira até a noite de domingo, eu morava em um tipo de lar para deficientes mentais (era o termo usado na época), enquanto os funcionários tiravam suas folgas. No meu último ano, eu me mudei em tempo integral para um lar recém-fundado que era parte de L'Arche, uma comunidade de base religiosa onde pessoas com limitações de desenvolvimento e gente dita "normal" viviam juntas e aprendiam umas com as outras com o mínimo possível de barreiras entre elas. Naquela época, o autismo como diagnóstico ainda era reservado para as pessoas com baixíssima capacidade de funcionamento na sociedade. E, mesmo nesses casos, era mais provável que o diagnóstico fosse de uma doença mental conhecida do que de autismo. Olhando para trás, no entanto, eu sei que muitos daqueles jovens com quem vivi eram pessoas que se encaixavam no espectro do autismo, incluindo a síndrome de Asperger. De uma pequena maneira, este livro reconhece os dons daqueles jovens e especialmente o dom do amor que recebi deles.

Quero dedicar este livro a meu sobrinho Nicholas, que, eu sei, um dia vai lê-lo com orgulho em sua capacidade de superar os aspectos negativos do autismo. Quero agradecer a Ann e Jack

Syverson pelo apoio; a Faye Bender, minha agente, por sua inquebrantável fé ao longo dos muitos anos que este livro levou para nascer; e a Cheryl Klein, minha editora, por sua visão deslumbrante, pelas orientações sólidas e pelo duro trabalho de trincheira. Ela é uma cocriadora. E finalmente, eu agradeço a minha mulher, Jill Sylverson-Stork, por seu discernimento, sua paciência, sua esperança contagiante.

Este livro foi composto na tipologia Minion Pro,
em corpo 11/15,8, impresso em papel off-white 80g/m^2,
no Sistema Cameron da Divisão Gráfica
da Distribuidora Record.